U0466772

CHUANGYE ZHE
ZHI GE

创业者之歌

时代出版传媒股份有限公司
安徽文艺出版社

陈荣付 ◎ 著

陈荣付，曾用名陈荣富，安徽省合肥市人，安徽省作家协会会员。担任企业负责人二十余年，高级工程师。出版长篇小说《旋转人生》、《无言结局》、《岁月》（上、中、下）等。

# 创业者之歌

陈荣付◎著

## 图书在版编目（CIP）数据

创业者之歌/陈荣付著. --合肥：安徽文艺出版社，2021.8
ISBN 978-7-5396-7013-3

Ⅰ．①创… Ⅱ．①陈… Ⅲ．①长篇小说－中国－当代 Ⅳ．①I247.5

中国版本图书馆CIP数据核字(2020)第142212号

出 版 人：段晓静
责任编辑：宋潇婧　　周　康　　秦知逸　　装帧设计：张诚鑫
.....................................................................
出版发行：时代出版传媒股份有限公司　www.press-mart.com
　　　　　安徽文艺出版社　　www.awpub.com
地　　址：合肥市翡翠路1118号　　邮政编码：230071
营 销 部：(0551)63533889
印　　制：安徽联众印刷有限公司　(0551)65661327
.....................................................................
开本：700×1000　1/16　印张：15.75　字数：260千字
版次：2021年8月第1版
印次：2021年8月第1次印刷
定价：58.00元
.....................................................................
（如发现印装质量问题，影响阅读，请与出版社联系调换）

版权所有，侵权必究

# 目录

楔子 / 1

第一章　流落街头 / 8

第二章　一碗汤圆 / 15

第三章　情义无价 / 22

第四章　南方之旅 / 29

第五章　新的起点 / 38

第六章　进入角色 / 47

第七章　改弦更张 / 55

第八章　狼狈为奸 / 63

第九章　爱的误会 / 71

第十章　走出误区 / 78

第十一章　大湖金城 / 88

第十二章　坦诚相见 / 95

第十三章　随他去吧 / 103

第十四章　刘云其人 / 109

第十五章　疫情可控 / 117

第十六章　晓阳置业 / 124

第十七章　资金链断 / 130

第十八章　无限牵挂 / 136

第十九章　不速之客 / 141

第二十章　爱的苦涩 / 150

第二十一章　新来保安 / 156

第二十二章　老友重逢 / 164

第二十三章　诚信为本 / 173

第二十四章　钟鼎创业 / 179

第二十五章　认祖归宗 / 189

第二十六章　意外风波 / 197

第二十七章　今夜无眠 / 205

第二十八章　舌战群"儒" / 212

第二十九章　以商招商 / 220

第三十章　三下广深 / 227

第三十一章　意外之财 / 236

第三十二章　特别婚礼 / 243

# 楔　子

　　清晨伴着一股清新的空气来临了。广阔的湖面像披着一层薄薄的纱，充满神秘，充满宁静。

　　钟晓阳站在湖边突出水面的那块小高地上，有一些时辰了。

　　不惑之年的他，一米八的个头。此时此刻，他那炯炯有神的目光凝视着一眼看不到边、清碧如镜的湖面，感慨万千。

　　这些年他走出大湖，来到省城，先是落魄，颠沛流离，后来小有成就，现如今功成名就。可二十多年来，每逢祭日他都要回到这里，祭奠他死去的兄弟牛小松。

　　圆圆的用水泥构筑的坟冢前，立着一个长方形的墓碑，上面刻着"牛小松之墓"，左下方刻着：公元一九九八年夏愚兄钟晓阳立。

　　那棵一年四季守护在墓前的不老松，伸出巨大的伞状的翅膀，为他的兄弟遮风挡雨。这是钟晓阳事业有成时，花上万元购买，然后从几十里远的金山脚下移栽到这里的，如今已长成参天大树了。

　　此刻的钟晓阳不停地念叨着："我的好兄弟，哥看你来了，万望兄弟在那边一切安好。"

　　辛酸的泪水，在他那国字形的脸上流淌……

　　20世纪90年代末的一个初夏，进入梅雨季节，绵绵细雨下个不停。老天爷简直不按常规出牌。有时上半天还好好的，不到一个时辰，说变就变，淅淅沥沥又下起雨来。当地老人们常说一句农谚："日头晃晃，下雨响响。"连天连夜的雨，下得人头晕目眩，心中惶惶。

　　连着三天，天上像被凿了一个窟窿，瓢泼大雨从天上倒下来。湖水已涨到了警戒线，皖中地区沉浸在一片白茫茫的世界里。

星期日,钟晓阳放心不下年迈的奶奶,步行20里,急急忙忙地从河西县中学赶回家。一到家,看见奶奶一个人坐在堂屋门边,仰头看着门外的大雨,发着呆。钟晓阳说:"奶奶,我扶您赶快离开家,洪水一来,想走也来不及了。"奶奶说:"晓阳呀,就这样走了,家怎么办呀?东西怎么办呀?"钟晓阳说:"奶奶您就不要再顾什么家呀,东西呀,没命了,要东西干什么啊!"

说着,他从屋角墙上扯下仅有的防雨工具——一件破旧的蓑衣,披在奶奶身上,把奶奶背到岗头上的外婆家。安顿好奶奶,他心急火燎地赶到抗洪救灾现场。湖堤上拥挤着黑压压的群众,打桩队、运输队忙得焦头烂额。钟晓阳看到既是同班同学又是他的好哥们的王明、牛小松也在人群中。他心里清楚,是这场大水同时令他们三兄弟从学校赶回家的。

水情犹如军令,县、乡、村三级主要干部都出现在抗洪第一线。这里是一片圩区,低洼的圩区有几万亩良田,田里庄稼已经呈现一片绿色,沉甸甸地低着头,等待着成熟后人们收割它。

这里的地形特殊,沟坝、湖堤、河堤纵横交错,相连相通。湖里的水已经涨满大堤,一旦湖堤破裂,哪怕是一个窟窿,汹涌的洪水也会猛兽般地急流直下。这几万亩的庄稼不要一天工夫,就将面临灭顶之灾。形势紧急,事关几万群众的身家性命,干部们急得像热锅上的蚂蚁。

就在人们心悬一念之际,一处数十米长的湖堤发生了险情,出现多处渗漏。钟圩镇镇长钟一山想到,当务之急是组成一堵人墙,抵挡洪峰的冲击。他马上发号施令:"同志们,大家必须结成人墙,立马跳下去。"于是,他第一个跳入湖水里。接着,人们争先恐后地往下跳,手挽手,不到10分钟时间,就筑成一道长长的人墙,汹涌的洪峰受到了一定的阻力,冲人们发威狂啸。钟晓阳也在这道人墙里。钟一山对大家说:"同志们,大家坚持半小时,救援部队就会到。"事前他的那个临时借用的"大哥大",已经接到县委的通知。

临危受命,省军区调来的一个排的兵力,已经登上一只满载袋装沙石、水泥等救灾物资的机动船,正在赶赴现场。

就在人们顽强坚守的那一刻,钟晓阳忽然发现,几根打桩用的木头被巨浪冲散了,漂到前方50米的地方,钟晓阳的心咯噔一下:"不好,木头被大浪卷走了。"一向做事雷厉风行的他,没考虑个人安危,一个猛子扎进湖水里。

钟晓阳、王明和牛小松打小就生长在大湖边,自光屁股起就在湖水里泡着,方圆一公里的三个村庄,十几个差不多大的孩子,数他们仨水性最好。孩子们称他们为"浪里白条"。

17岁的钟晓阳,除了水性好,还是河西县中学高二年级的体育冠军。他拜学校里的体育老师兼武术教练高国平为师,良师出高徒,人高马大的钟晓阳功夫了得,一身是胆。

水底下的钟晓阳憋足气前行,凭感觉他意识到已经接近目标了,于是一下子从水底冒了上来。睁眼一看,那捆木头已被洪水冲散了,正漂浮在眼前,此时,凭一己之力,只可能逮住一根。这时的钟晓阳后悔已来不及了,他企图依托着一根木头,借着浮力好游回脱身。可是,身体不听使唤,哪里逮得住?忽然间,一个洪峰劈头盖脸向他压来,他与洪水搏斗着,挣扎着……

堤岸上正在帮人们打桩的牛小松,见自己的兄弟落入水中,顾不得一切,抱住一根木头跳进湖水里。这时,人群中又有一个人跳入水中,那是王明。他意识到兄弟钟晓阳处于危急之中,也奋不顾身地向钟晓阳游去。

牛小松和王明很快游到钟晓阳身边,牛小松迫不及待地将木头的一头推向钟晓阳,钟晓阳终于逮住了木头,将身子依附于木头上面。这边牛小松刚松手,不想一个巨浪泰山压顶般向他袭来,将牛小松卷入了湖底。挣扎中的钟晓阳忽然不见了牛小松,看到王明也在湖水里挣扎,反转身来,将木头推给王明。二人同时死抱着木头不放,借着木头的浮力,四处搜寻牛小松,可是牛小松再没有上来。

这时,一只满载抗洪物资的大船驶到他们面前,甲板上的两名解放军战士,将两只救生圈抛给了他们……

大堤保住了。第二天,三名解放军战士将牛小松的尸体打捞了上来。牛小松很安详,他的眼睛闭得紧紧的。他用自己的生命,换回了自己兄弟的生命,兑现了他生前说过的话。"如果我兄弟中有人落难了,我将用生命保护他。"他曾经对钟晓阳、王明这样说过。

钟晓阳、王明和牛小松家世代住在大湖边。这里是上游护城河入湖口的三角地带,方圆不到一公里的地方,分布了三个自然郢。钟河湾、王家嘴属河东县,一河之隔的牛津渡属河西县。这里的人们世代和睦相处,鸡犬之声相闻。一条小船把这两县三村的人们紧紧地联系在一起,在他们的意识里从来没有地域之分,不管哪家有事,早晚都能走到一起商量解决。

大湖之滨的人家一半农耕,一半以打鱼为生。村里的孩子们从光屁股起,就能帮大人们到河里、湖里捉鱼摸虾。十几个差不多大的孩子中,数钟晓阳、王明、牛小松水性最好。一次,孩子们在湖滩上放牛,凑在一起打赌以水性论英雄。护城河对岸悬壁上生长着一丛丛美丽的牵牛花,他们约定,游过去摘下一束花再游回来,先摘回来的得第一,以此类推。比赛结果,钟晓阳得了第一名,五短身材的牛小松得了第二名,王明稍后,为第三名。

牛小松的父亲牛大魁,在牛小松还小的时候,一次下湖打鱼,船到湖心,狂风大作,破旧的小渔船被吹得直打转,最终翻了。牛大魁虽有一身水上功夫,可跑马行船三分命,淹死的往往都是会水的,牛小松自此失去了父亲,与母亲、妹妹艰难度日。

钟晓阳的家境也不好,改革开放虽已有20年,农村温饱解决了,但人们还没真正富起来。由于家里不富裕,父母亲经常为生活吵闹,后来,据说母亲去城里给一户人家当保姆。到了第二年,城里这户人家移民去了澳大利亚,母亲随东家去了国外,丢下奶奶和晓阳祖孙二人。父亲也南下广东打工,从此杳无音讯。

三人中唯有王明家境好一些,王明的父亲王家槐是村主任,母亲在村里开了一家小商店,日子过得很殷实。

初中一年级的时候,一天放学回家,钟晓阳、王明、牛小松途经湖边那块小高地,王明突发奇想:"晓阳、小松,我们上去玩玩吧,反正天还早。"

牛小松在一旁附和:"天还早,去吧。"他指了指西沉的太阳。

这块形似小岛的高地,方圆不到300米,岛上杂草丛生,四周是大片绿油油的、齐人高的芦苇,芦花绽放,给小高地增添了秀色。

三人来到高地上,王明说:"我们玩什么呢?"

鬼精鬼精的牛小松看着他们,笑着说:"听老师说过,《三国演义》里有个'桃园三结义'。我们正好三兄弟,不妨学着做一次结拜,权当游戏嘛!"

经过一番讨论,三人统一了意见,于是插芦为香,行了拜把之礼。

牛小松说:"我们虽然同龄,但不是同月同日生,今生但愿同年同月同日死。"

王明说:"你说的话,多不吉利。"

三人说说笑笑,一直玩到日落西山才各自回家。

牛小松去世后,钟晓阳昏睡了三天三夜,醒来后仍不吃不喝,寻死觅活地要去陪他死去的兄弟。

奶奶劝说不了他,就去找村主任王家槐。王家槐想了想,只好到村委会去请那位尚未撤离的刘排长。

刘新革排长一米八的个头,英姿飒爽,应邀来到钟晓阳的床前。钟晓阳见了救他的解放军刘排长,顿时情绪缓和下来,他欠了欠身,然后依然躺下,闭上眼睛。刘新革坐了下来,说:"晓阳同学,我知你心里难过,也很愧疚,你现在的心情和行为我十分理解,也很遗憾。但你想想,如果你采取过激措施,不想活下去,你对不起我们救你的一片诚心,你的兄弟牛小松地下有知,也会难过的……"

见钟晓阳身子动了一下,刘排长继续开导:"你们的事情我都听说了,你们曾经有过誓言,'不是同月同日生,但愿同年同月同日死'。桃园三结义是《三国演义》里的故事,我在幼年时代也看《三国演义》,罗贯中笔下的刘、关、张的义气是古代英雄豪杰的山寨风格。现在是新时代,革命的友谊绝不是这样的幼稚行为。如果你死了,你奶奶怎么办?小松的妈和小妹怎么办?你想过吗?你对得起她们吗?小松地下有知,他也不会饶你的。"

钟晓阳不停地眨着眼睛,眼泪还是哗哗地流下来。他一下子坐了起来,抱着刘新革:"刘大哥,我对不起你们。"刘排长见钟晓阳有了悔意,拍拍他的肩膀:"好兄弟,好好活着,争口气,把你的人生过好。"

钟晓阳到牛小松的家里,跪在牛小松的母亲李明英面前,声泪俱下地说:"婶,小松走了,您以后就是我妈。妈,我就是您的儿子,小妹就是我亲妹妹,今生今世,我要替小松尽到责任。"

李明英也伤心地说:"好孩子,起来吧,洪水无情人有情,如果小松换作你,你也会这样做的。"

一旁的牛小妹哭着搀起钟晓阳:"晓阳哥,起来吧!"

钟晓阳挽着奶奶的胳膊,吞吞吐吐地说:"奶奶,我有件事想跟您商量。"

奶奶说:"你这孩子,和奶奶说话还拐弯抹角的。什么事呀?说吧。"

钟晓阳说:"奶奶,这场大水把我们家整得够惨的,湖堤虽然保住了,但圩里庄稼内涝,今年减产是肯定的了。"

奶奶说:"乡政府已调了几台抽水机日夜排水,我看没什么大不了的事。"

钟晓阳说:"我听村主任说了,内涝已成定局,减产是避免不了的。"

奶奶说:"你这孩子,小小年纪就瞎操心,只要奶奶有口吃的,饿不了你。"

"奶奶,看您含辛茹苦,孙儿不忍。"

奶奶说:"你到底想要干什么?"

"我要去城里打工挣钱,书不念了。"钟晓阳终于说出了自己的打算。

奶奶说:"亏你说得出口,奶奶我还指望你考上大学,将来出人头地干大事呢!"

"可您年纪大了,身体一天不如一天。等我把书念出来了,不外乎也是找工作拿工资,那要等到猴年马月呀!"

长这么大,钟晓阳从来没见过奶奶的脸色这么难看。奶奶说:"不行就是不行。"

其实,钟晓阳想辍学打工,还另有一番隐情。那天看到牛小松母女的悲惨样子,他心里像扎了一把刀,觉得自己应当负担起她们的生活。那一刻起,他就决定了,去城里打工挣钱,除了为了奶奶,也是为了小松的母亲和妹妹。

可奶奶是天底下最好的奶奶,奶奶的话不能违抗。

那些年他还小,奶奶最心疼他,再困难也要把好吃的留给他。

钟晓阳一次放学回家,路过集镇上的一个小菜市场。已经中午时分,钟晓阳无意中看到奶奶在地摊上卖小青菜,他知道这是奶奶在自家小菜地里种的。奶奶眼巴巴地盯着路上的行人,钟晓阳则躲在一家小铺后面,偷偷地看着奶奶讨好那些挑三拣四的买菜人。他记得,那天奶奶很晚才回家。

晚上,钟晓阳失眠了。他把头蒙在被窝里,翻来覆去睡不着。夜很深了,奶奶来到他床前,轻轻地把散乱的被子掀起,盖在他身上。钟晓阳再也抑制不住了,一下子坐起来,抱住奶奶大哭起来:"奶奶,您太苦了。"

不想奶奶笑着说:"我的傻孙子,奶奶是劳碌命,习惯了,我这不好好的吗?"

钟晓阳哽咽着说:"奶奶,等我长大了,一定挣好多好多的钱,孝敬您。"

奶奶拍着他的头:"晓阳呀,只要你好好念书,奶奶就知足了。"

祖孙两代人,那天晚上谈了很久,很久……

矛盾中的钟晓阳终于下定决心。第二天晚上,他去看望王明,兄弟俩彻夜长谈,他把自己的决定告诉了王明。王明动情地说:"谢谢你,晓阳,谢谢你对我的信任。人各有志,你决定了的事情,有你自己的道理,我支持。"

钟晓阳说:"兄弟,我拜托你一件事,我走后,前途未卜,希望你以后多看看我奶奶。"

"没得说,我们谁对谁呀!"王明爽快地答道。

钟晓阳走了,他是第三天天没亮时悄悄地走的。临行前,他留给奶奶一封信:

我最敬爱的奶奶:

请您恕孙儿不孝,孙儿给您跪下了!

我已给学校打了退学报告。这段时间,孙儿的心里实在太难过了。当我看到牛小松的妈和牛小妹那可怜兮兮的样子,孙儿如万箭穿心。我在大难不死那一刻起,就决定把小松妈当成我的亲妈,小妹就是我的亲妹子,我决定去城里打工赚钱。我们已经认亲了,事前没跟奶奶商量,是孙儿不孝。为了您和她们,孙儿才做出以上的决定。

我走后,奶奶要多去照顾她们娘俩。按理说,奶奶也是需要别人照顾的人了,但奶奶的为人一直很好,我想奶奶一定会去做的。奶奶,千言万语说不尽,孙儿再一次给奶奶跪下了。

孙儿晓阳叩拜

奶奶捧着信,遥望城里的方向,两眼湿润了。

# 第一章 流落街头

夕阳西下,城市的万家灯火犹如天上的星星,眨动着它们的眼睛。钟晓阳走在大街上,悠来荡去已经一天时间了。他心里空落落的,今晚身居何处,是他首要考虑的问题。街旁的大宾馆,他连想都不敢想;深巷里的小旅社,闪烁着鲜红的霓虹灯,向他发出诱人的召唤。他摸摸背包里夹在书本里的一百元大钞,朝一家不起眼的小招待所走去。女老板笑容可掬地招呼他:"小大哥,住店吗?"

他犹豫了一下,问道:"一晚要多少钱?"

女老板微笑着说:"住包间 20 元,大通铺 5 元。"

他说:"我住 5 块的。"

女老板说:"那就登记吧,把你的身份证出示一下。"

"身份证,什么身份证?"

"就是证明你身份的证件。"女老板说着,拿出一个样本来。

钟晓阳睁大眼睛,顿了一下:"这个,我没有。"

"对不起,这里不能留你了。"女老板语气很坚决。

钟晓阳看似人高马大,其实还不满十八周岁。在农村,就是成年人,常年不出门的话,对身份证的意识也很淡薄,钟晓阳没出来前还是个在校生,对身份证没有概念。

他转身向大街走去,自言自语:"此处不留爷,自有留爷处。"他看过一本书里的主人公就是这么说的。

他信步向火车站的方向走去,听村里成年人说过,农村人赶不上回家的最后一趟班车,大都在火车站大厅过夜,睡在长凳上。

这时正逢春夏之交,夜里不怎么冷。他刚走到护城河的桥头旁,见跨河大桥上面的灯光映在桥下那块平地上,朦朦胧胧的,他临时改变了主意,心想:"我何不在此过夜呢？大丈夫四海为家。"

桥底下空地上乱七八糟地堆着一垛陈旧的稻草,还有一些塑料薄膜,原来这里就是流浪汉的栖身场所。

钟晓阳抱了一些稻草,在一个桥墩旁的地下铺了个地铺,从拎包里拿出一条旧毯子,往草上一铺,拎包当枕头,背包放在枕头一边,躺了下来。一天的奔走劳累使他周身像散了架似的,头一贴"枕头",就迷迷糊糊的地了睡意。一阵窸窸窣窣的声音把刚刚上来的睡意赶跑了,他警觉起来。自己整个家当就这么一大一小的两个包,包没了,活路也没了。想到这,他把放在枕边的小背包往颈旁挪了挪,微睁双眼,密切注意周围的动静,隐隐约约地看到过来的人好像是一位老者,弓腰驼背的身影伴随着一阵咳嗽声。钟晓阳没出声,看着老人在离他一铺之隔的地上铺开塑料薄膜,忙活了半天。老人刚要躺下,又过来三个衣衫不整的青年人。看来三个人是一伙的,钟晓阳更有了戒心。三个来者看看钟晓阳没有吱声,也许他们在心里判断着,此人虽然躺着,但从形体看,一定是人高马大、不好欺负的。稍停片刻,三人中那个大个子说话了:"喂,老头,滚一边去,这是我哥仨的地盘。"老头没搭理他们,弯着腰咳嗽着。这一下惹恼了大个子,只见他拽着老头的一只胳臂,一下子将老头摔倒在地,摔得老头直翻白眼。这一切钟晓阳都看在了眼里,实在忍不住了,说道:"我说这位兄弟,你不应该这样对待一位老人。"

"嘿嘿,哪里蹦出个多事的,我没惹你,你倒多管起闲事来了。"

钟晓阳细看此人,他有着刀削一样冷峻的面孔,瘦长的身材,是一个凶巴巴的年轻人。

"我这是说公道话,都是在外混饭吃,大路朝天,各走一边,何必计较。那边场子大着呢!"钟晓阳使自己的语气尽量平和些。

大个子不耐烦了,声音高了起来:"你也起来,这都是大爷的地盘,你新来乍到的,有什么资格说三道四。"他昂首挺胸,凶巴巴地吼道。

钟晓阳见状,气不打一处来,大声说道:"谁是大爷？我可没有你这个大爷。"

大个子本来不打算和这个新来的计较,但经钟晓阳这么一说,顿时火冒三丈,仗着身边有两个帮手,真正动起手来,三比一,谅对方也难胜,于是伸出手就要给钟晓阳一个耳光。

没等他的手接近自己,钟晓阳已快速抓住大个子的胳臂。大个子只觉得自己像被一只大铁钳子夹住,动弹不得,疼得直哆嗦。但他不服输,迅速腾出另一只手来对付钟晓阳。钟晓阳并不理会,运足全身力气,把大个子掀翻在地。大个子的另一位同伙见自己兄弟吃了亏,摩拳擦掌,向钟晓阳扑来。钟晓阳艺高人胆大,并不惊慌,使出当年体育老师教自己的一套防身术,一个马步,跟着就是一个扫蹚腿,以迅雷不及掩耳之势,将那个同伙扫了个仰面朝天。那同伙迅速站了起来,拿起地上的一根木棍,劈头盖脸地打了下来。钟晓阳一拳将那个同伙打个满地找牙。两兄弟见来者身手不凡,显然是受过专业训练的,只得隐忍,不再造次了。

三个人中,那个稍矮一点的同伙始终没说话,站在一旁冷眼旁观。

经过这场战斗,钟晓阳心里产生出一种初试牛刀而获胜的喜悦感。那三个人学乖了,一声不吭灰溜溜地回到最外面的那块地坪上铺草打地铺。

钟晓阳回到自己那个临时草铺上躺了下来。经历了这不安稳的一天,他太累了,身体产生一种飘飘然的感觉。那三个家伙太不经打了,原来都是软蛋。他彻底放松了,渐渐地进入了梦乡。

一觉醒来,天已大亮,他仔细地向四周看看,除了自己的地铺,一切空空如也。老头不见了,那三个不速之客也了无踪影。

钟晓阳的大脑嗡嗡响,恍恍惚惚中,他似乎意识到什么,用手摸摸枕边,拎包还在,可拎包旁的那个小背包不见了。

钟晓阳这才惊醒过来,冷汗直流。坏了,丢了背包事小,可那夹在书里的 100 元钱,是他眼下生存的资本,对他太重要了。他耷拉着脑袋,整个人像泄了气的皮球。肚子开始咕咕叫,他感到自己真是太倒霉,城里生活刚开始就丢了钱,现在连饭也没得吃,只能到外面转转去,看能不能向路人讨口吃的。他刚起身,那个老头不知什么时候已躬着腰进来了。老头一声不吭,慢慢地走到他面前,从怀里拿出一个鼓鼓的小塑料袋,递到钟晓阳手里,嘴里哇哇啦啦,并打着往嘴里送的手势。钟晓阳这才意识到,原来老头是个聋哑人,他在示意钟晓阳快吃。那是装着馍馍的小口袋,钟晓阳感激地笑笑,拿出馍馍就啃起来。站在旁边的老头不停地比画着,他在告诉钟晓阳,你的背包,是那三个坏家伙偷走的。钟晓阳点点头,脸上露出丝丝苦笑。"谢谢您,老人家。"他说。

老头似乎听懂了,脸上有了笑容。

钟晓阳目送着老头一瘸一拐地走出了桥洞,心里更加失落。他索性坐到草铺上,外面阳光灿烂,他的心里却一片荒凉。想着奶奶几天来一定守门盼望,想着李明英妈妈和牛小妹伤心的样子,他刚出来就如此落魄,辜负了亲人们的殷切期望。他不能就这么窝囊下去,他强打起精神,站了起来,拿起拎包,走出这个倒霉之地。

他在城市的大街小巷又转悠了一天,中餐吃了两个馍馍,渴了饮用公用自来水。眼看西沉的太阳又躲到高楼的后面去了,看来今晚又要回到那个大桥底下。他摸摸口袋,只剩下两个馍馍了。在一家店门口站了许久,最终他还是向大桥的方向走去。

一只脚刚迈入桥底下,他就见到那三个年轻人,从草铺上站了起来:"来了,来了,兄弟,我们终于等来了你。"钟晓阳看那三人说话没有恶意,故意说道:"怎么,又来打劫我呀?可我现在一贫如洗呵。"大个子拉着钟晓阳的手,真诚地说:"兄弟,真对不住呀,我们是来还你东西的。昨晚我们一时糊涂,拿了你的包,后来想想,我们无冤无仇,干吗这样对你?特别是我那小……妹……不是,是我那小弟力劝我们,不能这么做。后来,我们三兄弟合计一下,决定回到这里等你。果然等来了你。"大个子一口气解释了许多。

钟晓阳一肚子火已经去了一半,悻悻地说:"你们呀,差点叫我跳了河。多亏那个聋哑老头,是他送给我六个馍馍,不然我就要去当乞丐了。"

那个最小的弟弟说:"大哥原谅,是我们三兄弟的不对。一分钱难倒英雄汉,这一天来,我也在想,这位大哥现在一定是欲哭无泪。"

大个子说:"我这小弟,心眼好,他说你是个见义勇为的人,我们要交你这样的朋友。"

钟晓阳豪情万丈地说:"情义值千金,相遇也是一种缘分,我们现在都在困境中,应该互相帮助才是。"

"那是那是。"三兄弟异口同声地说。

不打不相识,四个人心平气和地坐在草铺上交谈起来,互诉往事。

叙谈中,钟晓阳这才知道他们三人的身世。

原来他们是三兄妹。大哥朱仁海和朱仁和是堂兄弟,朱仁男是朱仁海的胞妹。出来打工,为防不测,朱仁男才女扮男装,掩盖她的女儿身。

他们出生于河南省一个山城小县,那里沿黄河围堰区有一片良田、绿树、村庄、农舍。

发生在20世纪80年代中期的那场百年不遇的洪水,牵动着全国老百姓的心。滚滚洪水翻起黄色的巨龙,淹没了周围成千上万亩农田。经历了那场人和自然惊心动魄的殊死搏斗,面对随时可能卷浪重来的野兽般肆虐的自然灾害,人们更加理智了。政府号召乡民们搬出这个多灾多难的泄洪区,在新的理想的地方重建家园,并拨付大量的救灾资金,让老百姓建起了一栋栋精心规划的漂亮小楼,展现出一幅幅新农村的画面,老百姓因祸得福。

在流淌着的歌声和笑语中,朱仁海和小妹朱仁男出落成血气方刚的大小伙子和长发披肩、脸蛋清丽白皙的大姑娘。他们兄妹俩相约,走出爹娘、村庄和大河的怀抱。他们长大了,就如同那些一直在父母精心喂养下成长的雏鸟,该展翅高飞了。兄妹俩的心思,被一墙之隔常在一起玩耍的大伯家的二小子朱仁和知道了。经过一番计划,他们最后决定一同外出,去邻省富饶的地方打工。平生第一次离乡背井,踏上征程的那一刻,三人心中虽有淡淡的乡愁,更多的却是对未来的美好生活的憧憬,心里有类似战士奔赴战场之前的那种兴奋和紧张。

起先,三兄妹在一家工地做建筑工,辛辛苦苦干到年终,老板因承包工程亏本,将结算款私自揣进腰包,逃之夭夭了。无奈之下,工友们集体去找政府部门,在辖区劳动部门的干预督促下,责令工地老板的上家——一家无资质的小公司偿付工资。最后经过多轮谈判、协调,这家公司倾其所能,支付了全部工资的一半。大家都明知吃了亏,但看看眼下的小公司再也挤不出油来,只好自认倒霉。

失去了工作的三兄妹,只好流落街头,干起拾破烂的营生,过着半乞讨的日子。

在钟晓阳面前,朱仁男揭去头上的那顶旧军帽,打散了盘在头上的秀发,长发披肩,现出庐山真面目——一个姿容秀丽的美女。

钟晓阳也将自己的经历向三兄妹和盘托出,讲到动情处,特别是他的兄弟牛小松在抗洪中为救他而牺牲了自己年轻的生命时,他顾不了许多,在三人面前流下了伤心的泪水。

城市的夜晚静中有闹,在这样一个平静的简陋之地,四个人冰释前嫌,渐渐地亲热了起来。

钟晓阳说:"社会不养懒人,我们好胳臂好腿,只要不懒惰,我想一碗饭总有得吃的。"

朱仁海说:"兄弟,这以后,你说怎么办,我们全听你的。"

钟晓阳充满自信地说:"天无绝人之路,我倒想出一个主意来,不知你们愿不愿意。"

朱仁男急了:"你就快说吧,不要绕弯子了。"

钟晓阳说:"赶明儿,你们去弄个木板来,一尺见方即可,另外买一支毛笔,还有一瓶墨汁来,我自有办法。"

朱仁海想了想说:"你不用说了,我猜十之八九是要自卖自身?打工的活,我们不干,再也不会上当受骗了。"

"你们是一朝被蛇咬,十年怕井绳。但就目前来说吧,打工总比流浪好。我相信,无论是工厂还是建筑工地,大多数老板是好的。再者,这是双向选择。如果有人选中我们,我们也要考察他们呀!"

四个人经过了一番商议,最后朱仁海说:"那就再试一次吧!"

已经是下午4点多钟,在淮海路百货大楼下,钟晓阳他们四人蹲在一处广告牌下。朱仁海举着那块木牌,上面"打工者"三个字写得工整、清晰,引来不少路人。他们像欣赏商品一样,打量着他们,有两人还在一旁窃窃私语,品头论足。

钟晓阳的脸上像爬满了蚂蚁,他慢慢地耷拉下头来。从上午到现在,一个米星没打牙,肚子饿得咕咕叫,实在难受。他下意识地看看他们三兄妹,个个昂首挺胸,看着天,一副不屑的模样。可钟晓阳此刻很内疚,心里真有些对不住三兄妹的感觉。

昨晚他就意识到他们的不情愿。他们有过一次吃亏上当的经历,今天这样做,完全是出于对钟晓阳的信任。

特别是朱仁海,他自己吃苦不说,又带着弟弟妹妹。

朱仁海心想,再过两个小时,天色就晚了,到时候再无人问津,钟晓阳也就彻底死心了。这样,他就不会怪罪他们不肯打工了。

面对还在品头论足的围观者,朱仁海的自尊反倒更加强烈。他想,我们没偷没抢,更不做下三滥的事,你们尽管鄙视我们,三十年河东,三十年河西,我们相信自己,有钱人也是靠奋斗出来的。

二弟朱仁和此刻也并非无动于衷,他在心里唠叨:打工难,打工难,难于上青天。这一年他粗茶淡饭,干着牛一样的活,到头来,就只落得个肚子圆。

朱仁男思忖,如果她现出了女儿身,找个服务员的工作还是不难的。

就在四个人各怀心思之时,一辆奥迪车停在对面的马路旁。车门开了,走下一位风姿绰约的中年女人,手里拎着一个华丽的小坤包,姗姗地向这边走来。来到四人面前,她那一双美丽的眼睛在四个人脸上扫视着,钟晓阳感到全身上下都不自在,心里想,看来这个女人是真正的东家了。女人来到朱仁男跟前,沉默片刻,操着一口标准的普通话问:"你今年多大了?"朱仁男下意识地扶了扶头上的帽子,用一双杏眼回视一下,答道:"整十七岁了。"

女人说:"周岁十七,没关系,不是童工。什么文化程度?"

朱仁男说:"高中毕业,家里生活困难。"

女人点了点头,脸上露出满意的笑容。

接下来类似的问话,钟晓阳也回答了一遍。

女人站立的姿态非常好看,只见她从上衣口袋里掏出一部袖珍手机,背过身去,好像在给谁打电话,边说话,边做手势,大概在征求对方的意见。

挂掉手机,她转过身来,面朝钟晓阳说:"你,还有那位小兄弟,跟我走,如果你们愿意的话。"

钟晓阳此刻表面矜持,不卑不亢,内心则暗暗高兴。只是还有朱仁海弟兄俩没有去向,他看了眼前的女人一眼,正要张口说话,那女人用手势制止了他。

女人说:"不用你说,我也知道,你们一共四个人,那两位,我已经跟我的朋友联系了,等会他会派人来,你那两个兄弟跟他去。"

钟晓阳心里的一块石头总算放下了,前面的路是坎坷还是光明,只有以后才知道了。

# 第二章　一碗汤圆

钟晓阳和朱仁男就业的是众诚集团,下面有几家分公司:晓星印刷、宏图汽车制造、众诚国际大酒店。集团总注册资金10亿元人民币。

20世纪90年代末,中国改革开放已经历经20年了,在经济处于上升期的中部地区三四线城市中,这家公司算是榜上有名了。

这一天,众诚国际大酒店总经理童兴荣忙完了一天的工作,心情特好。她随手拿起桌上的电话,拨通了钟晓阳的手机:"晓阳,晚上有时间吗?"

一听是老板的声音,钟晓阳放下手中的活,将桌上的电脑移向办公桌的另一边,恭敬地说:"老板,有何吩咐?"

"这么认真呀,还老板老板的,叫姐。有时间的话,今晚请你和仁男吃个饭。"

自从3年前的那天下午,他和朱仁男被带入酒店后,忙忙碌碌中,时间过得飞快,差两天就整3年了。这3年来,他从小服务员做起,一步一个脚印,做到如今副总经理的位置。童兴荣对他和朱仁男是没说的。她看中的是钟晓阳的敬业精神,曾派他到公司基层第一线去,给他实践和学习的机会。钟晓阳不辜负她的良苦用心,在参加文化学习的时候,在学习班得了第一名,完成了大专学业;在工地上,他吃住在现场,向一线工人学技术;他精通预决算,在一次承包商报来的决算中,共挤出水分200万元,给公司节约了很大一笔资金,同时实事求是地使承包单位也有利可图。朱仁男作为他的助手,有力地配合着他的工作。这两人的工作业绩童总都看在眼里,在集团工作会议上,她如实地向股东们做了汇报。

"朱仁男今晚不行,她要参加同学会,事前已和我请了假。"钟晓阳说。

"好的,我知道了,那我俩到时见。"

国宁路325号的门头上,闪烁着"三妹汤圆馆"的霓虹灯光,钟晓阳的现代 200、童兴荣的奥迪 A8 几乎同时抵达汤圆馆外的停车坪上。进入汤圆馆大门,一位留着小胡子的中年男子笑脸相迎,他对童兴荣说:"来前也不打个电话,我好准备准备。"

"哎哟,一天不见,倒客气起来,我哪天要你准备来着。"

中年男人向钟晓阳投去怪怪的眼神:"童总什么时候配备了保镖?"

"我公司的副总,你可别门缝里看人哟!"童兴荣不屑地说。

两人在一处雅座坐下后,钟晓阳故意提高嗓门说:"童总,你和那位大叔早认识呀!"

服务员阿英已将两杯热气腾腾的咖啡放在两人面前。童兴荣眯着眼打量着钟晓阳,随手拿起盘子里的小勺子,翘起那细腻好看的小拇指,搅动着杯子里的咖啡,轻轻地端起来呷了一口,说道:"晓阳,你不觉得时间过得快吗?你来公司几年时间,公司有了很大的发展,你大变样了,也成熟了。"

"是的童总,这一切都是您辛勤付出的结果。我要感谢您才是。"

"晓阳,还是那句话,以后公开场合可以称呼我童总,私下里喊我姐。"

钟晓阳抿了一口咖啡,放下杯子说:"是,童姐,如果我成熟了,那也是您的栽培。"

"还说什么客气话,有你对姐的工作支持,就足够了。"

"您是我的启蒙人。"钟晓阳说。

"用不着你夸我,姐只希望哪一天能看到你的成功。"

"谢谢姐,我不会让您失望的。"

"应该说,不要让公司失望。"

钟晓阳昂起头,感慨地说:"记得 3 年前的那天下午,您让我和朱仁男坐进您的座驾,领我们进公司的那一刻,我们犹如刘姥姥初进大观园,对什么都感到新鲜。"

"那时候,别看你人高马大的,看着你们怯生生的样子,简直就是两个小屁孩。"

见钟晓阳不时地向厨房张望,童兴荣接着说道:"现在坐到副总的位子上,可以说是你人生的一次转折和飞跃,我说得没错吧?"

"我钟晓阳何德何能。还是那句话……"

"不用说了,晓阳,姐衷心地希望你干好工作。既然你我都踏进民营企业这条道上,应该干一行爱一行。有句话叫作条条大路通罗马,只要我们干得风生水起,对国家、对社会做出应有的贡献,就会有回报的。"童兴荣打断钟晓阳的话,一口气说了很多。

"谢谢姐的教诲。"

"又来了,姐做的一切,是不要你谢的。"

钟晓阳一时沉默,似乎在想着童兴荣说过的每句话。他憋了很久,终于下了决心开口说道:"几年来,我亲眼看到姐工作的辛苦,在公司里那严肃不可冒犯的样子,我就在想,姐难道就是一个铁面无私、冷漠无情的人?就没有生活中的另一面?"

"你指的生活中的另一面是什么?"

"爱情、家庭,还有初心。"钟晓阳把自己想的大胆地说了出来。

"好一个钟晓阳,你真的懂事了。"

"姐能告诉我你的另一面吗?"

"好吧,就算我们姐弟俩做一次推心置腹的谈心。"童兴荣说着向厨房看了一眼,只见那中年男子一手端着一个汤碗,来到他俩面前。

"这是你们要的莲子薏仁银耳汤。"

童兴荣面无表情地说:"放这吧!"

中年男子看了钟晓阳一眼,转身走了。

品着鲜美的莲子羹,童兴荣说:"晓阳,难得今天有这样的时间,姐也有这样的好心情,姐就给你讲讲我的人生故事吧。我想,作为一个下属,全面地了解老板的想法、做法,以及生活,对配合老板的工作是有好处的。"

钟晓阳说:"这是否有些难为您了?"

"没有什么不好说的。"童兴荣想,说出来也算是满足他的好奇心吧。

于是,童兴荣漫不经心地说了她的身世和生活中一些难忘的经历:

"我们家父母兄妹五口人,父母、大哥、二哥,我排行老三,小时候,人们都喊我小名三妹。

"事情还得从20年前说起,那个时候我18岁,高中毕业考取了省城一所知名大学。我父亲是个重男轻女的顽固老头,从我记事起,他从来没给过我好脸色看,对我管教严格,真使我受不了。我常在心里想,我肯定不是他亲生的。我二哥在前一年,考取了北方大学,家里倾尽所有,勉强让他上了学。

这次,他不让我上大学,我哭了好几天,也无济于事。母亲怕父亲,只好私下里劝我:'女儿,也不怪你爸,你看,像我们这样一个平民家庭,一家供两个大学生,太难了,不吃不喝也不行啊!'母亲怕父亲的真正原因,因为她是农村户口,虽然后来我们一家人的户口陆续迁上来了,但母亲多年来养成了在父亲面前低他一等的习惯。

"父亲联系了一家位于郊区的乡镇企业,要我去打工挣钱。在这之前,大哥已离家出走,杳无音讯。后来我想想,也不能完全怪父亲,贫穷给多少家庭带来了不幸和无奈。

"我这人吧,也很古怪,父亲的倔强基因让我给继承了。一气之下,我离家出走了。

"我从此流落街头,受尽磨难,万般无奈之下,好几次轻生,每次都被人救下了。后来我想想,好死不如赖活着。我当过小保姆,在建筑工地上干过小工,做过小吃店服务员。但是,不管怎么苦和累,一有时间,我就读书。我觉得,知识能成就一个人的事业,懒惰会断送一个人的前程。

"我省吃俭用,渐渐地手头上也积攒了几个钱。于是,我想以钱赚钱,不存银行。初起,我摆个汤圆摊子,流动性的,没有固定场地。慢慢地我懂得了城市生存的游击战术。渐渐地,我的小钱变多了,后来承租了这家门面,开了一个汤圆馆,去工商所注册了'三妹汤圆'商标。门面虽小,但我苦心经营,价廉物美,符合大众口味,特别注重食品卫生。生意场上有一句经典名言:只收七分。一毛钱利,让出三分,薄利多销,这才是经营之道。

"生意红火了,我忙得不亦乐乎,每天晚上都忙到12点才打烊。一天,已经夜里12点了,我正准备上门板,来了两个食客。借着灯光,我看清了,是一个30多岁的男人,手里牵着一个七八岁的小女孩。男子一脸的厚道相,剑眉下有着一双饱含智慧的眼睛,看那小女孩,一副天真活泼又饥肠辘辘的可怜样子。我顿时有了恻隐之心,没有多想,点头让他俩进来,问他俩吃点什么。

"男人看看挂在墙上的菜单说:'一碗汤圆。'

"我如数下了10个汤圆,在厨房收拾餐具时,不时地看看他们。只见男人把碗推给这个小女孩:'女儿,吃吧!'小女孩却怯生生地向厨房看了一眼,咽下一口唾沫,没有马上动筷:'爸,我吃4个,您吃6个。'男人说:'傻丫头,看你饿的,爸不吃。'女孩说:'拿只碗来嘛,您吃6个。'女孩坚持说,'您不吃,我也不吃。'她回过头来看着我,意思我明白,想让我替她拿碗。男人说:'好了,好了,你先吃,留下的给我吧!'

"女孩这才大口吃起来,看她吃得如此香甜,我心里想,可怜的小丫头,一定是饿坏了。

"女孩忽然抹抹嘴不吃了:'爸,您吃吧。'男人看着碗里还剩下五个,问道:'小云,怎么不吃了? 爸之前吃过了。'女孩说:'您骗人,您没吃,没吃。'说着,她下了桌子,在一旁站着。'孩子,再吃两个,剩下的爸吃。'男人说。'不嘛,不嘛,我要您吃。'看来,这个小女孩一定很倔强。我站在厨房里,莫名地感到一阵心酸。

"男人满含泪水,咽下了剩下的汤圆。

"第二天这个时候,我已经打烊了,刚出店门口,迎面碰见了他们,男人朝我尴尬地笑笑:'不好意思,打扰你了。''不碍事,算你们来得及时,再过5分钟,看不见你们,就没办法了。'我边说,边往回走,开了门,开始为他们张罗。

"回想昨天吃汤圆的情景,我心里很不是滋味,于是在下汤圆的时候,我有意多下了5个。男人看在眼里,装作没注意,向我要了一只空碗、一双筷子,默不作声地给了女儿8个,剩下的7个留在自己碗里。小女孩执意不让,依然只吃5个,男人很无奈,最后还是依了女儿。

"看着这对父女出门的背影,我心里五味杂陈。就在我收拾桌上的碗筷时,突然发现碗底下多放了5个汤圆的钱。我什么也没想,拿着钱追到门外,这对父女早已没了踪影。

"第三天晚上,我情不自禁地对他们产生了莫名的牵挂,一直等到12点,还不见他们来,索性继续等下去。10分钟,20分钟……1个小时过去了,还不见他们来,我悻悻地关上了店门。从此以后,这对父女的形象,久久地留在我的心里。这是我走上社会后,遇到的一对普通的父女,也是最普通最小的一件事。然而,我后来的命运因此而发生了改变。

"我精心打点我的生意,起早贪黑。我的生意经是:十分利饿死人,三分利胀死人。我坚持只拿三分利,因此生意十分红火。

"生意虽好,人却很累,一个人忙不过来。于是我聘请了李全,就是刚才这位你叫他大叔的。再后来又增添了一名服务员张英,人们喊她阿英。功夫不负有心人,渐渐地,我有了不菲的存款。

"一天,我接到工商联的通知,要我参加一个竞标会。按要求我认真备齐了一式三份的资料。同时,我事前得到一家银行的支持,准备了50万保证金。

"竞标会上,我还算精彩的演说,得到专家们的一致好评。这都是因为我平时勤奋好学。曾经在一份财经杂志上,我看到一篇好文章,叫《中国民营企业变革重心,在于砸碎龙椅》。民营企业的龙椅,是形容那些从骨子里把企业当成自己的小王国的做派。在这之前,我做了大量的社会调查,对董事会、监事会、董事长以及总经理的责、权、利,进行了详细的分析研究。我能在专家面前滔滔不绝,全凭我平时练就的口才和知识给我的力量。

"这次竞标,我一举成功,所以才有了今天这个企业当家人的位子。"

听了童兴荣的一番讲述,钟晓阳心想:"人是需要彼此交心,相互沟通的。从表面看,她高高在上,一副神圣不可侵犯的样子,其实她有这么多不为人知的故事。"

"童姐,您的故事太感人了,不过……"钟晓阳停顿下来。

"不过什么呢?直说无妨啊。"童兴荣看着他。

钟晓阳说:"我觉得您这故事还没说完。"

童兴荣哈哈一笑:"我说过的,以后有机会再给你细说。其实,今天约你来,不是要你听我讲故事的。交给你两个任务,我想你会完成的。"

钟晓阳突然觉得手足无措,睁大眼睛说:"任务?童姐,尽管下达。就是刀山火海,要我闯,我都不会皱一下眉的。"

"不要想得那么严重,搞得像上战场似的。第一,我要交给你一个新岗位。这次滨河区人民政府招商引资,公司当然积极响应,征用新区一宗地块,建一座星级大酒店。集团董事会已采纳我的建议,让你负责基建工作,我想你能胜任的。等这项工作全部结束,再考虑你的新工作。"童兴荣毫无保留地对钟晓阳说。

钟晓阳犹豫地说:"童姐,说实在话,自我工作以来,一直跟着您,在您身边,从没离开过。这次让我独挑重担,心里总觉得不踏实。"

"都在一个城市,都是一个集团,我能不关注你的工作吗?放心干吧!"

钟晓阳说:"好吧,我干。那第二个任务呢?"

"放你几天假,你这么长时间没回去过,明天赶紧回农村,将你奶奶接进城来。"童兴荣说,"听说你还有妈妈、妹妹,一起接来,全家人有个照应。"

钟晓阳说:"童姐,我暂时不想让她们来,等过两年条件好了再说。"

"你说的条件我知道,住房问题。我呢,最近买了一栋别墅,也装修好了,我明天就搬过去了。我现在住的三居室腾出来,让给你奶奶她们正合适。"童兴荣真诚地说。

钟晓阳激动地说:"童姐,我会有偿使用,给租金的。"

"如果要租金的话,我宁愿空着,也不给你。"童兴荣的脸拉了下来。

钟晓阳感慨地说:"这礼太重了。"

"这是为了公司的发展,你不要想太多。"童兴荣说。

# 第三章　情义无价

周六傍晚时候,在钟家老屋客堂,钟晓阳双膝跪地,声泪俱下地说:"奶奶,孙儿不孝,当初辍学打工,未得到奶奶您的同意不说,进城前也未给奶奶打声招呼,辜负了奶奶的养育之恩。今天,孙儿特地回来,负荆请罪,请奶奶责罚。"

"起来,起来,我的大孙子,你是奶奶的心头肉呀,再有不是,奶奶也不会怪你的。再说,你已经长大了,有想法也是正常的。人各有志,路在自己脚下,怎么走是你的事。"

一旁的李明英双手搀起钟晓阳:"晓阳,奶奶不会怪你的。当初也是情况特殊嘛!那场洪水改变的不光是你一个人的命运。其实你不说,大家心里也清楚,你也是为了我和小妹。"李明英的眼睛红红的,泪水在眼眶里直打转,她想起了自己的儿子牛小松。

钟晓阳转过身来,捧起李明英的手说:"妈,您受苦了,儿子心里有愧呀!"

"不说了,晓阳,过去的事都过去了,今天不谈往事。"

钟晓阳又关切地问道:"小妹还好吗?"

"好着呢,平时回到家整天嘻嘻哈哈的,老是问到你,在学校成绩倒是挺优秀的。"

钟晓阳高兴地说:"那就好,小妹活泼。"

李明英说:"今天是星期六,我猜想,没特殊情况,她已经在回来的路上了。"

李明英话音未落,门外响起一个青春少女银铃般的声音:"奶奶,妈,我回来了。"

一进门,牛小妹愣住了,她很快认出了钟晓阳,扔掉背包,一下子扑了上来,抱住钟晓阳。李明英说:"这丫头就是疯,见到你晓阳哥就这么没轻没重地撒娇,也不看看,奶奶和我都在跟前呢!"

牛小妹不理不睬,兴高采烈地说:"我就有预感嘛,清早起来,我的眼皮老是跳,眼皮跳,贵人到。下午上完最后一节课,我就往家赶,嗨,还真的神了,晓阳哥就像从天上掉下来的,哥,你想死我了。"

钟晓阳愣愣地看着牛小妹,心里盘算着这丫头今年不是17岁,就是18岁了,长得这么水灵,一张清秀的鹅蛋脸,眼珠黑漆漆的,左顾右盼,两颊绯红,周身透着一股青春气息。他高兴地说:"我说小妹呀,哥也没少挂念你呀,妈说你学习成绩很好,看来今年考上大学是没问题啰。"

"不说这个了,哥,听说你当官了,门外还停着小车呢!"

钟晓阳说:"当什么官了,哥是在一家民营企业里混个小差事,哪能算是官呀!我们公司的年轻人有好几位都有小车呢!"

"不是官,也是老总吧。讲讲你的情况,是怎么当上老总的,给我们分享分享嘛!"

"也算不上老总,实际上是给老总当助手。"钟晓阳实话实说。

牛小妹高兴地说:"人家说,今天的助手,明天的总经理,迟早的事。"

李明英打断了女儿的话:"你看看,你哥刚回来,你就喋喋不休地问个不停。时间长着呢,有话留着晚上慢慢说。"

牛小妹撒娇地说:"什么喋喋不休,女儿这不是高兴嘛!"

李明英说:"只顾说话,也不看看天色晚了,你去镇上农贸市场买些菜,晚上,我们一家人好好吃顿饭。"

牛小妹高兴地举起手说:"是,女儿去也!"

饭桌上,钟晓阳双手捧住酒杯:"奶奶,孙儿给您敬酒了,您坐着,孙儿先干为敬。"

他向奶奶亮出了杯底,接着再斟了一杯,转向了李明英:"妈,儿子也敬您一杯。感谢您这几年把家料理得好好的,忙完田里的又忙家里的不说,还精心照顾奶奶。"李明英端起酒杯欠欠身,对晓阳说:"晓阳呀,我们都是亲人嘛,一家人不说两家话呵!说什么谢呀。"坐在钟晓阳身边的牛小妹,捧着饮料杯,站起来恭敬地说:"奶奶、妈,还有晓阳哥,小妹我就不陪你们喝酒了。奶奶、妈,祝你们二老身体健健康康,祝我晓阳哥事业更上一层楼。"

奶奶很高兴,笑得脸上的皱纹更深了,李明英不住地点头。钟晓阳想,小妹只是个高中生,就这么会说话,将来大学毕业了,到我们公司应聘,当个公关人员,一定是个好人才。

饭菜吃到一半,牛小妹又一次站了起来,端起杯子,低头看着钟晓阳。她说:"我问哥一件事,行吗?"钟晓阳说:"怎不行呢?问吧。""近两年,我每个月都能收到一张汇款单,不是500元就是七八百元。我把钱如数交给奶奶,奶奶很高兴,也很纳闷,是谁给我们这么多帮助呢?奶奶与妈妈多次催我去查明情况,钱是哪里寄来的,寄钱的人又是谁。我们都隐隐约约感到,这事与你有关,你知道吗?"牛小妹问道。

钟晓阳说道:"你查到了吗?哥的确不知道。"

"我一个没出茅庐的中学生,到哪去查呀?不过这钱真是雪中送炭呀,解决了我的学费不说,也对我们全家人生活有很大帮助。哥,我就在想,伯父或者伯母,是否有这可能?"

钟晓阳也很纳闷,自己并没给家里寄钱呀!除非是爸或者妈,他们哪一个在外面混得好了,给家里寄的钱。又一想,也不可能。这么多年了,他们对家里情况也不了解,何况收钱人又是牛小妹。

钟晓阳想了半天,想不出所以然来,只好解释说:"现在人们生活好了,有钱人也多了,做善事帮助别人也很正常。如今我们得了人家的周济,将来我们家好了,再同样去帮助别人、回报社会就是了。"

奶奶说:"晓阳说的是。"

李明英说:"滴水之恩,涌泉相报。你路数广,回到城里好好查查清楚,这黄金有价,情义无价呵!"

钟晓阳自信地说:"妈,您说得没错,这世上没有无缘无故的情和义,我总会查出结果的。"

他对小妹说:"小妹,你把汇款单拿给我,我回去后调查这件事,得人之恩,不能忘人之义,一定查明。"

饭桌上,祖孙三代有说不完的话,慢慢叙谈中,钟晓阳知道了这几年家乡发生了很大变化,城市建设扩大了,过去的乡政府,经过重新区划,现在合并为镇政府了。更值得高兴的是,他的同学王明在两年前应征入伍了,如今被保送到部队军事院校深造。钟晓阳心里太高兴了。

在全家团聚的热烈氛围中,钟晓阳没忘记这趟回家的重要任务,想起临行前童兴荣的一再叮嘱:"晓阳呵,这次回家一定把你奶奶她们都接到城里来,一家人早晚都有个照应,起码能使你更安心工作。对公司有利,对你工作发展更有利。"

几年来的工作相处,他知道童兴荣是一位优秀的企业老总,更是一位伯乐;是一位长姐,更像一位慈母,对自己无微不至地关爱呵护。

"晓阳,想什么呢?"奶奶打断了他的沉思。

钟晓阳慌忙地站了起来:"奶奶,我这次回来是接您、妈和小妹一道进城里生活的。"

钟晓阳的话太出乎意料了,奶奶怀疑自己的耳朵听错了:"晓阳,你说什么呢?"

李明英说:"奶奶,晓阳要接我们去城里生活呢!"

奶奶说:"晓阳呵,奶奶知道你是个好孩子,也很诚实,有颗金子般的孝心,可你考虑过吗?我们一家三口到了城里,加上你四口人,住房、生活。小妹又在读高中,马上要高考,考上了又要上大学,你负担得起吗?"

"奶奶,你担心的生活上开支,孙儿觉得是小事,孙儿能负担得起。再说接你们去城里生活,是我们公司老总给我的任务。"

"这也算作任务呀,分明是我们家的私事,你们老总也过问?"

"奶奶,这您就不懂了,作为公司的当家人,她手下的员工们也是她的家人啊!公司的童总常说,带兵如子,带工也是啊!"

奶奶说:"说得也是呵,这样的老总,奶奶真想见见。可奶奶快70岁的人了,人常说:七十不留宿。八十不留坐.住你那合适吗?"

李明英说:"既然都去了,一家人还是生活在一起,那也是家呀,晓阳我说得对吗?"

钟晓阳说:"妈说得对,这也是儿子想说的。"

牛小妹高兴地拍着手:"奶奶、妈,我们听晓阳哥的。"

奶奶还有些顾虑地说:"我总觉得一家人离乡背井不妥,家里的老屋、坛坛罐罐怎么办?"

钟晓阳说:"城市发展是很快的,不久这里也会成为城市的,政府拆迁是有合理补偿的,不会少了我们。"

"那我们家的几亩承包地呢？"

李明英说："这个奶奶倒不要担心，村上也有几户全家进入城市的，土地流转，有偿租给了村里。"

一家人终于达成了进城的统一意见。

钟晓阳一开始怕说不通奶奶，现在心总算放下了。奶奶和李明英都有一种故土难舍的感觉，牛小妹则无忧无虑，对新生活产生了美好的憧憬。尽管各人都还有心事，但总归是高高兴兴的。这一夜，就这样过去了。

群芳居小区，童兴荣原来的住房，现在是钟晓阳一家的住所。厨房里，童兴荣系着围裙，炒菜、做饭，忙得不亦乐乎。朱仁男将长发盘在头顶上，全心全意地给她的老总打下手。

客厅里，奶奶、李明英、牛小妹坐在沙发上看电视。看似清闲，可心里都不闲，面对这样的新环境，心中五味杂陈。钟晓阳不时地给她们倒茶续水，陪她们说话，生怕怠慢了奶奶和妈妈。

饭桌上，童兴荣举杯："大家好，来到这里就是一家人，对晓阳来说，是真正的亲人团聚，我祝福大家幸福。"近不惑之年的童兴荣，明眸皓齿，说起话来声音温柔，个性洒脱，容颜清丽，气质高雅。一个现代企业的领军老总，在家里这么和善、热情。

奶奶接受过现代文化教育，虽长年在农村，但也是一位有文化的农民，知书达理。她今天穿着孙子为她买的一套绛色的老年套装，欠了欠身子说道："今天，我的心情很激动，童总这么盛情，我代表全家感谢您。"

"太客气了，奶奶，你们家的情况我都听晓阳说了，既然大家能在这里团聚，就是缘分。亲情是什么？亲情就是生命的港湾，是拥抱着人们的那脉脉的流水，是理解和支持、信任和体贴。来，我先敬大家一杯酒。"童兴荣今天特地准备一瓶葡萄酒，她现在的心情像这葡萄酒一样甘甜。

饭桌上，李明英也不失时机地说上一言半语，无非都是感激之话。

朱仁男去掉盘在头上的髻子，长发披肩，活脱脱的一个大美女，肤色白皙，身材高挑、丰满而曲线分明，一双美腿又细又长。吃饭时她的注意力全放在牛小妹身上，牛小妹的清纯美丽让她嫉妒。钟晓阳不时地给大家斟酒劝菜。童兴荣多饮了几杯酒，今天她着实高兴，无意中说出了埋在心里的话："我们公司能有今天的生意兴隆，集团股东们都说我能干。其实，我全有赖于我身边的金童玉女。"她把钟晓阳和朱仁男实实在在地夸赞了一番,说得奶奶心花绽放。在家人面前,一贯大方的钟晓阳也不好意思起来。一旁的朱仁男,脸上现出了红晕。她斟上一杯酒,来到奶奶面前,恭敬地弯腰施礼:"奶奶,听晓阳哥说,您是一位宽厚、善良的奶奶,我给您敬酒了。"

奶奶连忙想站起身,童兴荣扶着她的肩头:"坐下,奶奶,小辈敬您酒,您得坐着才是。"

奶奶笑着说:"好,好,这姑娘好,我坐着。"

朱仁男接着来到李明英跟前:"阿姨,我给您敬酒了。"

李明英慌忙起身说:"我、我怎么称呼你呀,叫什么兰吧?"

"我叫朱仁男。阿姨随便称呼,叫丫头也行。"

牛小妹见朱仁男给长辈敬酒,她也离开座席,端起饮料杯来到童兴荣面前:"阿姨好,您对我们家太好了,感谢您啊!"

见到这场面,奶奶笑得合不拢嘴,忽又沉默片刻,提出一个问题:"不是我太守旧了,我在想,你们的称呼是否乱了,童总这么年轻,小妹喊阿姨好像有些不妥。"她记着童兴荣口口声声喊她奶奶、奶奶的。

童兴荣说:"我近40岁的人了,我叫您奶奶,嫂子喊您妈,我又和嫂子同辈了,按理是乱了辈分。"

李明英说:"我们那地方有句俗话说各亲各叫,这么称呼也没错呀!"

奶奶说:"那就这么着吧。"说完,她大笑起来,大家都笑得很开心。

不是一家人,胜似一家人,大家说说笑笑,沉浸在欢乐之中。

笑声中,钟晓阳站了起来,端起杯子,眼睛湿湿地说:"奶奶、妈,我今天向你们讲明一件事,那就是小妹问我的事,关于……"

"打住,打住,我说钟晓阳,你要说什么呢?我还有话没说完呢。"童兴荣站起来,做着双手下压的姿势。

"可我……"钟晓阳欲言。

"没叫你说呢。"童兴荣声音果断,犹如命令的口气。

"还是我说吧。"朱仁男站了起来,双眼盯着童兴荣,示意她不必再瞒下去了。童兴荣思考片刻,这才轻轻点点头。

朱仁男说:"上回晓阳将那张汇款单给我,我就想,事情已经瞒不住了,我想想也没必要瞒。近年来,小妹每个月都能收到500至800元,今年开始增加到1000元,这个是我们童总要我寄去的。童总一再叮嘱,这件事连晓阳也不能告诉。"

朱仁男的话一字一句说得十分清楚,李明英走下桌来,一下子跪在童兴荣面前,声泪俱下:"我的大妹子,您真是好人啦。"她回头看看牛小妹,"女儿,还不赶快来谢谢大恩人。"

牛小妹很听话地也跟着跪下来,童兴荣搀起李明英,真诚地说道:"嫂子、小妹都起来,这是我应该做的。既然现在你们都说我们是一家人,那就不要这样。如果你们不起来,我也跪下了。"话都说到这份上,李明英用手拉拉牛小妹:"女儿,你也起来吧。"

钟晓阳脸上早已挂满了泪水,他转身朝朱仁男投去责怪的眼神,朱仁男不好意思地低下头来。

钟晓阳听到了朱仁男的嘀咕:"不要怪我,事后我再告诉你原因。"

奶奶拉住童兴荣的胳臂,动情地说:"童总呀,黄金有价,情义无价。这叫我们一家人如何感谢你哟!"

童兴荣真诚地说:"奶奶,您又说错话啦,这不都是一家人吗?这以后呀,喊我兴荣就是了。"

奶奶不住地点头:"是,是,是,兴荣,这以后,我们都听你的。"

"都听奶奶的才是。您是我们家'最高统帅'嘛!"

说完,童兴荣开怀大笑,大家也跟着笑起来。

整场家宴中,牛小妹高兴之余,心里总像揣了个刺猬,心里酸酸的。她不时看看钟晓阳,再看看朱仁男,童兴荣的那句话使她不痛快,他俩是"我身边的金童玉女",这深深刺痛了她的心。

## 第四章　南方之旅

家宴后第三天,李明英一早就起来了,做好早餐,对钟晓阳说:"晓阳,小妹天一亮就去学校了,临走前要我转告你,要高考了,她在8点前必须赶到学校,就不跟你打招呼了。"

"妈,我知道了。奶奶还睡在吧,就让她多睡一会儿,不惊动她老人家了。"

李明英说:"好的,等奶奶起来了,我把你的话告诉她就是了。"

钟晓阳吃了早饭,开车去了公司。

刚刚在办公室落座,公司办公室主任小陈敲门进来说:"钟总,童总请你过去一趟。"

"好的,我知道了。"钟晓阳说。

钟晓阳敲门进了童总办公室:"早上好,童总。"他在童兴荣对面的椅子上坐了下来。

童兴荣双手搭在老板桌上,若有所思地说道:"晓阳,家里怎么样?奶奶、你妈她们还过得惯吧?"

钟晓阳说:"她们在农村生活几十年,乍来到城里,肯定有些不习惯。奶奶和我妈情绪还不错,高高兴兴的。这几年农村生活一步步在向城市靠近,自来水、电灯、电话都有了,这些她们并不陌生,慢慢地也就会完全习惯的。"

"那就好。"稍停片刻,童兴荣接着说道,"晓阳,你来公司也有几年了,这几年,你对公司的贡献不小,这些我都装在肚里。特别是近来,你忙得连饭都顾不上吃,所以我要你把家人接到身边,起码早晚对你生活有个照应。"

"谢谢童总关照,我奶奶、我妈,都说您待她们像亲人一样。"

"你也不错,'两好搁一好'嘛!"童兴荣说了一句方言,她用手指在自己的额头上连敲两下,接着说道,"我呢,最近对你有个安排。"

钟晓阳说:"工作上的事,尽管安排,再难再苦,我都会完成的,请童总放心。"

"我要放你几天假,让你好好放松放松。"

钟晓阳有些愕然:"这也是工作安排?"

"不错,这也算是工作吧!休息,是为了走更远的路。"童兴荣认真地说,"这几天公司的工作稍为轻松一些,你呢,出去走一走,看一看,见识见识。怎么样,家里放得下吗?"

"我妈是把好手,料理家事、照顾奶奶没得说的。出去也就几天时间,没问题。"钟晓阳停了一下,接着问道,"我是跟哪个旅行团一起?"

童兴荣说:"自由行,不过呢,跟你出去的还有公司的一个人。"

"那是谁?"

"朱仁男。怎么样,没意见吧?"

钟晓阳半天没吱声,他在心里揣测,童兴荣安排朱仁男和自己同行,是什么意思呢?童兴荣接下来说:"你不要想多了,你们俩一起到公司来,已经有几年时间了,既是同事,又是好朋友,出门在外,有个伴总是好的,也让仁男出去看看外面的世界。"

钟晓阳说:"什么时候动身?"

"明天吧。我已经盼咐她预订了火车票,一会儿你与她联系一下。"童兴荣说。

钟晓阳说:"好的,谢谢童总。"

第二天早上8点,钟晓阳、朱仁男坐上了去深圳的火车。火车风驰电掣地向南方奔驰而去,一路逢山穿洞,遇水过桥,傍晚时刻就到了我国最早改革开放的南方城市——深圳。在前往美豪大酒店的出租车上,司机看了看两人,问:"二位从哪来?"钟晓阳坐在副驾驶座上,系好安全带,说:"安徽。"司机套近乎地说:"我们是老乡嘛!"司机的年龄在四十岁上下,很健谈。他首先谈了深圳的发展史,一个曾经在地图上找不着的小渔村,二十几年时间,就发展成现代化大都市。接着,他如数家珍地向他们介绍了深圳的景区——梧桐烟云、侨乡锦绣、莲山春早、梅沙踏浪、羊台叠翠,还有"一街两制",并详细地一一加以解释。

钟晓阳耐心地听着,不时回头看看朱仁男,她一边听着一边睁大眼睛,专注地看着路两边的高楼大厦。

钟晓阳问司机:"深圳的房价,多少钱一平方米?"

司机说:"高呵,这两年不断地攀升。"

钟晓阳"呵"了一声。司机接着说:"自从外地大型房地产集团进驻深圳后,本地房地产特别红火,深圳本土企业不多,据我知道的,只有一家钟氏集团还有点名气。"

钟晓阳随口问道:"何为'二万'集团?"

"就是万达、万科呗!中国人哪个不知呀?"司机说。

"钟氏集团的老总是什么人?"钟晓阳问道。

"他不是南方人,好像也是我们那边的人。"司机说。

钟晓阳正准备再问下去,车子已经到达了目的地。付了车费,卸下行李,二人进了酒店。

他们在前台登了记,验明了身份证,开了两个单间。朱仁男手里拿着房间钥匙,开门的时候,钟晓阳说:"你把行李放好,我请你吃海鲜去。"

朱仁男说:"海鲜我吃不来,找一家汤圆馆,我还是喜欢的。"

钟晓阳说:"没想到,你对汤圆这么感兴趣,好吧,一会儿见。"

酒店附近有一家邵氏汤圆馆,门前的霓虹灯向人们发出诱人的召唤。门面不大,店里进深很宽,进门一个步行楼梯,上下两层,人声鼎沸,座无虚席。两人在前台靠墙一排长椅上挨次坐下,等待叫号入座。

钟晓阳说:"这么多人,像开了锅,我们换一家吧!"

朱仁男说:"我对汤圆情有独钟,人多说明很有特色,既来之则安之,行吗?"

见她如此执着,钟晓阳说:"好吧。"

终于轮到了他们,服务生领了他俩上到二楼,在靠窗的卡座上就座。服务员将一本厚厚的菜单放在桌上:"你们看着点菜。"

汤圆馆只是个招牌,菜单上菜类品种颇多,土洋结合,应有尽有。

钟晓阳认真浏览着菜单:"呵,我知道了。"

朱仁男说:"你知道什么?"

"说是汤圆馆,其实就是饭店,你这是来凑凑热闹。"

"如果凑热闹的话,海边度假村旁边有很多小吃摊点,在那可以一边用餐,一边观海。"朱仁男说。

钟晓阳有点莫名奇妙地说:"好了,别扯远了。"

二人点了几道家常菜,要了四瓶啤酒,边吃边聊起来。

几杯酒落肚,朱仁男的俏脸开始红起来,分外好看,她说:"晓阳,我俩是好朋友,好朋友说话应该推心置腹。"

"本来就是嘛,同事、朋友之间,说话就得说真话。"

"那我要问你,童总怎么对你这么好?"朱仁男说。

"怎么个好法?我觉得童总对你比对我更好呢!在公司谁不说你是她最贴心的人。"

"童总为何把自己的住房让给你,而不是我。这么大的事,能不叫我嫉妒吗?"朱仁男说。

"你别想歪了,仁男,童总像我们的长姐,她有一颗慈母般的爱心。她常说带工如子,不只是你我,我看她对公司每一位员工都关怀备至,除非有谁背叛了她。"钟晓阳接着说,"首先弄清什么叫背叛,如果有人为了自身的发展,或者说在特殊的情况下,脱离了公司,而且并没有给公司造成任何损失,我认为这不是背叛。"

朱仁男:"这叫跳槽。"

钟晓阳举起杯:"喝酒,喝酒。哪来这么多新名词。"

"现在职场上屡见不鲜。"朱仁男认真地说。

钟晓阳举起杯,一连和朱仁男碰了两杯,放下杯,一时没有话说。他在想,这丫头是否受童总的委派,从自己不经意的一言一行中,窥探自己内心的秘密?难道童总已经察觉到一些关于自己的蛛丝马迹?

就在一个星期前,一家猎头公司找到了钟晓阳,介绍他去一家星级酒店应聘,如果通过考核,培训3个月后去B市担任分公司总经理,许诺高薪。这家公司通过特殊渠道,已经调阅了钟晓阳的个人档案,了解了他这些年来的业绩,就差面试这一关了。

钟晓阳身材高大帅气,说话口若悬河,品行端正,诚实苦干,近两年他又自费到一所名校学习,英语水平达到六级,应聘成功率在百分之百。

钟晓阳辗转反侧了几个晚上,这人呀,不能单向利边行,还要讲良心。

钱固然重要,但不能见利忘义。钱多钱少,他倒不在乎,只是太青睐这样一个工作岗位。人往高处走,水往低处流,独立自主地干一番事业,是他梦寐以求的事。这事困扰着他,他大伤脑筋。想到这,钟晓阳终于决定向朱仁男坦露心迹,深深地叹口气:"一言难尽呀!"接着向她说了自己的苦衷……

听了钟晓阳的叙述,朱仁男说:"其实,我是随口说说而已,我的确不知道这回事,更不知你是怎么想的。"

钟晓阳感慨地说:"这件事一直困扰着我,今天给好朋友说出来,心里一下子特别轻松。"

"谢谢你对我的信任,晓阳。"朱仁男说。

钟晓阳诚恳地问道:"仁男,你是怎么看这个问题的?"

"一动不如一静。"朱仁男坦诚地谈了自己的看法,"以我个人的经验,分析出来,供你参考。你想呵,你到一个新地方,表面看,你是在独当一面,是位总经理。但是,工作或人事上,你完全自主决策,也不可能。上面有总公司,你的左膀右臂,有可能是总公司安排的人,下面员工都是以前招聘的人,事实上你的处境,上有总公司管控,下面受到全面监视,你能干好工作吗?再说,虽然他们许你高薪,但如果你工作做得有偏差,经济效益上不来,你能拿到30万年薪吗?我们还年轻,钱有的挣。因此我诚恳地奉劝你,你想当一名民营企业家,轰轰烈烈地做一番事业,无可非议,但一些实际问题,应该充分预计到。"

钟晓阳认真地听完,斟上满满一杯酒,站了起来:"仁男,我敬你这杯酒,谢谢你推心置腹的一番话。"

朱仁男以酒回敬:"谁叫我们是好朋友呢。"

稍停片刻,朱仁男认真地问钟晓阳:"童总是个很有故事的女人。你对童总了解吗?具体了解多少?"

钟晓阳说:"童总是个讲仁义的人,也是一位好心人,我记得最清楚的是她亲口说过一碗汤圆的故事。"

朱仁男两眼盯着钟晓阳:"我问你,吃汤圆的父女俩,小女孩的父亲是谁,你知道吗?"

钟晓阳说:"这个我不知道,童总并没告诉我。"

"他叫程永杰,现在是我们集团的董事长。"

从朱仁男微启的朱唇里吐出来的这句话，使钟晓阳半天合不拢嘴："呵！原来是这样。"

朱仁男说："从三妹汤圆馆的小店长，一下子坐到总经理的位子，谈何容易？据说当时竞标中，硬件、软件材料齐全的竞争者有几十位，唯独童总脱颖而出，一下中标。这其中的内在情况我看不那么简单。"

钟晓阳说："看来，我们集团的程董事长也是一位知恩图报之人。"

朱仁男说："点滴之恩，涌泉相报，是一个真正男子汉的作为。"

"这也证明不了我们的童总就是一位很有故事的人呀？"钟晓阳试探性地问道。

"想知道吗？喝酒，喝酒，再拿4瓶青岛啤酒来。"朱仁男已经有些醉了，她指着钟晓阳，"你不要小气呀，我给你说了这么多，快去拿酒，拿酒。"

钟晓阳爽快地对服务员吩咐道："快去，拎4瓶来。"

朱仁男带着几分酒意，指着钟晓阳的鼻子："晓阳，别看你在公司是个副总，其实你就是个大傻瓜。你整天闷头干活，在童总面前言听计从，对身边的人却一概不管，就连我这样的好朋友你都不晓得多少，更别说下面普通员工了。当一名老总，要知己知彼，才能百战不殆。"

钟晓阳为人处事，表面看大大咧咧的，实际上他是一个心地善良又细腻的人，遇事冷静，看人细致，尤其对朱仁男看得很透。

朱仁男在童兴荣面前就是一个乖乖女，但这是表象。她平时处理事情刚柔相济，对任何人、任何事不轻易下定论，是位八面玲珑、有智慧的女人。

不知不觉中，两人已将8瓶啤酒喝个精光。显然，朱仁男已彻底醉了，她眯着一双美丽的眼睛，深深地盯着钟晓阳，说话有些语无伦次了："晓阳，你去拿酒……还喝，我告诉你，童总……的一个秘密……"

钟晓阳说："仁男，你醉了，回酒店吧。"

朱仁男执意不肯，说着说着，一阵迷糊，趴在了桌上。

钟晓阳起身去吧台买了单，回来将朱仁男搀起："仁男，你喝多了，我们现在回酒店去。"

朱仁男趴在钟晓阳肩上，迷迷糊糊地说："晓阳，我实话……告诉你，童总……她、她……三妹……汤圆馆……那、那李全……大……叔，不说了……"

回酒店路上的一番折腾,朱仁男彻底醉了,醉得人事不知。钟晓阳终于将朱仁男背进了她的房间。

钟晓阳耐心地、轻轻地脱去她的外套,去洗浴间拿了一块湿毛巾,细心地擦去她脸上的污渍,朱仁男浑然不知。柔和的灯光照着整个房间,显得特别温馨。

朱仁男美丽的身体横陈在眼前,很有美感。这强大的诱惑力,使钟晓阳一时陷于无力自拔的状态,身体逐渐燥热起来,一种不可名状的冲动敲打着他。然而钟晓阳还没醉,在企业摔打到现在,工作的需要使他练就了过人的酒量,区区几瓶啤酒哪在话下。他在床边站立良久,内心充满了矛盾。最终理智战胜冲动,他毅然回到自己房间,洗了个冷水澡,重新站在朱仁男床边。此刻他冷静地想,凭一时的冲动去侵犯一个女人,是多么无耻,甚至是犯罪的行为。何况朱仁男还是自己要好的朋友。钟晓阳从橱柜里抽出一床空调被,轻轻地盖在朱仁男身上,带上门,回到自己的房间。

第二天早7点,钟晓阳就起了床,洗漱完毕。看隔壁朱仁男的房间没有动静,他去楼下早餐厅吃了早饭。回到自己的房间,他拿出手机给朱仁男发了一条短信:

"仁男,我出去转悠一会,顺便办点事。楼下餐厅有免费早餐,只要出示房卡就行了。上午好好恢复一下体力,我中午吃饭前赶回来。"

朱仁男一觉睡到10点多钟,晕晕乎乎地躺在床上,极力回忆昨天晚上的事情。她慢慢地从床上坐起来,打量床上的一切,这空调被一定是他盖在自己身上的,自己的内衣内裤没有动,外套放在床头的一边。她想到自己被他背回来,自语道:"太不争气了,怎么就喝多了呢!"然而这个男人对自己秋毫无犯,还真是个男子汉。

钟晓阳昨天晚上躺在床上,在手机地图里找到了深圳钟氏集团所在地。在来酒店的出租车上听司机说到钟氏集团,这个敏感的"钟"字,勾起了他对父亲的思念。奶奶常对自己提起,父亲在他5岁的时候就去南方打工。在他的潜意识里,南方就是深圳。抱着侥幸的心理,他决定这趟来深圳找一找父亲,不放过一线希望。

坐落在锦绣中华附近一幢30层的高档写字楼,是钟氏集团的办公大楼,门前广场上竖立着一根高高的旗杆。旗杆上端飘扬着鲜红的旗帜,这里就是今天钟晓阳找寻的目标。

门卫告诉钟晓阳："你要拜访的我们集团的钟董事长,他出国考察去了。"

钟晓阳几乎是软缠硬磨地说："请您高抬贵手,电话通报一声,说有个从老家来的钟晓阳要拜访他就行了。"

"无可奉告,等他回来吧!"

钟晓阳无可奈何地回到了酒店,他心里惦记着朱仁男。

"晓阳,你哪去了?"朱仁男撒娇地说。

钟晓阳说："短信看了? 见你房间没动静,想让你多睡会儿。"

朱仁男的脸红红的,神态有些尴尬："我当你不管我了。"

"哪会呢。我们去吃饭吧,你看现在早过了早餐时间,全当两顿并一顿啰!"

两人来到楼下餐厅,简单地用了餐。钟晓阳说："我带你去'梅沙踏浪'怎么样? 放松放松身体。"

朱仁男的身体已恢复到正常状况,高兴地调侃："下级服从上级,服从钟总安排。"

"服从谈不上,我们这就去吧!"

深圳小梅沙海洋世界,坐落在享有"东方夏威夷"美誉的小梅沙海滨,为国内大规模的海洋主题公园。在这里不仅可以欣赏、体验海洋的神秘绚丽,还能观看大白鲸、海豚、海狮、北极熊、企鹅等珍稀动物及其一流水准的水上表演。

小梅沙海滨浴场更为热闹。

朱仁男被眼前的景色彻底迷住了。那些青年男女乘坐一叶小汽船,踏水冲浪,喜笑颜开。看着这美不胜收的景致,枕涛观海,她陶醉了,钟晓阳也是。

他们在沙滩上席地而坐,喝着果汁,钟晓阳感慨地说："人生,真是充满着戏剧性。还记得那年吧? 你哥我们几个坐在广告牌下,举着牌子,自卖自身。童总将我俩带进公司,你哥朱仁海和你堂哥朱仁和去了童总商界朋友的公司,不知道他俩近期情况如何?"

朱仁男说："你看我这人,真是的,你不说,我倒忘了告诉你。上次我和他们小聚,吃饭的时候,我哥还特别要我问候你。"

钟晓阳深深地呷了一口果汁说:"你这个仁男,不够朋友了吧,你应该喊我一道呀,怕浪费了你几个小钱,是吧?"

朱仁男委屈地说:"你是谁呀,公司的副总,整天忙得屁颠屁颠的。你那天和童总出席业务饭局去了,哪请得动你呀!"

"啊!原来是这样。你哥他们还好吧?怪想念他们的。"钟晓阳说。

朱仁男说:"我哥呀,他现在是集团旗下印务公司印刷车间的主任,全凭他的苦干精神,马上要升为副厂长了。堂哥朱仁和做得也不错,在集团旗下的汽车制造厂,现在是销售部经理。"

钟晓阳高兴地说:"回去你安排个时间,我们几个好好聚聚。"

"那敢情好。回去后,还是你定个时间,最好在晚上,他们都很忙。"朱仁男说。

钟晓阳:"好吧,就这么定了。"

两人以果汁代酒,对饮了一杯,互祝心情好。

钟晓阳感慨地说:"生命是一次漫长的旅行,遇见谁都是一次美丽的意外,更是一份美好的缘分。"

朱仁男笑着说道:"缘分也是多元化的,请问你我是哪一种缘分呀?"

钟晓阳不假思索地说:"当然是好朋友啊!"

"好朋友不假,就不能再升华一点?"朱仁男半是认真半是玩笑地说。

"升华一点是什么意思?"钟晓阳不解地问道。

朱仁男说:"你真逗。"

两人开怀大笑。

黄昏时刻,沙滩上人头攒动,钟晓阳拉起朱仁男:"仁男,我们游泳去。"

两人高高兴兴地来到水边,朱仁男用力拽着钟晓阳,嘻嘻哈哈地说:"我把钟总拉下水啰!"

## 第五章 新的起点

阳历3月,我国中部地区还处于春寒料峭之中,与南方沿海地区相比,温度起码相差20度。

进入新的一年,世事人事都在变动。钟晓阳和朱仁男的感情自南方之旅后有了明显的变化。尤其是朱仁男,心里有了情感的萌动,在公司里一天看不到钟晓阳,心里就滋生出一丝丝莫名的牵挂和无端的空虚。

星期一上午8点,公司照例举行例会。宽敞明亮的会议室里,公司中层以上干部全部出席了会议。钟晓阳意外地发现,三妹汤圆馆的李全也坐在会议室中间。

童兴荣着一身得体的黑色职业装,领口下粉红色的小蝴蝶结格外显眼。钟晓阳听到两位女员工私下议论:"老板今天特有风度,真是位大美女老总。"

钟晓阳不由自主地多看了童兴荣两眼,她端庄、挺拔,正目光炯炯地看着面前的下属。

首席位上,童兴荣身边的中年女人他是见过面的,是集团人事部经理马薇薇。钟晓阳意识到,今天,公司十之八九有重大人事变动。记得童兴荣曾给他打过招呼,这次人事变动,是否有自己呢?

果不其然,马薇薇在会上宣布:众诚国际大酒店、副总经理钟晓阳,调集团开发部任总经理;第二项出乎钟晓阳所料,众诚国际大酒店总经理助理朱仁男,调任公司属下三妹汤圆馆担任店长,免去原店长李全的职务,工作待分配。

宣布完毕,钟晓阳、朱仁男、李全都做了简单的表态发言,童兴荣做了总结。

童兴荣侃侃而谈:"大家好,今天呢,我首先给大家讲个故事,英国人希尔顿的梦想。

"康拉德·希尔顿是美国著名的饭店业大王。1919年,他买下了得克萨斯州一家名叫毛比来的饭店,开始了独立经营饭店的生涯。凭着从小就设定的目标,在此后几十年里,希尔顿将公司不断发展壮大,成为跨国性国际饭店集团,并于1949年一举买下纽约的华尔道夫大饭店,希尔顿实现了自己的梦想。

"年轻的希尔顿深知商战变幻莫测,他没有陶醉于暂时的成功。他和同伴们一边把大饭店作为理想的试验场所,不断地探索赚钱之道,一边寻找新目标,迎接新'恋人',以逐步增强自身的实力和竞争优势。希尔顿不断地取得成功,又不断地锁定新目标,可想而知,这过程经过多少险阻,终于到达辉煌巅峰。

"当然,这个故事,中间过程很多,我今天只讲个梗概,以后有机会跟大家慢慢聊。

"这次公司的人事变动,虽是集团决定的,但事关我属下的人,是以我的个人意见为主导。我的理念是,民营企业要做大做强,必须要人事更新、观念更新、制度更新,说到底是人的思想更新。

"这次钟晓阳和朱仁男的工作变动,正是基于这样的愿景。衷心地希望你们把岗位变动当动力,尽职尽责地把工作做好。不管哪个岗位,一年入行,两年入门,三年做到小有成就,五年将自己所管的企业做大做强。

"同伴们,用你们的智慧和毅力,去达到成功的目的。"

钟晓阳知道,童兴荣所决定的事,从来是落棋无悔。

晚上,大湖酒家三楼一间包厢里,童兴荣站起来对钟晓阳、朱仁男说:"自你们南方旅行回来,我说过为你们接风洗尘,但因为太忙,一直拖着,今天说明天,明天拖后天,一直拖到现在。今天呢,这杯酒,我先喝,抱歉了,先干为敬。"童兴荣在工作之余,对下属员工从来都是彬彬有礼,礼贤下士,对自己最贴心、视为金童玉女的二位更是这样。而钟晓阳受宠不惊,因为他了解她,此刻的她与上午会议上的她,形象、言谈举止真是判若两人。

童兴荣一副悠闲自得的样子,笑着说:"怎么样,对新工作满意吗?谈谈你的看法。"她将脸转向钟晓阳。

钟晓阳说:"只是心里无底,有些恐惧。"

"恐惧这个词太严重了,实际上就是担心,这也是正常的。"童兴荣纠正他的话。

朱仁男一时没有话说,站起来,拿起酒瓶给两人续酒。

"我怕干不好,对不起您。"钟晓阳真诚地说。

"如果干不好的话,并不是对不起我,准确地说,是对不起公司和全体员工,更对不起你自己。"

钟晓阳说:"童总说得是。"

"我理解你的心情,这些年你们俩都在我眼皮底下工作,多多少少存在依赖心理,这也正常。不走路的孩子永远长不大,放开手脚大胆地独立行走,才有出路。我相信你们俩到新的工作岗位,会干出成绩来的。"童兴荣一语双关地说道。

此时的钟晓阳一副沉着冷静的样子,这件事,童兴荣早给他打了招呼,当时他将信将疑。其实童兴荣太了解他了,及时有分寸地把住了他的脉搏,起码让他对跳槽多了一层顾虑。南方之旅,他向朱仁男坦露心迹,朱仁男的一番话,更坚定了他的想法。回来后他已明确地回绝了那家公司,打消了去应聘的念头。童兴荣并不是糊弄自己,她一言九鼎,说到做到。想到这,钟晓阳端起酒杯站起来真诚地说:"童总,您的良苦用心,我钟晓阳这辈子也忘不了。您既是为公司,也是真心地为我们,这杯酒我干,敬您了。"

朱仁男正要起身敬酒,童兴荣的手机响了,她漫不经心地打开手机:"我们在三楼五包,进来吧!"

李全的出现,钟晓阳压根没料到。他和童兴荣多次光顾他的汤圆馆,每次只是点头之交。他对李全从心里瞧不起,现在李全的到来,看来是童总所约,这使他想起,南方之行的那天晚上,朱仁男喝多了,提起了童总和李全。

李全那宽阔的额头下,浓密的八字眉十分显眼,不大的眼睛深邃、有神。他略带微笑,大方地挨着童兴荣坐下。

童兴荣说:"人齐了,就我们四位,不用介绍了吧。"她指的是李全。钟晓阳咽了一口唾沫,像咽下去一只苍蝇,双眉微蹙:"李大叔呀,我们认识。"

李全笑得有些尴尬:"小钟,你口口声声叫我大叔,我有那么老吗?"

钟晓阳:"我也没那么小呀!"说后,哈哈大笑。

朱仁男看童兴荣的双眉皱了一下,连忙斟酒:"既然来了,大家都不是外人,来,我敬大家一杯,先干为敬。"

喝了酒,童兴荣说:"既然大家都这么抬举我,坐一条板凳的人,那就一定是朋友。"她盯着李全,"你说呢?"

"当然,当然,能和大家同桌共饮,十分荣幸。我十分羡慕你们俩,年轻有为。"他举杯对朱仁男和钟晓男说,"我先干了,表示我的诚意。"

钟晓阳笑着说,"噢,我知道了,失敬,请原谅我刚才的不尊。"

童兴荣说:"晓阳,你知道什么?"

"我知道这顿饭的重要性,当然是为工作上的事。"

"不为工作为什么呀?"童兴荣半是生气地说,"谈谈你的打算。"她转换了话题。

"打算是有的,但是我要事前调查一番,没有调查就没有发言权。童总,您说对吧?"

童兴荣沉吟片刻:"也对。"

酒过三巡,菜过五味,三个人轮番向童兴荣劝酒。童兴荣经过大大小小的酒宴不计其数,但像这样无拘无束地猛喝,还是不多见。此刻,她的头有些发胀,晕晕乎乎的。她指着李全:"晓阳喊你大叔并没错,论年龄,你比我还大5岁,还充年轻。你说你都干了些什么?整天和小服务员打情骂俏、嘻嘻哈哈的。再这样下去,我辛辛苦苦打下的江山,就要败在你手上。"

李全说:"你怎么能这样说我?我也是很辛苦的呀,哪天不守店到深更半夜的。"

"光辛苦有何用,效益呢?再这样下去,会垮的,李全。"

李全不满地说:"老童……童总,你就当着他们面说我,干脆把我开了得了。"这一声"老童",让钟晓阳彻底明白了他们的关系。

朱仁男见状,慌忙站了起来说:"童总,酒不喝了,您看上点什么主食?"

"我还没说完呢。"童兴荣余气未消的样子,看着钟晓阳,"晓阳,我给你说,你年轻,干事劲头肯定没得说,这我放心。这么多年,我对你的一言一行看得很清楚,你心气很高,嘴上不说罢了。我忠告你,这次工作变动是你的起点,也许有一天,你会代替我的位置。但你要谨记,干企业光靠干劲不行。企业是干什么?说到底是经济效益,要赚钱。在经济运作上,特别不能长投入,短融资,债务不光会拖垮一个人,也会使一个企业破产,这点我要特别提醒你。"

钟晓阳谦恭地说:"那是你们老总考虑的事,就目前来说,我只是个干事的。童总,恕我冒昧了,说得不对,别往心里去。"

"不能这么说,你现在就是集团下属一个部门的老总,你要看清自己的权力,我的建言并不是多余的。"

童兴荣的肺腑之言不光是说给钟晓阳听的,她那美丽的眼睛紧盯着朱仁男,言下之意朱仁男心里很明白。

席终人散,护送她的人是李全。李全双手搀着童兴荣上了她的座驾。

钟晓阳说:"仁男,我送你回家。"

朱仁男住在滨湖新区,是40平方米的一套公寓。面积不大,卫生间、厨房小巧实用,一应俱全,装饰十分雅致。室内沁出淡淡的清香,布置得很温馨。

钟晓阳站在窗前,眺望无边无际的夜景,大湖沿岸的带状灯光顺着湖的侧畔一直延伸到很远、很远。

不管白天、夜晚,这里的风景宜人,山美,水美,人更美。

"坐下吧,有兴趣的话,以后有你看的。"朱仁男说着,手拿遥控器打开了嵌在墙上的电视。

钟晓阳说:"谢谢。"

朱仁男笑着说:"我第一次看到你这么客气,喝点什么?"

钟晓阳:"有绿茶的话,泡一杯压压酒气。"

朱仁男说:"这个要求可以满足。"

室内暖洋洋的,朱仁男脱去了外套,紧身毛衣更显出身体上的每一部位恰到好处,十分完美。酒精的作用使她的脸蛋白里透红,一双美丽的眼睛脉脉含情。

朱仁男在钟晓阳对面的沙发上坐了下来,仰着头看着钟晓阳:"我漂亮吗?"她单刀直入地说,"不漂亮就说出来。"

钟晓阳微笑:"当然漂亮啰,不然这么远,我能打的亲自送你回来?"

"一点也不干脆,我问你,你心底里对女人有什么标准?"如果说,朱仁男在有意试探,倒不如说是她在明知故问。

"就像你这样。"钟晓阳说。

"我是什么样?"她问。

钟晓阳说:"当然是漂亮的啰,这个回答,你满意吧?"

"喂,你喜欢过我吗?不许说假话。"朱仁男幼稚的样子显得很可爱。

钟晓阳心不在焉,答非所问:"我在想,今天晚上,那位李大叔怎么会出现在我们的饭桌上。"

钟晓阳的疑问,朱仁男一点不奇怪,她淡淡地说:"童总的召见,他敢不来?这次公司的人事调动,不是也有他吗?尽管他是待安排,待安排也要安排呀!"

钟晓阳说:"不对。记得在深圳,那天晚上你喝多了,对我说我们童总故事多着呢,又提到那个李全,后来我想问你,你已醉得没有下文了。"

"真想知道?"

"那当然啰,我想听。"钟晓阳说。

朱仁男略加思索,说:"谁叫我俩是好朋友呢,告诉你也无妨。"于是朱仁男将童总和李全的事娓娓道来。

那一年童兴荣高中毕业,考取了省城一家知名大学。在这之前,她的二哥已去北方大学读书快两年了。因为家里确实困难,更因为有一个重男轻女的倔强老爹,父亲坚决不让她上大学。她哭了几个晚上,最后一气之下,离家出走了。一个女孩流落街头的情景是可想而知的,身上的几个小钱很快就用完了,她走大街过小巷寻找招工广告。终于,贴在电线杆上招聘女服务员的小广告吸引了她的眼球。她正仔细地看着,身后站着的一位中年女人说话了:"小妹,你想做服务员吗?我可以推荐你去。"童兴荣怯生生地说:"这家招工单位像广告上说的一样吗?"中年女人说:"这家单位有我的熟人,条件不错。"

这是一家美容美发院,从外表看,规模还可以,一楼是理发大厅,二楼是按摩室,装潢很精致。初来乍到,女老板安排她专为客人洗面,这个不用学,示范一次就学会了。

上班刚两天,那天夜晚,正赶全市统一行动,开展夏季扫黄打非大检查,店里十几位姐妹被拍照,带到派出所轮番询问。童兴荣看到,人员中不光有女人,还有几个男人。童兴荣这才回忆起,美容院二楼按摩大厅通往一处过道后面,有几间被分隔成鸽子笼似的按摩小间,间或有男女出入。

童兴荣也被审问,熬到凌晨4点多钟,录了口供按了手印,等她出来时,天已麻麻亮。她在大街上走着,精神恍惚,无端的侮辱和打击,使她痛不欲生。她像精神失常的人一样,在路上晃荡,终于走到了大湖边,在湖岸上徘徊了一个钟头。

李全那时是一家乡镇企业的副厂长,那天他送货去城里正好路过这里。这时,东边的天空一片金黄,一轮红日喷薄欲出,几只忘魂鸟从芦苇荡中拍翅飞出,在湖面上空绕了几圈,飞向远方。陡然间,李全看到一位姑娘在湖边踟躅。他多了个心眼,停下车,观察这姑娘的动静。看姑娘失魂落魄的样子,他意识到,这姑娘要寻短见。他发疯似的向湖边跑去。

不出所料,姑娘已跳入湖水里。

从小在湖水里泡大的李全,很快救起了童兴荣。这时童兴荣已休克,李全采取了一系列急救措施,童兴荣终于醒了。李全将她背上驾驶室,掉转车头,回到厂里。这时还不到上班时间,只有值班的夏老头守在大门值班室。李全把童兴荣交给他,简单说了刚才的情况,急急忙忙开车去了城里。

傍晚时分,李全才回到厂里,这时厂里已经下班,他嘱托夏老头把童兴荣安顿下来,并打电话向厂长说明了情况。那一晚,他没回家。

第二天,厂里多了个姑娘,人们开始议论起来。尽管厂长、夏老头知道是怎么回事,但他们管不了这么多人的嘴。这奇怪的消息像长了翅膀,飞到李全老婆沈桂花的耳朵里。这个强悍如铁塔似的女人,找到了厂里,不问三七二十一,将虚弱的童兴荣拖起来一阵暴打。在厂长李传海的制止下,沈桂花才罢休。这件事,李全周身是嘴也说不明白。

李传海是李全的叔叔,他托城里朋友将童兴荣安排在一家饭馆做服务员。

事情至此并没结束,李全的老婆不依不饶。他们夫妻的关系本来就不好,结婚3年了没有孩子。经过一番大战,李全最终同意了沈桂花离婚的要求。

经历了这么一折腾,童兴荣想开了,开始了新的生活。几年后,童兴荣有了少许积蓄,又向姐妹们借点钱,自立门户,开起了三妹汤圆馆。

李全所在的这家金东感光厂,是生产专供印刷的材料BS板的。新世纪初,乡镇企业面临改制,李全下岗了。他找到童兴荣,救命之恩,当涌泉相报,童兴荣义无反顾地收留了他。

朱仁男说:"这以后的情况,你不比我少知道。"

钟晓阳轻轻地舒口气:"我们童总的故事是够曲折丰富的。除了李全,还有程永杰,其他的你我也许还不知道。"

朱仁男说:"你不要想歪了,人生路上,哪个人没有故事?在童总和别人的眼里,你我不也有故事吗?"

钟晓阳说:"天地良心,长这么大,我连女人的手都没拉过。"

"你蒙谁呀,讲假话一点不脸红。"朱仁男揶揄地说。

钟晓阳反唇相讥:"我哪有过,请你举例说明。"

"真没呀,我说啦!"朱仁男笑着说。

"你说,你说。"钟晓阳一副认真的样子盯着朱仁男。

"在深圳那天晚上,我喝醉了酒,我是怎么回酒店的,你应该清楚。"

"你说这个? 我什么也没做呀!"钟晓阳红着脸说。

"手都没碰,我的外套谁脱的? 我的手、我的脸,我的……嗐,不说了。"

"这个,这个,你说这个,除了你说的这些,我真的什么也没碰呀!"

"不要解释了,你是什么人,我心里清楚。"朱仁男并没生气,钟晓阳这才轻轻地舒了口气。

"那我问你,第二天上午,你把我一个人丢在宾馆里,真的只是去转悠转悠,没干别的事?"朱仁男想起他的手机留言。

"我能干啥,大白天的。"钟晓阳着急地说。

朱仁男扑哧一笑:"我又没说你干坏事,但你起码给我说实话吧。"

"说实话……说了你也不理解。"

"你去了钟氏集团。"

"你能这么肯定?"钟晓阳听她果断的口气,误认为朱仁男跟踪了他。其实,朱仁男聪明过人,连精干的钟晓阳平时也佩服她三分。他哪里知道,那天在出租车上,司机提到钟氏集团,他特别关注,查三问四的,坐在后座的朱仁男就猜出了钟晓阳的心思。

朱仁男笑着说:"要不要感情升华了?"

"当然要,这又怎么讲?"钟晓阳说。

朱仁男:"既然我们的感情到了这一步,连你父母的情况,我都不知道,

45

不觉得遗憾吗?"

钟晓阳长长地叹口气:"一言难尽啊!仁男,各家都有一本难念的经,尽管是这样,再不好的事,我也不能瞒着你。"钟晓阳终于说出了他的家事。

"我5岁的时候,父母就离异了,我是跟着奶奶长大的。小的时候,我哭过、闹过,也问过奶奶,他们为什么这样?人家的父母都好好的,他们为什么丢下我不管?当初为什么又生下我?奶奶说:'情感上的事是说不好的,你还小,等你长大了就知道了。你父母离婚,不光是因为家穷,你看世上这么多穷家庭,不都过得好好的?离婚毕竟是少数。'

"慢慢地从奶奶的口中,我知道了父亲钟国庆和母亲刘昌兰的事。父母亲都是新社会出生、新社会长大的。他们俩在一个中学,读到高中的时候,因为穷,先后辍学了,两家住得不远,知根知底,后经媒人介绍结了婚,一年后生下了我。

"日子平平淡淡,在农村,一家有几亩承包地,日子也能过下去。父亲在乡镇企业做临时工,母亲在家面朝黄土背朝天,心有不甘。因为穷,两人经常吵架,久而久之,感情疏远了。母亲去城里给人家当保姆,父亲忍受不了这样分开生活,不久后离了婚。母亲随东家去了国外,父亲南下打工,从此,我跟奶奶过日子。"

说到家事,钟晓阳心里难过,眼泪都流出来了。朱仁男说:"对不起呀,晓阳,我让你伤心了。"

钟晓阳擦去脸上的泪水,苦笑了一下:"过去的事就过去了,从此就不提了,要过好眼下的日子。"

"奶奶是好人,我们以后一定要孝顺她。"朱仁男动情地说。她和钟晓阳的心贴得更近了,显然,她把奶奶当作自己的亲奶奶了。

## 第六章　进入角色

从窗户向外张望，对面高楼玻璃幕墙的反光亮得有些刺眼。三天前的一场大风，刮走了漫长炎热的夏季，清爽宜人的秋天崭露头角。

自从接到集团的一纸调令，钟晓阳和朱仁男正式上岗，各自进入了自己的角色。

钟晓阳忙完一天的事情，晚上和朱仁男在酒吧约会，喝了不少酒。考虑到第二天有好多事要做，朱仁男也很忙碌，他想，今晚就不去朱仁男那过夜了。好多天没回家了，他牵挂奶奶，决定回趟家。回到家，时间太晚了，他不想惊动奶奶和妈，轻手轻脚地上了楼，草草冲了个热水澡，就上床睡觉了。

手机的铃声让他从睡梦中惊醒，是朱仁男的电话："亲爱的，该上班了。"

"呵，不好意思，睡过了，谢谢你提醒我。"

他以最快的速度，完成了起床三部曲——穿衣、洗漱、下楼。

奶奶坐在客厅，等候多时了。年纪大的人瞌睡少，昨天夜里，一声门响她就知道大孙子回来了。

几样早点摆在餐桌上，李明英正要上楼，看见晓阳下了楼，说："晓阳，已经8点了，吃了早餐再上班。"

"谢谢妈，您先吃，我和奶奶说两句话就走，不然来不及了。"钟晓阳说。

奶奶说话了："大孙子，这么长时间回家一趟，也不问奶奶身体好不好什么的。"

"奶奶，见着您，我就放心了。"钟晓阳说。

"这边坐下，就几句话，奶奶不耽搁你上班。"奶奶拍了拍沙发。

钟晓阳将拎包放在茶几上，坐了下来："奶奶越活越年轻，您看，您的气色多好，脸上几乎没有皱纹。"

奶奶笑了："其实，奶奶挺放心的，听说你的工作变动了，高升了？"

钟晓阳说:"算是吧!"他转脸看了看李明英,"妈,您也好吧?好多天没见着小妹了。"

李明英说:"小妹挺忙的。上次回来给我说,等过一阵,她约你回家聚聚。"

钟晓阳高兴地说:"好,好,她忙我也忙,平时连个电话也没时间打。等她哪天回家了,妈,你要记住给我打电话呀!"

李明英说:"就是怕你忙,好,我记住了。"

到了办公室,李全敲门进来了,坐在他对面的椅子上说:"钟总,施工队进场了,看有什么吩咐,我立马去办。"

"啊,我知道了。没什么,就这样,等会我去现场看看。"李全是钟晓阳到任后第三天来的。他的公开职责是协助钟晓阳工作,员工们喊他李主任。

对于李全的介入,钟晓阳一度产生了一些猜想,他从心底里对李全没有好感,但看在童兴荣的面子上,也只能接受。他接收李全,就像把一只苍蝇吞入了肚中。

新世纪后,滨河区人民政府为了搞活经济,广纳人才,对外招商引资力度很大。从全市及本区的情况看,酒店偏少,满足不了外来人员的需求,因此首要的是要建设一批上档次的星级大酒店。对此,政府实行优惠政策,在用地、规划、报批手续方面,从简从快。

集团获得100亩土地的建设用地。一期工程,主楼36层,附楼及酒店配套工程10万平方米,工期紧,要求质量优,造价合理。

钟晓阳在协助童兴荣工作期间,曾和朱仁男在省城的工业大学深造两年,通过考核,钟晓阳取得土木工程系大学文凭,朱仁男取得了经济管理专业文凭。此后公司的一些基建任务都是钟晓阳分管督办。钟晓阳不辞辛苦,深入工地第一线,兢兢业业,公司上下好评如潮。

这次,在选定施工队伍时,集团各大股东都推荐自己信得过的建筑单位。他们报来的工程造价,钟晓阳认真核算了一下,普遍高出实际预算20%,个别高出30%。钟晓阳不留情面,果断地一一否定。在集团股东会上,他提出公开招标的办法,优胜劣汰,择优选择施工队伍。

前几年在工大学习期间,姜胜利是他最要好的同学和朋友,现在在市招投标办公室工作。他找到了姜胜利,姜胜利对他说:"现在政府工程一律实行招投标制。虽然你们是民营企业,面对股东们的意见和利益,一定也要公正、公平、合理,实行招投标,这样你的工作相应会减少许多不必要的麻烦和非议。"

经过招投标的各项程序,评标委员会认真评定结果,本土企业万兴建设集团中标。

万兴建设集团是国家一级企业,注册资金10亿元,在这次三家施工企业参与的竞标中独占鳌头。经过核算定价,除了确保建设单位合理利润外,节省工程造价10%,共计1000万元。

李全恭维地说:"还是钟总英明。不瞒你说,这次申报的三家施工队伍中有我推荐的一家,虽然没中标,可我服。公开招标,优胜劣汰,我服,大家都服。"

钟晓阳说:"这件事很敏感,必须这样做。李大叔,你说呢?"

李全干笑:"钟总又在开玩笑了,是的,是的。"

忙完一天的工作,又到了下班的时间,钟晓阳疲惫地坐在办公室里,桌上的电话响了,是朱仁男打来的:"你看看,我给你发了多少信息,在忙什么呢?"

钟晓阳这才打开手机:"呵,对不起,刚才在工地上,太嘈杂了,没听见。"

朱仁男说:"大家都忙,但饭总得吃吧。你说去哪里,我开车来接你。"

钟晓阳笑着说:"客随主便,想必你请客了。"

朱仁男说:"看来集团没用错人,这么抠门,我请客就是了,谁对谁呀!"

祁南大道上,车水马龙,正是下班高峰,满街的车辆像成群的乌龟在马路上爬行。现在政府鼓励公务员用私家车,政府补贴,加上人们生活质量提高了,私家车陡增,就连很多农民工都买了私家车。据统计,全市每天有100辆私家车入户上牌,交通堵塞成了当下的一个大难题。尽管近来东西南北中都架起了高架,开通了地铁,也难以解决交通堵塞这个难题。

路上足足行了一个小时,才到了位于滨湖区的京皖大酒店。

两人在二楼餐饮大厅朝南临窗的一个卡座上落座后,朱仁男拿起桌上的菜单,用征询的口气问:"要不要来点酒?"钟晓阳说:"你我都开车,现在交规很严,喝了酒怎么回家啊?"朱仁男说:"解决的办法有两种:一是找代驾,二是直接在酒店客房部开个房间就行了。明天一早上班,耽误不了。"

钟晓阳笑着说:"你的脑子真好使,喝吧!"

没想到朱仁男对酒这么内行,说起来头头是道如数家珍:"白酒是世界五大蒸馏酒中最香的,也是中国文化的独特部分。人在小的时候喜欢的东西如糖呀,到成年的时候,就不喜欢了,一些刺激的东西如烟呀、白酒呀,往往就成了他们的嗜好,这叫逆反成长,白酒是中国男人的成长礼。"

"哪里来的一套一套的,我看也是中国女人的成长礼,因为男女平等。"钟晓阳笑着说。

朱仁男随手打开了一瓶剑南春,给两人各斟了一杯:"喝吧,我敬你。"

钟晓阳端起酒杯,一饮而尽。

桌上的菜都是钟晓阳精心点的,两人边吃边喝边聊起来。

钟晓阳说:"仁男,餐饮业是当下竞争最激烈的行业,你的工作困难一定不小。"

"我也考虑过了,如果不难的话,童总会让我去接替李大叔?"

钟晓阳说:"我们俩同时进入了新的角色,你下一步有什么计划和实施方案,说出来和我分享分享。"

朱仁男谦虚地说:"不是分享,我是征求你的意见,让你给我参谋参谋。"

钟晓阳端起酒杯干了,深情地看着朱仁男:"谢谢你对我的信任。"

朱仁男也干了酒,说道:"晓阳,我的计划才刚刚开始,如果单独把这个小店经营好,我自信地说,不在话下。但我的理想不在这。具体是:立足当前,首先把本店打造成标杆,那就是从我开始,全体服务及工作人员统一着装。对本店进行二次装潢,店内设施,从餐具开始全部更新换代,碟盏碗筷全都为绿色产品。这样给食客一个全新的观感,显得清爽、卫生。

"其次,在菜肴上下功夫,花色品种多样,色、味、形俱佳。在这基础上推出主产品,那就是以鹅打头,从卤鹅、蒸鹅到全鹅烤制、鹅汤制作,精益求精,别具特色。为此,我已实地考察了本市西郊金山脚下的情况,那里老百姓常年以养鹅为副业,家家富得流油。鹅以前是皇家的贡品,因此称贡鹅。"

"根据这阶段的试营业,这生意呀,真叫兴隆,三餐吃饭的人排着长长的队伍。本店24小时营业,广告宣传也跟了上去,所以生意特别好。"

钟晓阳说:"士别三日当刮目相看。真开了我的眼界。"

钟晓阳想了想又说道:"呵,我想起来了,那次在深圳,你单挑一家汤圆馆吃饭,原来早留心实地考察了。"

"是的,因为在那次之前,童总带我去三妹汤圆馆吃饭,不知无意还是有意地说了一句话:'仁男呀,我真想把这个汤圆馆交给你经营。'所以我就多留了一个心眼。"

钟晓阳笑着说:"难怪人们常说:女人心,海底针。朱仁男,我算领教了,以后说话得注意了。"

朱仁男佯装不高兴:"讨厌,我哪天跟你说话留过心了? 不说我了,你干得也风生水起呀!"

钟晓阳说:"目前,我所在的公司只是集团的一个派出机构,一切行动都是在集团的管控之下。但我也想开了,权当现场练兵,借此来增进我这方面的本领,为今后长远发展打下扎实的基础。因此,我很知足,也很自信。"

朱仁男说:"其实,我们这份差事,虽然形式上不同,但细想起来,也是大同小异的。看起来童总是放手让我干,可她的目的很清楚,只在乎保住她辛辛苦苦一手创办的三妹汤圆馆。我的整体计划只在我的心里,还没向她汇报。我在想如果我真要实施第二步计划,阻力一定很大。"

"阻力来自哪方面,告诉我,仁男。"

"那就是老板童总。"朱仁男悻悻地说。

几杯酒落肚,两人的话题有了转移。朱仁男的脸上升起了红晕,她眨动那双美丽的大眼睛,深情地看着钟晓阳。钟晓阳被她看得不好意思,说:"怎么了,不认识我了?"

"不是,不是,看到你,我一肚子话,就想跟你说。"

"说吧,刚才不是说了这么多吗?"钟晓阳说。

朱仁男:"那是工作上的,这个话题,今后都是说不完的。"

"那你还要说什么?"

"我们呀,我们的事。告诉你,我的父母之前从河南老家过来,正巧呢,那几天我去外地考察去了,他们一直住在我哥那。等我回来了,他们也走了。"

钟晓阳:"你哥也是的,怎不留他们多住几日呢?"

朱仁男惋惜地说:"你以为他们是农民,农闲无事呀? 他们在家乡也办了一家企业,比我们还忙。这次来还是因为采购物资,路过这里,才顺便看我们的。"

"那他们临走时丢下什么话没有?"

"怎没有呢?我哥说,父母整天放不下的就是我哥和我的终身大事。特别关照我,女孩大了,找对象比男孩难,要我不要任性,挑三拣四的,遇到合适的,一定抓紧谈。想到两位老人家,我心里就难过。"

说着,朱仁男眼里的泪花直打转。

钟晓阳安慰她说:"可怜天下父母心,我奶奶也是,只要我回家,她的第一句话就是:'大孙子,奶奶哪天能见到孙媳妇呀!'"

朱仁男说:"她老人家不是见过我了吗?"

"那都是老早的事了。"钟晓阳说。

"晓阳,我们再忙,丑媳妇总得见公婆。哪天抽个合适的时间,你带我见见她们,把事情挑明就是了。"

"仁男,着急了吗?真正的婚姻是雷打不散的,正如中国的美酒,时间越长,越香醇。"

朱仁男说:"我着什么急呀?现在我们在一起好好的,结婚只是多了一张纸,你说是吧?"

"那就对了,喝酒,喝酒。"看着笑眯眯的朱仁男,钟晓阳真正品尝到了他们进入新角色的欣喜。

两人不知不觉地几乎将一瓶白酒喝个精光。朱仁男平时再怎么在商场上应酬,酒量也不及钟晓阳,已经半醉了。

钟晓阳搀着轻飘飘的朱仁男,她把头埋在钟晓阳的臂弯里,上了楼。

与朱仁男相处至今,钟晓阳清楚,她不是轻浮的女子。她在职场上干了这么久,追求她的男人如过江之鲫,有富家子弟,有英俊的企业职员,有政府的成熟男士,但她从来没动过心。她只对钟晓阳付出了真情。

在下电梯的拐角处,她的一只手碰到了电梯门的棱角,尖叫了一声。钟晓阳赶忙抓住她的手,发现已经碰破了皮,他爱怜地说:"痛吗?等进了房间,我去向服务员要创可贴。"

朱仁男今晚的酒喝得并不太多,头脑还算清醒,她连忙说:"不用,不用,用热毛巾敷一下就好了。"

进入房间,一股淡淡的清香沁人心脾,撩人心绪。

朱仁男要去里面的洗浴间,钟晓阳问:"要不要帮忙?"

朱仁男说:"不用,不用,你就不怕我难为情?"

钟晓阳笑着说:"都这样了,还难为什么情?"

朱仁男笑得很好看:"你不怀好意,想看我的笑话。"

钟晓阳认真地说:"这下要当心啦,别再弄出个意外来,我可不负责任。"

里间传出自来水的声响,钟晓阳在门外听听,似乎一切正常,这才信步来到窗前,观看外景。这家酒店建在大湖之滨,敞开窗户,一眼能看到金山上的夜景。山上的瞭望塔放出变幻的光芒,真叫人心旷神怡。今晚,钟晓阳的心情特好,自己的工作顺畅不说,听朱仁男说她的工作也顺风顺水,自己心爱的女人好,比自己好更好。心情好,一切皆好。

终于,朱仁男裹着一块大浴巾出来了,她的脸红扑扑的,在柔和的灯光下艳若桃花。钟晓阳赶紧拉上厚厚的窗帘,说:"仁男,上床躺着吧。"

朱仁男两眼笑眯眯地看着钟晓阳:"到你了,慢慢地洗吧。"

钟晓阳洗好上了床,朱仁男背朝着他。他从背后伸出双手,把她紧紧地抱在怀里。

黎明时分,钟晓阳做了一个梦。一个男人站在大湖边一片茅草丛生的荒野上,正向自己这边瞧着。这个男人竟是李全。朱仁男就在身边,却若无其事地顶着清晨的凉风朝大路方向走去,只留下他和李全面对面地站在草丛中。他看不清李全的表情,却有一种被看穿一切般的冰冷感觉。

钟晓阳从梦中惊醒,立刻瞅了瞅身旁,朱仁男还在熟睡中。

钟晓阳看了一下枕边的手表,还差两分钟就6点了。天快亮了,只见厚厚的窗帷下端,透出一些光亮。钟晓阳望着微微发白的窗户,脑子里还在回想刚才的梦境。至于梦里为何突然出现了李全,他百思不得其解,暗暗笑笑,索性不去想了。

现在离上班时间还早,钟晓阳又迷糊了一会,7点多了才起床,此时天已大亮。

朱仁男还在甜甜地睡着,钟晓阳不忍心惊动她,于是轻轻下了床。撩开窗帘,外面一片光亮,碧空如洗,金山近在眼前。山腰下依然雾霭蒙蒙,就像有一个椭圆形的棉花团浮在半空中。

钟晓阳想起工地上的事,李全也许早到了办公室,他迅速拉严窗帘。朱仁男听到动静,睁开了眼睛。

"该起床了。"她自言自语,伸了伸懒腰。

"不着急,还有一个多小时才上班,我是睡不着,才起来的。"

钟晓阳想了想,没把刚才做梦的事告诉朱仁男。

## 第七章　改弦更张

受东南沿海地区台风的影响，三天前刮过一场大风，卷走了漫长的夏季，清爽宜人的秋天来临了。

已经下午3点了，朱仁男坐在办公室里发愁。几天前她又去了一趟金山，对当地环境、风土人情做了更进一步的调研。金山南麓是河西县辖区，这里的农民几年前就不种地了，大片的土地栽种了各种花草树木，山坡地垄铺上了绿油油的"台湾草"。离山坡不远的地方，有一处几万平方米的水面，碧波荡漾，弯弯曲曲的林间小路蜿蜒在绿水青山的幽深处。这里山清水秀，景色宜人。

前些年，这里的农民陆陆续续地进了城，有的远离家乡南下北上，甚至到国外打工挣钱去了。大部分人家人去屋空，就连老人小孩也见不着几个。

这里本来就人多地少，大多以养殖、放鹅为生，另外搞一些竹木副业生产。改革开放的好政策，激起了村里年轻人致富的热情，他们一无本钱，二无人缘，只有凭身体闯天下。

在大学深造期间，朱仁男的一位同班同学、好姐妹金玉芳，现在在河西县西山镇政府工作，这里正是西山镇管辖的范围。镇长宋爱忠是位三十五六岁的女性，人长得漂亮，又干练，讲话不拖泥带水。通过金玉芳的关系，朱仁男与她有过几次接触，彼此很谈得来，印象不错。这天，朱仁男特邀宋爱忠来她的餐馆坐坐，金玉芳全程陪同。

吃饭的时候，宋爱忠那炯炯有神的目光，像看穿了朱仁男的全部心思，主动提出："说吧，朱老板肯定有事要找我。"

金玉芳在一旁示意朱仁男："仁男，我们镇长是位很讲信义的人，把你的想法说出来就是了。"

"想在我们西山镇上开家分店？门面房我帮你解决。"宋爱忠快人快语，不等朱仁男开口,主动表示出了自己的诚意。

朱仁男清清嗓门说:"镇长姐姐,不瞒您说,我相中了你们金山脚下的那片荒地,想在那里办一个集养殖、培训、旅游为一体的基地,不知道镇长姐姐能否促成这件事?"

宋爱忠大笑说:"我真是门缝里看人,小瞧了朱老板。你的眼光真够大的。今年人代会上,我们也动议过,目前城市建设还没扩大到这里,人大代表们也有多人提议招商引资,开发这块土地,因地制宜地打造旅游景点。哎呀,你是怎么想到的?"

"不瞒镇长姐姐说,我考察、调研很长时间了。"朱仁男说。

宋爱忠说:"这是大好的事,不过,不能我一人说了算,必须经过法定程序,按规矩办事。回去后,我先与镇党委书记、人大主席沟通,还需要经过人大代表讨论通过,再做决定。"

朱仁男说:"我知道这些程序必不可少,总之,感谢镇长姐姐。"

宋爱忠说:"这是大好事,作为一镇之长,这是我应该履行的职责。"

土地最终以租赁的形式确定下来,租赁期暂定20年。

傍晚时候,钟晓阳接到朱仁男电话:"晓阳,晚上来我这一下,有事和你商量。"

"就我一人?"钟晓阳问道。

"不是,还有我仁海、仁和两位哥哥。"

"几点?"

"嗯,7点可行?那就7点吧,再忙也得来呀!"

"好的,未来夫人的召唤,哪敢不来?"钟晓阳高兴地说。钟晓阳在心里揣摸,朱仁男约她的两位哥哥和自己相聚,说有事相商,一定不是简单的吃饭喝酒、叙叙友情亲情的事。他俩有一段时间没有相会了,不是因为情感疏远了,而是两人实在太忙了。常常忙完一天的事情,都是夜里十一二点了,只能在各自床上煲一会儿电话粥。常常说着说着,不是钟晓阳鼾声大起,就是朱仁男的手机掉落在枕头一边。

晚上,三妹汤圆馆二楼包间,朱仁海、朱仁和、朱仁男、钟晓阳,当年的"四兄弟"在一起聚会,还有一位年轻漂亮的女人——朱仁海的女朋友,朱仁男未来的嫂嫂。当初流落街头,四人不打不相识,成了患难之交,如今在各自工作岗位上打拼,都有一个施展才华的平台。因为忙,他们彼此联系不多,今天由于朱仁男才聚到了一起。

饭桌上,朱仁男说:"今天呢,请二位哥哥和晓阳来,我有一事,必须和你们商量。"

朱仁海说:"小妹,大家这么忙,有事在电话里说就可以了。"

钟晓阳笑着说:"再忙,我们兄弟也得聚聚呀,不然都生分了。"说话间,钟晓阳拿眼看看朱仁海身边的女子,"仁海哥,这位是未来的嫂子吧,也不给我们介绍介绍。"

朱仁海站了起来:"晓阳,你说王莉呀,你不说,我也会介绍的。她是我女朋友,皖中学院毕业生,学的是医药卫生专业,现在是我们医疗中心的主任。"

朱仁男说:"听说王莉姐既能干,也吃得了苦。"

王莉大方地站了起来,笑口未启,腮边已现出两个浅浅的酒窝。她说:"听仁海说,未来的妹夫很优秀,闻名不如见面,果然是位英俊帅气的美男子。"

"哪里,哪里,你是故意夸我,我们仁海哥才帅气呢!"钟晓阳谦虚地说。

朱仁和一直没说话,他一边漫不经心地喝着茶,一边低头对着手机发笑。朱仁男冲着他说:"二哥,你的那位呢?赶紧打电话约她来呀,我们等着她就是了。"

朱仁和此时正在和女友刘云微信聊天,朱仁男见他半天没反应,大着声说:"二哥,说你呢。"

朱仁和这才轻描淡写地说道:"她会来的。"

半小时后,刘云亭亭玉立地站在大家面前。

朱仁和连忙站起来给大家介绍:"鄙人的女朋友,刘云同志,是我们公司销售部的公关经理,往后大家要更换座驾,包在她身上。"

钟晓阳笑着说:"仁和哥真了不起,把工作都做到我们头上了,真不愧为集团旗下宏图汽车制造厂销售部经理。"

朱仁和表面看文文静静的,可是说起话来干净利落,一口标准的普通话。

钟晓阳站了起来说:"来前,仁男在电话里跟我说,她有事要同我们商量。今天在座的都不是外人,一家人不说两家话,既然有事跟我们商量,仁男,你就直说无妨。"钟晓阳说完坐了下来。

朱仁男站了起来说:"是的,我是有事和大家商量,你们是我的亲人,小妹有事,不第一时间和你们说,和谁说呢?"

朱仁海是个急性子的人,他说:"妹妹,有事就直说吧。"

朱仁男这才切入正题:"就是生意场上的事情。你们是知道的,前段时间,我和晓阳的工作都有了变动,他去集团旗下开发部当老总去了,而我呢,受童总的委托,出任三妹汤圆馆总店长。两位哥哥知道,小妹我的性格从小就倔强,如今工作了,也爱折腾。我是这么想的,既然我踏上了民营企业这条路,那就要干出样子来。

"现在的情况是:三妹汤圆馆已在本市发展了十几家连锁店,势头很好。现在我决定建设一个集旅游、餐饮、养殖为一体的后方基地。以后发展大了,连锁店更多了,下面店里的食材,鸡、鸭、鹅、鱼都由基地统一供应。这样既保证了食品安全,也解决了有时市场断货的问题。

"现在,我已和河西县西山镇政府签了500亩土地的租赁合同,租赁期20年。这段时间,晓阳的工作比我还忙,也没跟他商量,今天请大家来,就是商量这件事。"

急性子的朱仁海说:"妹妹,说话不要拖泥带水,说说你的困难所在。"

朱仁和慢条斯理地说:"资金困难嘛!"

"是的,二哥说得对。手中无铜,难倒英雄。巧媳妇难为无米之炊,就是钱荒的问题。"

钟晓阳问:"这事你给童总汇报了没有?"

朱仁男说:"暂时还没有,她也够忙的。另外,我担心她说我步子迈大了。记得她给我们说过,办企业最忌讳的就是负债经营,我怕她不同意。"

"于是你就先斩后奏?"

朱仁男说:"我明白你的意思,可办企业前怕狼后怕虎,哪能成功?你看现在一些大企业,哪个一开始没有资金困难的事?"

钟晓阳说:"记得童总告诫我们,债务会拖垮一个企业、一个人。特别是长投入,短融资。"

朱仁海说:"我看这也算不上长投入。仁男,你不是有十几家连锁店吗,这是实体,那500亩土地也是一个不小的资源。"

朱仁男说:"哥说的我懂,但用土地做抵押向银行贷款,这条路走不通。不说银行对民营企业不感兴趣,就是行,这土地是租赁性质,土地权还是西山镇人民政府的。"

钟晓阳轻敲一下桌子:"我明白了。"

朱仁海说:"既然这项目已成事实,妹妹,只能往前进,后退则无路可走。说说看,前期启动资金要多少钱?"

"不多,我计划先解决100万元。"朱仁男心里明白他大哥的底子,就是他把全部积蓄拿出来,也只是杯水车薪。

接着,朱仁男说出了她这项目的全部用款计划:"我已做了全面的规划和资金预算,初步预估总投资500万元,建设一家集住宿、餐饮、培训为一体的中心,对这块土地因势利导,打造成旅游景点。这里的自然景观优美,有一个面积不大但很美丽的小湖泊,树木成荫,小径通幽,适合家禽放养。我以养鹅、养鱼为主,适当放些鸡鸭,确保总店和各家连锁店的食材供应。当然,这里面的生意经很多,一时半会儿说不完。

"前期资金估算约100万元,因为土地暂不要钱,一年下来再交付租金30万元,这就给了我们一年的周转期。这100万元,主要用于建设酒店和打造环境。这里环境本来就不错,再加上精心打造,定如锦上添花,下一次请你们到那相聚,我保证你们一定会流连忘返。"

朱仁和说道:"妹妹,二哥这些年,也攒下一些积蓄,不多,也不过10万元,没话说,全部给你使用。"

朱仁海说:"不瞒大家,我充其量也就20万元,妹妹你拿去吧。"

钟晓阳说:"仁男,我给你算过账了,我们两人加起来,连同二位哥哥的钱不到60万元,再向朋友借一些,估计这前期100万元问题不大。关键是一旦动起来,后续资金一定要确保,不能断链。我在想,能否找到合伙人?中国目前的民营企业,哪怕家族企业,也都是股份制操作,这是必由之路,你想单枪匹马不行。"

一句话惊醒了梦中人,朱仁男说:"晓阳,二位哥哥,我知道了。"

一直在听却没说话的刘云说:"仁男妹妹,听口气,就你两位哥哥、你的钟晓阳能帮你,把我们撂在一边,合适吗?"

朱仁和看看女友："我的大姐,你有办法呀?还不赶快说出来,免得大家着急。"

刘云说："仁男,你大胆干,姐支持你,剩下的问题不是问题。"

刘云的口气这么坚决,让在场所有的人都刮目相看了。她的背景,就连作为男朋友的朱仁和也不太了解。记得刘云进销售部的时候,人事部的一位经理简单地介绍说:"她是来锻炼的,请大家多关照。"在工作中,他与她刚见面就产生了好感,慢慢发展成恋人关系。至于她的家庭、父母情况,刘云从来不谈,有时被朱仁和问急了,也只是笑笑说:"以后你会知道的。"

朱仁男相信刘云不是夸海口的人,吃下了一颗定心丸,于是端起酒杯说:"今晚小妹一定陪你们喝好。"

这场酒喝得很愉快,大家推杯换盏,喝得昏天黑地。

店里的张英是老员工了,当初童兴荣创办三妹汤圆馆时,她就是店里的服务员。李全接任后,她成了李全的副手。如今朱仁男调来,她成了朱仁男的助手。今晚这个聚会,朱仁男本也邀她一块坐坐,她婉转地谢绝了:"你们兄妹聚会,我凑什么热闹呀。老板,您放心,我做好服务就是了。"但朱仁男兄妹说的话,张英可一字不差地记在心里了。

酒足饭饱,钟晓阳高兴地说:"前半场是仁男请客,这后半场呢,就是我钟晓阳的了,我请大家去常乐俱乐部飙歌怎么样?"

朱仁海打着酒嗝高兴地说:"我举双手赞成!"

这后半场更加丰富多彩,大家尽情地喝着、唱着、跳着,一直闹到深夜2点才散场。

钟晓阳随朱仁男来到她的住处,躺到她的床上,冷静地说:"吃饭的时候,听了你的全部实施计划,我总觉得,这里面不光是资金问题。我问你,这一切童总知道吗?"

朱仁男说:"你呀,一向胆子大,敢作敢为,这件事,你倒谨小慎微起来了。我是这么想的,童总既然派我挑这副担子,我就要把她一手创办的三妹汤圆馆顶起来,撑下去。我这么干,目的是发展壮大,她没有任何理由不支持,更何况我不要她一分钱,自己的困难自己扛。"

钟晓阳说:"她派你去接替李全,也是权宜之计,只要让濒临倒闭的三妹汤圆馆起死回生,维持现状就行。她的自尊心很强,不希望你超过她。其实她经营的大酒店就够风光的,你再怎么搞,也永远赶不上她。"

朱仁男信心满满地说:"不见得。她怎么想的,我管不着,既然她委托我挑这副担子,我就要干得超过她,至于利益呀,我没多想。"

钟晓阳说:"但愿如此。"

朱仁男轻轻地叹口气说:"我知道,我这么干,她可能有想法。她是女强人嘛,一向很强势,据传,集团董事长都要听她七分话。不过,晓阳,我不怕,我下一步的计划,一旦实施,可能连你也吃惊。"

钟晓阳真诚地说:"仁男,你应该跟我说真话,无论怎样,我都会支持你,也能给你参谋参谋。"

朱仁男想了想说:"你觉得我未来的二嫂刘云,她的话可信度有多少?"

"我一直在留意她,她的话不是无中生有。你一定要与仁和沟通一下,了解她的底细。"

朱仁男说:"我会的。"

"那就具体说说你下一步的大计划。"钟晓阳说。

朱仁男说:"做企业,干实体,品牌很重要。"

"说具体点。"钟晓阳说。

"我觉得三妹汤圆馆,这名字不够大气,太狭隘了。"

"改成什么名字不狭隘?"

"金山汤鹅。"朱仁男坚定地说。

"这不成宋江上了梁山,将晁盖的聚义厅改成忠义堂了?童总对你的做法可能会有想法,这改弦更张的事,就更会让她不高兴了。"

朱仁男说:"企业要做大做强,不能光看领导高兴不高兴。"

"说说你的理由,你应该有充分的理由。"

"金山是本市的一个标志,历史上有很多美丽的传说。金山这地方盛产贡鹅,听大厨师傅说,这贡鹅是历朝皇家的贡品,享誉京城,乃至全国。我取名'金山汤鹅'再合适不过了。"

"光有好名字还不行,企业最终的目的是效益。"钟晓阳说。

"这你不必担心,你看我下面的连锁店,已经发展到十几家了。我总结出了这方面的经验,下面分店店面统一装潢,一切皆有绿色产品标志,服务员统一着装,食品主材由基地统一供应,每个连锁店对外招标,实行股份制或承包制,宣传、培训工作跟上。照目前势头看,要不了3年,连锁店可以扩展到400家,一年的总产值可以达1000万,分店能够开到京城,乃至全国。现在高铁站、航运楼都有我们的分店,经营效果良好。"朱仁男信心十足地说。

钟晓阳说:"你的思路和实施计划够宏伟的。不过,我还要问问你的具体做法。"

"强强联手,股份制经营。"

"好,我支持。"

"有你这句话就够了。"朱仁男说。

## 第八章　狼狈为奸

季节的转换,也给世人带来了变化。尤其是进入夏日,梅雨季节随之而来,绵绵不断的细雨不停地下着,沉闷的空气使人喘不过气来。

室外施工受雨水的影响,不得不临时停了下来,工人们因此得到了暂时休整的机会,李全也缓了一口气。下午在办公室的电脑前,他心不在焉地打游戏,实在无聊。这阴雨绵绵的天气,估计汤圆店里的生意也萧条,服务人员也清闲一些,不知道张英近来情况如何,能不能抽出身,出来一趟。于是他拨通了她的手机:"怎么样,还好吧,晚上见个面如何?"

手机里传来她高兴的声音:"要不是下着雨,太阳肯定会从西边出来。想我了?你这个没良心的东西,我还以为你又挂上了哪个小妹妹呢。"

"瞎扯什么呢,不是怕你忙吗?"李全说。

"再忙,人总得睡觉吧?店里打烊后,谁又能拴住我?"张英一肚子怨气地说。

"那我开个房间?"李全试探地说。

"不行,不行,住宾馆太麻烦,还是去你那吧!"

"好的。不是怕你受委屈吗?我那里条件不好。"其实,李全住的房子条件倒不差,他是怕小区人多嘴杂,想注意点影响。他的担心是多余的,现代城市人住在一栋楼里,即便是多年的邻居,在楼道里碰上了,也只是点下头,连彼此的名字都不知道。

李全住在幸福苑小区4栋201室,85平方米,二室一厅一卫,一人居住,条件蛮不错的。这套住房,还是童兴荣发迹后,为报他的救命之恩,特意为他买的。

李全在三妹汤圆馆和张英搭上后,这里就成了他们幽会的地方。

小区大门外有一家土菜馆,李全有他们家的电话,打过订餐电话后,店里服务员送来四菜一汤,荤素搭配,都是张英爱吃的。

李全开了一瓶白酒,他知道张英也喜欢喝两杯,二人对饮起来。

李全神秘地看着张英:"今天来,可有店里的好消息?"

两杯酒落肚,张英的脸红了起来,眯着一双不大的眼睛看着他。李全觉得她今晚格外好看,真是情人眼里出西施。那一年,童兴荣出任众诚国际大酒店总经理,她把店里的生意暂时交李全打点。之后的某一个晚上,风雨交加,店里的大厨和服务员打烊后都各自回家了,他和张英喝了酒,勾搭上了。

不惑之年的李全城府很深,对付女人很有一套办法。张英是从农村来城市打工的,在城里孤身一人,没有亲戚,没有朋友,很依赖他,对他言听计从。

张英说:"既是好消息,也是坏消息,看对什么人说。"

"说出来,让我推敲推敲。"李全色眯眯地看着张英。

酒后的张英更加亢奋,她将前天晚上偷听来的朱仁男兄妹们聚会商议的事情,一字不差地倒给了李全。

李全喝下最后一杯酒,站起来说:"好,这消息不坏。对老童来说,我觉得是坏消息,对我来说可算好消息啰。不过这个秘密,只能天知、地知、你知、我知。"

张英担心地说:"你得注意方法啊,如果知道是我坏了他们的事,那我在店里还能混下去吗?"

李全得意地奸笑着:"这你就放心吧,他们不会知道的,就是发现一些蛛丝马迹,也只是猜疑。再说有我呢,你知道我和老童的关系,有老童这把保护伞罩着,我看他们能奈何得了你?"

"你一天到晚口口声声老童老童的,我问你,她是你什么人?我看不光是你曾经救她的那点恩情,恐怕你们俩早就上了床吧!"张英忌妒地说道。

李全忙解释:"都是过去的事了,还陈芝麻烂谷子抓住不放,你,吃醋?"

张英说:"我才不呢,人家现在还看得上你吗?我只是不想背个内奸的恶名,更何况朱仁男对我不薄。其实,她将餐馆做大做强了,对童总、对我都不是坏事,对你也没影响啊!"

"影响可大了。你想想,她这么一闹,说明我以前就是吃干饭的。再说老童吧,对我俩的事本来就心存疑虑。她亲手创办的这个店,差点在我手里

64

毁掉,这以后还有我的好果子吃?"

"大不了不再信任你,反正你过去对她有恩,她又能对你怎么样?"

"你说得倒轻巧。反正我是不想朱仁男好。这小丫头简直不知天高地厚,还要把分店开到京城去,野心也太大了。"

"这点,你说得不对,自她从你手里接过店子后,这才多长时间,一年不到,就在本市发展了十几家分店,还轻易地拿到500亩土地承租权,租赁期20年。我看,就是童总在这干,也未必干得这么好。再说了,她把事情干好了,我在她手下也能沾点光,何乐而不为?"

"不行,阻止她,不能让她达成。"李全像一只发怒的食肉动物,脸上现出凶光,连眼前的张英也觉得心悸。

"你怎么阻止?她正一步一个台阶地往上走,你想推她下坎,未必推得动。"

"单凭我俩是不行,当然要借老童之手。"

张英说:"你别弄错了,她是童总的心腹,得意门生。"

"这世上,好人怕三戳,坏人怕三说。你别小瞧我,我会有办法的。"李全奸笑着。

"我奉劝你别去献媚吧,我跟你说,我已经是你的人了,别吃着碗里的又去望着锅里的。"张英拿眼瞪着李全。

李全站了起来,慢慢踱到张英跟前,伸出双手,从后面把她抱了起来:"亲爱的,我要的就这效果,来,让我亲亲吧。"

一想到李全和童兴荣的暧昧关系,张英心里就来气。她指着李全的额头说:"我看你就是条色狼。"李全皮笑肉不笑地说:"没我这条狼,哪有你这只狐。"

李全坐在童兴荣的办公室,耐心地等待着。秘书对他说:"童总临时有点事出去了,估计10分钟后回来。您坐,喝茶。"说着将茶杯放到茶几上。

李全在想:这人都会变的,老童的架子越来越大了,脾气也见长了。他将张英昨晚给他说的话,又重新理了一遍。

童兴荣终于回来了,在他的对面落座。她说:"老李,不在工地忙活,跑到我办公室来,找我何事,是不是又有什么花边新闻?说说看。"

"正常的工作汇报。"

"那就说吧!"童兴荣目光炯炯地看着他。对李全来说,这目光叫他既向往又有些畏惧。

"那我就先说说钟晓阳吧!"

"听口气还要后说谁呢。"童兴荣习惯性地抬起左手,瞧瞧手表。

李全说:"钟晓阳近来工作很卖力,整天泡在工地上。主楼工程再有两个月就竣工验收了,工期提前一个月,相应的配套附属工程同时上马,不出意外,第一期项目在年前能全部结束。剩下的就是工程决算了。"

童兴荣脸上现出了笑容:"这里也有你一份功劳。如此说来,你和钟晓阳配合不错呀!"

李全干笑了两声:"嘿嘿,这不见外了,我为你两肋插刀是应该的,谁叫钟晓阳是你信得过的人之一呢!"

童兴荣说:"看来,你接下来要说的是第二个我信得过的人,不是你自己吧?"

李全说:"我自己有几斤几两,心里清楚着呢,我还够不上让你信任,起码目前是这样的。要不然,我怎么被发配到又脏又累的建筑工地上,差点没当小工用了。"

"你别想歪了,我知道你是带着情绪离开餐馆的。可我这人好坏分明,论功行赏,如果不痛下决心,这三妹汤圆馆就断送在你手里了。这后果你背得起吗?"说到这,童兴荣气不打一处来。

"你不要对我发火,请你耐心听听我说你第二个信得过的朱仁男吧。"李全不服气地说。

于是,李全将张英听来的消息,一五一十地向童兴荣和盘托出。

随着李全的叙述,童兴荣的脸色渐渐地起了变化。终于,她忍耐不住了,歇斯底里地大吼起来,身子也离开了座位,站起来大叫:"简直无法无天了!这丫头疯了,疯了!不行,我要阻止她。"

一向阴沉沉的李全这时更显得阴郁,他不紧不慢地说:"阻止,你怎么阻止?事情到了这步田地,可以这样说,她羽毛已经丰满,你阻止得了?"

"撤她的职,我要她从哪来回哪去。在我这一亩三分地上,她能翻天不成?"童兴荣越说越火。

"不着急。其实呢,她干得还是不错的。也不知道她哪来这么多办法,现在就有了十几家连锁店,你让她离开总店,她随便去哪一家分店,不照样干吗?再说,她还与河西县西山镇签订了500亩土地租赁合同,租赁期20年,单保证金就100万,已经兑现了,合同正式生效。你撤她职,大不了她不干了,可你反而打不着狐狸落一身骚,坏了自己的名声。"

李全这话倒也是肺腑之言。童兴荣心里想,到了关键时刻,李全还是说了真话,他才是自己信得过的人。想到这,她心里不由得不重新考虑钟晓阳。谁又能保证钟晓阳不出幺蛾子?纵然现在不出,将来呢?这天底下的人,都是唯名、唯利、唯权。童兴荣越想越寒心,索性不再想下去了。

李全突然像想起了什么,他对童兴荣说:"老童,不要让激怒冲昏了头脑,快把电脑打开,查查最近本市工商登记信息,看这小妮子用什么单位名称和西山镇签订的合同。"

于是,两人凑到一块,打开桌上的电脑,在本市登记餐饮业一栏里,终于发现了"金山汤鹅"的注册商标,注册资金500万元,注册地址河西县西山镇,法定代表人朱仁男。

童兴荣一下气晕了,她站立不稳,重新在座位上坐下来。至此,她对李全的话确信无疑了。

她瘫倒在老板椅上,看着李全的嘴在一上一下地动着,她却一句也没听进去。

这霏霏淫雨没日没夜地下着,下得人心烦意乱。童兴荣坐在总经理办公室里,心情十分糟糕。

那天听了李全的汇报,她心里就像揣了个刺猬。

朱仁男的背叛叫她十分寒心,随之而来的是心痛。她回想起自己的过去和现在。

那年,也是这样的季节,她离家出走了,流落街头,那讨厌的天气,说下就下起雨来。一阵大雨将她赶到城东区护城河的大桥底下,她正要坐下休息,随之跟进来两个泼皮无赖,对她动手动脚,意图不轨。眼看自己要被强奸,她大声呼救。千钧一发之际,一艘巡逻艇停到了桥下河边,下来两名身着警服的年轻人。其中一个大个子警察不到一刻钟,就制服了两个无赖,将两人带上了巡逻艇,童兴荣得救了。临走时,大个子警察给了她10块钱,说:"姑娘,找个安全的地方,这点钱,你去买点吃的。"

童兴荣后来发迹了,一度寻找过这名大个子警察,可人海茫茫,无名无姓,哪里找得到?再后来她工作压力大,整天忙得不亦乐乎,渐渐地也就淡忘了。

　　那次,她路过那块广告牌下,在车上一眼看到四个年轻人蹲在地上,手举着打工的牌子,犹如自卖自身,同病相怜,于是上演了当年的那一幕。

　　朱仁男被带进公司后,现出了庐山真面目,恢复了她的女儿身。童兴荣心里暗暗高兴,对她尤为器重,不想她如今……童兴荣想不下去了。

　　童兴荣拿起了桌上的电话:"仁男,来我办公室一趟。"

　　朱仁男回复道:"师父,我还忙着呢!"

　　"再忙也得来,立刻,马上。"她用命令的口吻说。

　　"师父,您……"

　　"我不是你的师父,你好好想想,这些日子,你背着我做了哪些好事?"

　　"师父,看来您知道了。可我做的事,全都是好事呀,哪有师父不希望自己的徒弟做好事?"

　　"你现在是长本事了,我问你,'金山汤鹅'是怎么回事?"

　　"师父,情况是这样的……"朱仁男想要解释。

　　"什么这样、那样,我才不听呢。"童兴荣是个直肠子的人。朱仁男知道,此刻所有的解释都是枉然,甚至会激起童兴荣更大的怒火。她再明白不过了,肯定是有人在童兴荣面前打了小报告。这个人是谁?钟晓阳和她的两位哥哥绝对不会,她两位未来的嫂子更不可能。她万万想不到是有人偷听了他们的话。

　　朱仁男来到童兴荣办公室。见朱仁男坐着半天不说话,童兴荣忍无可忍了:

　　"你这么做就是大逆不道!你摸摸胸口说句良心话,我童兴荣对你怎么样?还有钟晓阳。人呀,不讲诚信,可要讲良心,你说,你说呀!"

　　朱仁男知道童兴荣对她和钟晓阳恩重如山。记得她进公司时,有些老员工看不起她,童兴荣多次在员工大会上表扬她,不提名不道姓地对歧视她的老员工给予指责、批评,借此提高她在公司的形象。渐渐地,员工们从接受她到尊重她,才使她渐渐地融入这个群体里。

　　更让她感动的是,童兴荣自己出钱,让她和钟晓阳去大学成人班学习两年,圆了他俩的大学梦。童兴荣煞费苦心地安排了那次南方之旅,让她与钟晓阳单独接触,借此促成他俩。

想到这些,朱仁男的眼泪哗哗往下淌,哭得很伤心。见朱仁男这么伤心,童兴荣心软了。她抽出一张纸巾,无声地递到朱仁男手里。

"既知今日,何必当初?"她小声地说道。

"我没错,师父,我所做的这些,都是为了公司,也是为了您的尊严。"

"为我?为公司?具体说说你的理由。"

于是,朱仁男说出了她的全盘计划和做法。

"我是这么想、这么做的。前期,我采取股份制和承包的方式,在本市发展十几家连锁店,分店从店面装潢到经营模式,一律按总店标准进行。服务员统一着装,碗、盏、盅、筷、勺均统一供用,提供24小时服务,早点、夜宵一样不少。食物卫生,品种翻新。实践证明,这些方式方法切实可行,饭店生意兴隆,吃饭的人经常排着很长的队。"

"这我都调查清楚了。谈谈工商注册怎么回事?你可知道,我呕心沥血创办的三妹汤圆馆,就这么一夜间销声匿迹了,你这是拆我的台。"童兴荣有意提高了嗓门。

"我大学的一位同学金玉芳在河西县西山镇镇政府工作。通过她,我结识了镇长宋爱忠。本来呢,我只是想在镇上开一家分店。镇上有一块闲置土地,我去调研了很长时间。过去,那里的老百姓都以养鹅为副业。听一位老厨师说,金山的鹅当年是皇家的贡品,于是,我与西山镇政府签订了20年租赁合同。在签订合同时,宋镇长说,三妹汤圆馆注册资金才50万,不合要求,也不能体现金山的特色。于是,我注册了'金山汤鹅'这个企业名称,注册资金500万元,虽然不多,在餐饮业中也算是不小了。"

"这样说,你不是彻底撇开了我,另起炉灶?"

"不是,不是,三妹汤圆馆会永远保留不动。金山汤鹅的股权结构中,董事长是您,您是大股东,占51%,我是总经理,是公司经营的代表人。"

童兴荣的脸上现出了笑容:"你怎么不早跟我说?我问你,你前期的100万资金是怎么解决的?"

"您这么忙,既然放手让我干,我事事让您伤脑筋,还要我去干什么。前期的100万保证金,我的两位哥哥和晓阳为我凑钱,却也没用上,最后是我二哥的女朋友出资解决的。我有个打算,今后凡是店里招聘员工,那些没钱上学的高中生,无论男女,优先录用。"

"这个非常好。下一步后续资金怎么办?"

"还是靠我二哥的女朋友刘云,她现在是金山汤鹅的股东。"

"刘云,哪个刘云?"童兴荣问。

"我也不知道她的背景,但她好像对三妹汤圆馆很熟悉,而且情有独钟。"朱仁男说。

"啊,让我想想,刘云?仁男,她是你未来的二嫂,你有义务把她的背景调查清楚,过后要向我直接汇报啊!"

"是,师父,我保证完成任务。"

童兴荣紧绷着的脸盘到此全部放开了,她笑得十分开心。

# 第九章 爱的误会

又是一个艳阳天,钟晓阳坐在办公桌前感慨万千,自言自语:"啊,这么高的摩天大楼工程终于验收合格了!"

施工单位正向上级主管部门申报优良工程,而钟晓阳则在思考着下一步工作的开展。他的去留,不是自己能决定的,还得看集团董事会的态度。想到这他喜忧参半,其实集团董事会关键的人物,就那么两三个人,其中童兴荣是关键的关键,当初集团人事部调他任这个职务,就是她一手安排的。

总的来说,钟晓阳还是要感谢她的。但有一件事,让他心里不十分痛快,那就是童兴荣对任何人都留有一手,对自己也是,她把李全安排在自己身边,就足以看出她这一点了。

想到10年前自己还是一个流浪儿,如今干到这个位置,与童兴荣的关照、提携是分不开的,但与自己的任劳任怨,甚至是逆来顺受也不无关系。他想,自己还年轻,有朝一日,也一定要成就自己的一番事业。

忽然,桌上的电话响了,是牛小妹打来的:"晓阳哥,你在哪间办公室呀?我已在你大楼过道上了。"

钟晓阳说:"小妹,你这么忙,怎么想起找我来了?"

"晓阳哥,你真是忙糊涂了,怕是连今天周六都忘了。我今天休息呀!"牛小妹高兴地说着。

"东头第一间,上边标着总经理办公室。"钟晓阳说。

进了门,牛小妹放下小坤包,张开双手嘻嘻笑着:"晓阳哥,抱抱我吧,这么长时间了,不想我呀?"

牛小妹从门前经过时,坐在东头第二间办公室的李全看得一清二楚。一种奇怪的心理支配着他起身走出来尾随在牛小妹的身后,他目睹了牛小妹和钟晓阳紧紧搂抱在一起的镜头。

事后他打听到,这是钟晓阳当年的同学牛小松的妹妹。她大学毕业后考取了公务员,在河滨区管委会就职。一向不安分的李全,把他们的情况调查了个底朝天。

钟晓阳说:"小妹,今天怎么想起哥来了?"

"我一大早就接到奶奶的电话,她千叮咛万嘱咐,一定要你回家,她想你了。"牛小妹说。

"她可以打我的电话,说一声就是了,哪要劳驾你跑一趟。"

"我能有多大的架子,奶奶的话在我这就是圣旨,哪敢不来呀!她说打你多少个电话,都没人接听。晓阳哥,你真是个大忙人。"牛小妹说。

钟晓阳说:"按说周六我们是不休息的,既然是这样,那就破个例吧。"

钟晓阳给李全交代了几句,和牛小妹下了楼。正要上车,牛小妹的手机响了,她说:"真抱歉呀,晓阳哥,我的一位大学同学从北京来这里出差,她要我立马赶去她那里,多年老同学没见面了,你看怎么办呢?"

钟晓阳笑着说:"好事呀,你去吧,我自己回家就是了。"

"那一定回去呀!不然,我又要挨奶奶数落了。"

"一定,小妹放心吧。现在你去哪,哥送你吧!"

"不用,不用,不耽搁你回家,我打车就是了。"牛小妹说。

奶奶和李明英现在住河滨区虹桥家园。今年5月,童兴荣的大哥童兴柱一家从外地回来,没房住。钟晓阳得到这个消息后,将借住的房子还给了童兴荣,在河滨区按揭了一套三室两厅的房子,将奶奶和明英妈安顿下来,小妹也有她自己的单间,钟晓阳还住他的单身公寓。

奶奶说:"我的大孙子,你就这么忙吗?把奶奶忘了。"

钟晓阳给奶奶解释:"奶奶,您不常说,忠孝不能两全吗?这阶段,孙儿在工地上忙得昏天黑地的。"

"好,好,好,大孙子,回来就好,回来就好了。"

李明英已摆上了一大桌菜,还有一瓶白酒。她说:"晓阳,小妹她人呢?不是说好和你一道回来的吗?"

"妈,临来前,她的一位同学从北京过来了,她去见同学了。"

"这丫头就事多。好了,我们仨吃饭吧!"李明英说。

奶奶说:"她不回来也好,当着她的面,有些事我还不便给你说。"

听奶奶这么一说,聪明的李明英站起来说:"妈,你们聊吧,还有一个汤,我去厨房忙活,一会儿就好。"她说着转身去了厨房。

"大孙子,最近工作还好吧?听说你把一栋大楼都盖起来了,我孙子有出息了。"奶奶笑得合不拢嘴。

"我只是这个项目的负责人,都是工人们辛辛苦苦盖成的。"钟晓阳谦虚地说。

奶奶高兴地说:"那也是你的功劳呀!"

钟晓阳问:"奶奶,您要小妹去公司找我回来,是有什么事吗?"

奶奶说:"也没什么大不了的事,就是想你了。这么长时间也不回来一趟。"

"奶奶,家里电话现成的,打个电话就行了。"

奶奶抱怨:"打你电话该有多难!办公室电话总是忙音,打你手机,经常不在服务区内。没办法,我只有让小妹去你公司找你,看你还回来不。"

"奶奶,我平时呢,星期六不休息,和公司几个主要负责人都正常上班。今天情况特殊,大楼竣工验收通过了,所以我才能回家。"

"对的,对的,我孙子有出息了。奶奶跟你说的事,其实不大,但在奶奶看来,比什么都重要。我问你,如今你老大不小,是而立之年的人了,和那个叫什么男的,处到哪一步了?说给奶奶听听。"

"当然处得不错了。奶奶,她叫朱仁男,只是我和她都挺忙的,目前还没忙到个人的事。"钟晓阳说。

奶奶语重心长地说:"晓阳呀,奶奶跟你说实话。这丫头长得也好看,你们两个都是大个子,很般配。但奶奶放心不下,你们两个都是大忙人,都有干大事的心,但真正做夫妻不合适。"

钟晓阳说:"孙儿可没觉得不好。孙儿了解她,她虽是干大事的,但她贤惠、温柔,对我一心一意,奶奶,这样的孙媳去哪找?"

"既然这样,还不尽快把事情办了?"奶奶说。

"您看我们工作不都忙吗?我们商量好了,等我们事业基础打牢了,再办事也不迟。其实结婚不就是那一张纸?不急。"

奶奶说："你不急,我急呀。哪一天抱上重孙子,奶奶我就放心了。"

钟晓阳安慰她："奶奶,重孙子肯定会有的,但不是现在。"

奶奶的话有些吞吞吐吐的,显然心里想了好长时间,又不便说出来,最终她还是说了出来："晓阳,奶奶在心里酝酿多时了,按我说呀,我们家小妹与你正合适,实根实底,从小我们是看着她长大的,人又漂亮,又是国家公务员,更重要的是她喜欢你。"

钟晓阳说："奶奶,您说什么呢?小妹是我妹妹呀!孙儿从小到大把她当妹妹,我对她好,只因这个兄妹之情,没别的什么呀!"

"妹妹?你们不同宗,不同姓,只是口头上称兄妹。明英也早有这个意思。晓阳,这是一桩好事,我们一家亲亲热热的该有多好。"奶奶耳不聋,眼不花,说起话来响响亮亮。

"不行,不行,这话说到此就结束。我和仁男这么多年感情,不是说断就断的。小妹这么优秀,奶奶,你就放一百二十四个心,她会找到比我更好的对象做您的孙女婿。"

说着,李明英端着一大碗汤进来了,她对奶奶说："妈,你们刚才的话,我都听到了,不要难为晓阳。"

钟晓阳笑着说："妈,任何时候我们都是您的孩子,奶奶是好心,对我们的事太操心了。儿孙自有儿孙福,你们做长辈的不要担心,我们会处理好个人感情的。"

李明英说："晓阳呀,知女莫若母,自己的女儿,我最了解她的心思。小妹对你很好,她心里一直暗恋你呀!从她上大学起,我就发现她对你一片痴情。不过既然你不爱她,一厢情愿成不了事,我也没有什么可说的。我看那个仁男也不错,宁拆十座庙,不破一桩婚。既然爱了,那就趁早把婚结了。忙不是理由,结婚后照样干事业的多呢。至于小妹,我会慢慢开导她,晓阳,你放心好了。"李明英一番话令钟晓阳感动不已。

"谢谢妈。"

李明英真诚地说："自己的儿子,还谢什么,这都是妈应该做的。今天把话说开了,你回去安心干事。你和仁男的事,你们自己拿主意。"

近来,朱仁男忙得不可开交,她将三妹汤圆馆交给张英打点,自己一心扑在金山汤鹅的后方基地建设上。从规划到建设办公培训大楼,打造人工湖,园区树木、花草剪修,道路拓宽,她事必躬亲,整天忙碌。资金运作方面她基本不用操心,都是由未来的二嫂刘云一手操办。自上次聚会她与刘云有了几次接触,觉得刘云为人大方,是一位很好的合作伙伴。刘云时不时地来工地上帮忙,对基地的建设很有见地。朱仁男真觉得二哥太有眼光了,她们两人相见恨晚。

近来,基地的事情因为有刘云的鼎力相助,各项工作走上了正轨,朱仁男缓了口气,感到轻松多了。她想到三妹汤圆馆,下班后回到店里看看,张英高兴地说:"老板,你要常来店里指导关心啊!"

朱仁男说:"阿英姐,以后不许你叫老板老板的了,叫我仁男就是了。"

张英说:"是,是,我记住了。"

毕竟两人在一起这么长时间了,张英又把店里的事打理得这么好,朱仁男的心里是高兴的。两人坐下来高高兴兴地喝起酒来,不知不觉地你来我往,一瓶酒喝个精光。

朱仁男红着脸说:"阿英姐,你也老大不小了,应该找个男朋友,人生大事,这是必走的一步。"

张英说:"妹,我叫你妹是否委屈你了?"

"不,不,不,这以后呢,就叫我仁男妹吧,我倒觉得更亲热。"

"仁男妹,从今以后我就这样称呼你啦!"

"好,我喜欢直率的人。"朱仁男说。

张英想朱仁男对她这么好,她不能有事瞒着对方,于是她说:"仁男妹,有一件事搁在我心里多少天了,想告诉你,又怕说错了,万一是误会,对不起的不单是你,还有钟晓阳。"

一听说钟晓阳,朱仁男全身上下的神经都在抽搐。难道他做了什么对不起自己的事?仔细想想,不可能呀,最近两人都忙昏了头。但是再大度的女人,对这方面都非常敏感,于是她着急地问:"你说钟晓阳怎么了?"

张英心里堵得慌,毕竟她没亲眼看见,都是李全告诉她的。

"我是、我是听人背后说的。"

"不要吞吞吐吐的,说错了,妹不会怪你的。"

此时的朱仁男焦急万分,她几乎在恳求张英。

于是,张英把李全告诉她的,钟晓阳在他的办公室和牛小妹搂搂抱抱的一幕,全都告诉了朱仁男。

牛小妹的美丽,朱仁男是知道的。当初在钟晓阳家,她们有过一次同桌吃饭的经历,当时童兴荣也在场。童兴荣当着钟晓阳奶奶和妈妈的面,夸赞钟晓阳和她是一对金童玉女时,她发觉牛小妹很不高兴,分明在吃自己的醋。朱仁男当时没往深处想,牛小妹毕竟还小。可如今不一样了,听说牛小妹出落得更楚楚动人了。

听张英这么一说,女人嫉妒吃醋的劲头爆发了。接下来张英的话她一个字没听着,也顾不了张英就在面前,掏出手机拨通了钟晓阳的电话:"钟晓阳,你听着,不管你现在有多忙,我要你20分钟内赶到店里来。"

电话那头,钟晓阳丈二和尚摸不着头脑。他说:"仁男,我在电话里都能闻到酒气。你一定是喝多了,你看看现在是什么时间了?"

"我不管,就是半夜三更,你也得来。"朱仁男真的发怒了。

"亲爱的,我都睡下了,明晚行不行?"

"不行,不然直接去我那里,我立马回去。"

"亲爱的,行,行,我这就去。"钟晓阳说。

朱仁男这才轻轻舒了口气,放下手机。

夜深人静,万盏灯火笼罩着这座美丽的城市。马路上车辆稀少,宽阔的柏油路上,偶尔驶过三两辆出租车,运载那些未归的人。

钟晓阳边开车边想:"听朱仁男说话的口气,分明情绪很大,近来是我冷落了她?不是呀,昨天我才联系她,她说太累了,过了这一段时间再见面。"想到这,他看一下手机,手机里显示,现在已是凌晨3点了。这个时候,她突然要自己去她那,而且说话口气生硬,看来情况不妙。钟晓阳这样想着,车子已来到朱仁男楼下。在停车坪上停好车,他急忙上了楼。

朱仁男怒气未消,劈头就问:"钟晓阳,你在办公室做了什么好事?"

钟晓阳一头雾水:"办公室,你说办公室?我倒问你怎么回事?"

朱仁男说:"你装,继续装吧!我问你,你和那个牛小妹,那天在你的办公室都干了些什么?"

钟晓阳慢慢明白过来,他说:"那天小妹来我办公室是帮奶奶传话让我回家的。后来她接到北京同学的电话,就去接待同学了,我一个人回的家,就这些。"

"谁要你说这个了!我是问你,你俩在办公室那会儿干了些什么?"朱仁男步步深入地问。

钟晓阳理直气壮:"大白天的,在我办公室能干什么,连兄妹之情都没叙呀!"

朱仁男说:"你俩都搂在一块了,还叙什么兄妹情?"

钟晓阳苦笑一下:"我和小妹半年都没见面了,乍见到拥抱一下,这很正常,值得你小题大做?"

朱仁男说:"你那个小妹是妹吗,她把你当亲哥了?那次在你家吃饭,你看她对你眉目传情,我就觉得不对劲。我是女人,女人看女人是最准确的,她的言谈、表情,说明对你不一般。"

"那是她的事,在我的心里,任何时候她都是我妹,亲妹妹。这点,我对奶奶,还有明英妈妈,早已声明过了。"

"真是这样的?"朱仁男的口气显然有了缓和。

钟晓阳说:"要不哪天我带你见奶奶,当面锣、对面鼓地问清楚就是了。我还要奶奶、明英妈妈做她的工作,她这么优秀,要她正确选择自己的对象。我虽说不是她亲哥,但从小看着她长大,心里早认定她是亲妹妹。再说,世上一厢情愿的事,有几个能成的?仁男,我俩的爱情可以说是雷打不动的,难道你就这么没信心?"钟晓阳说的每个字如板上钉钉,使朱仁男心服口服。

冷静下来后,钟晓阳问道:"仁男,是谁告诉你这些的,是李全吗?"

朱仁男说:"是谁告诉我的不重要,问题是你心里怎么想的。经你一说,我初步原谅了你。不过,这次给你个警告,你没这个心,可你那个所谓的妹妹,我看就不是个省油的灯。"

钟晓阳说:"好了,好了,别把打击面无限扩大。"见朱仁男不再说话,钟晓阳亲热劲上来了,他说,"亲爱的,这么大半夜的,把我从睡梦中弄醒,这么远的路赶来,就只给我下马威?总得给个奖赏吧。"

钟晓阳抱起了朱仁男,她彻底消气了,却还伸出手指戳着钟晓阳的额头:"钟晓阳,我要你清醒清醒,这件事还没完。"

## 第十章　走出误区

周六下午 5 点一过,李全就离开了公司,开车来到位于环湖大道东南边的一个临湖小镇。一进入冬季,宽阔的双向八车道上车辆稀少,李全只用了 30 分钟,就抵达了小镇上的一家宾馆。

小镇风光秀丽,清一色的仿古建筑,古色古香,连宾馆建筑也是。宾馆不大,前面临湖,后面有山。

李全早在一周前就和张英约好了,这个周末将有一次愉快的约会。

近些日子,张英一直忐忑不安。自从上次在朱仁男面前讲了钟晓阳的坏话,她的心时时不得安宁。本来嘛,她是想把李全的话彻底地埋在心里,说实在话,她与朱仁男之间还没到无话不说的地步。经过一年来的朝夕相处,她觉得朱仁男很够朋友,对她的工作很信任,值得相交。同是女人,她对朱仁男寄予同情。这个傻女人,整天就知道工作,连自己最亲爱的人都顾不上了,如果这个男人真的移情别恋了,朱仁男还一无所知,就真的不但傻,还可怜了。

张英对李全的话信以为真,因此她将李全的话全部倒给了朱仁男,可看朱仁男当时难过的样子,她后悔了。这些天来,她心神不宁,反复思考这个问题:李全和钟晓阳共事,同事之间往往不是同盟就是对立。万一李全无中生有,别有用心地利用了自己,岂不是既伤害了朱仁男,更对不起钟晓阳?她对钟晓阳印象不坏。这个男人不但长得帅,而且工作兢兢业业,为人厚道,在公司里,大部分员工对他十分信赖和尊重。一个男人有了这些品质,真难能可贵。他既能获得上司认可,又能博得下属员工的肯定,肯定是个好男人。但感情这东西也是很难说的,不管好男人、坏男人,遇到他认为更好的女人,都可能移情别恋。

上午接到李全的电话,说晚上见面,张英心里明白,见面就意味着共度良宵。

张英把店里的事情做了安排,给大厨刘师傅做了交代。刘师傅是朱仁男从西山镇上请来的厨师。人长得胖了点,但做得一手好菜,特别是他做的鹅肉、鹅杂、鹅汤等菜肴,鲜美无比。他为人正直,最大的优点就是安分,从不多嘴多舌,对朱仁男忠心耿耿,对张英也很尊重。张英的话,他不但听,而且百分之百地执行。有他在,店里的事情张英是放得下的。

张英是乘公交车来到小镇的,和李全见了面,两人亲热了一番。

被李全搂在怀里,她喃喃自语:"我好害怕。"

李全亲着她的额头:"有什么好害怕的,这里是大湖之滨、城市之郊,神也不知、鬼也不晓的,怕什么?"

李全自认为他们的事,做得天衣无缝,就是万一有人知道了,又能说什么,他是一个快乐的单身汉,张英也算得上是半个单身。他对张英的家庭早就了解得一清二楚,张英虽然有丈夫,但两人性格不合,她三年前就离家出走了,虽然没和自己的丈夫办理正式离婚手续,但他们分居也有三年时间了。一个城市,一个农村,就是闹翻了天,她的丈夫也干涉不了,别人又能奈她何?

"我说的不是这个意思。"

"那是什么意思?放心好了,得乐且乐吧!"李全不屑地说。

张英说:"你不知道,自上次把你的话告诉了朱仁男,我的心一直不得安宁。"

"你真没见过世面,这有什么不安宁的,谁人背后不说人,谁人背后不被人说。我们说的也是大实话呀。那牛小妹有着人见人爱的姿色,我看钟晓阳也是多情的种,他能经得起她的诱惑?他们当时在办公室又搂又抱的亲热劲,我是亲眼看到的呀!"李全的话带有明显的嫉妒。

张英将身子向外挪了挪说:"看样子你对钟晓阳有成见。"

"本来他那个位子是我的,这个老童偏偏让我给他当副手,凡事我还要看他的脸色。"李全不服气地说。

张英劝道:"不要得寸进尺,给你这个安排就不错了。"

"你不在其位,不知内情,更不知道我的感受。我比他年长 10 岁,还要处处听他的,我能服气吗?"

张英说:"我文化不高,但我晓得,虽然他比你年轻,但他是正规的高中生,又在大学深造两年,也算是堂堂正正的大学生呀。"

"那是成人教育,有什么了不起的。"

"那也比你强呀,你只是个进城农民,和我一样。"

"我有实践经验,当初我也是乡镇企业的副厂长啊!"

"这个我知道,可过去的一点荣誉不能当资本。"

"不说这些了,真扫兴。"

近来,朱仁男常常心神不宁,牛小妹的身影在她脑海里挥之不去。

又是一个周六的下午,她给钟晓阳拨去了电话:"晓阳,有时间吗?"

钟晓阳的笑容似乎能通过电话传过来:"有何贵干,亲爱的?"

朱仁男说:"我想过去看看奶奶。"

"这么忙,怎么想起看奶奶呀?"钟晓阳说。

朱仁男说:"不是周末嘛。其实,我早就想去了。"

钟晓阳说:"好的,既然看望奶奶,总得买点东西回去。"

朱仁男说:"我这里早准备好了,不用你操心。"

"好的,我知道了,还有什么盼咐?"

"打个电话给小妹,也请她一道聚聚。"

钟晓阳犹豫了一下说:"好吧,我来问问看。"

在奶奶的住处,厨房里,李明英主厨,朱仁男给她打下手。朱仁男说:"阿姨,我就喜欢吃您做的菜。"

李明英高兴地说:"你这是在夸阿姨了。阿姨从小就生长在农村,人到中年才被晓阳接到城里住,阿姨只会烧一点农家土菜。"

朱仁男说:"土菜好吃,我就喜欢,现在城里人就兴吃土菜。我现在的饭馆叫'金山汤鹅',以鹅为主菜,结合鸡、鸭、鱼,几乎全是农家菜,生意很火,每天吃饭的人排着长长的队伍。这在物质生活十分丰富的今天,实属不多见。"

李明英高兴地说:"仁男,哪天阿姨去你那看看,如果合适的话,你可收留阿姨?"

"太好了。如果阿姨愿意的话,我可交给您一个分店让您打理。"

朱仁男突然发现,李明英是一个分店经理的合适人选。"不过,"朱仁男接着说,"阿姨在家里是顶梁柱,我把您挖去了,奶奶怎么办?"

"我好着呢。"奶奶不知什么时候出现在厨房门口,说,"我有胳臂有腿,身体硬朗着,没什么不好办的。"

朱仁男见奶奶很高兴的样子,开玩笑道:"奶奶,我可没说您坏话呀。"

奶奶说:"你明英阿姨可是把好手,她能帮你,奶奶我放心。家里事,奶奶我一个人行,不就是过日子吗?"

朱仁男说:"奶奶,等晓阳回来了,我们商议一下,给您请个合适的保姆,保证让您满意。"

奶奶说:"谢谢你,仁男,奶奶不用。"

说着话,李明英已忙好了菜。

钟晓阳打来了电话:"仁男,我回不了了,工程验收单位来人了,我要接待他们。实在对不起,请跟奶奶、妈说一声。"

朱仁男说:"真扫兴。好,好,我给奶奶她们说。"

牛小妹一脚跨进屋,大声说道:"我晓阳哥呢?"

朱仁男说:"小妹,你回来啦。你晓阳哥刚来电话,临时有个接待任务,来不了啦。"

牛小妹拉下脸,不高兴地说:"就他事多,把我支回来了,自己却不来,早知道这样,我也不来啦!"

李明英说:"你这丫头,就会乱说。有你仁男姐在就够了,奶奶和我都高兴。"

"好,好,高兴,我也高兴。这下满意了吧?妈。"

饭桌上,奶奶看着小妹只顾一个劲地低着头吃菜,转头对朱仁男说道:"仁男,你工作这么忙,还回来看奶奶,奶奶我高兴呀!吃菜,吃菜。"

朱仁男说:"平时,我和晓阳只顾忙工作,没能来看望您和明英阿姨,心里挺愧疚的。今天我们都说好了一道回家,哪知他中途变卦了。"

奶奶笑着说:"你和晓阳都是自家人嘛,有你来,我就高兴了。明英,你说是这样吧?"

"是的,是的,都是自家人。"李明英说。

朱仁男搛着菜放到奶奶碗里,说:"奶奶,您吃菜。"

牛小妹噘着嘴小声嘟囔着:"我倒成外人了不是?奶奶,您偏心,妈也是。"

李明英看看朱小妹说:"这丫头就和奶奶撒娇,这么大人了,还在政府干呢!"

"谁撒娇了?本来就是嘛!"

奶奶护着小妹说:"100岁不成家,都还是小孩子。谁叫小妹是我孙女呢,在奶奶面前,小妹永远是长不大的孩子。"

朱仁男今天来看奶奶和李明英,一呢,考虑到一家人能在一起吃饭,联络联络感情;其次,她心里有个小九九,想试探一下,如果奶奶、李明英对自己有看法,说话中一定能暴露一些蛛丝马迹。尤其是牛小妹肚里搁不住三句话,有事总会说出来。钟晓阳的临时变卦,出乎她的预料。此刻她仔细地揣摸着,这个钟晓阳,一定心里有鬼。他不来,一定是为了避免一场尴尬。朱仁男想,是真是假,事后只要查一查他是否有接待任务、接待谁就知道了,瞒总是瞒不住的。

奶奶看着朱仁男,说:"想什么呢?奶奶我有话说。"

朱仁男说:"奶奶,您说吧。"

"要我说呀,仁男,你和晓阳都老大不小了,到了考虑你们终身大事的时候了。什么时候,你们能把事情办了?"

朱仁男说:"请奶奶放心,我和晓阳合计好了,我们准备忙完了这一段时间,元旦前把证领了,婚礼呢,春节一过就办,您看行吗?"

奶奶说:"怎么个办法?一定要风风光光的,办个 50 桌也不为过分,你们要听奶奶的。"

朱仁男说:"奶奶,您的心意我知道,但我和晓阳本打算新事新办,一切从简。双方单位领导、同事,还有我们两家人,大家一起吃个饭,也就三五桌的。"

李明英说:"应该办得风风光光的,这点你们要听我们老人的。"

牛小妹一直没说话,低着头细嚼慢咽地吃着饭菜。其实,她在暗暗掂量着她们的话,心里有股莫名的酸溜溜的感觉。只见朱仁男不住地点头,说:"谢谢奶奶,谢谢阿姨,我们做晚辈的有考虑不到的地方,尽管指出来。"

这顿饭朱仁男吃得开心,两位老人也是高兴的,牛小妹自始至终却一言不发,看不出她心里在想什么。也许她有一肚子话要说,一肚子委屈要倾诉,但一向快人快语的她,能做到今天这样隐忍、沉默,对朱仁男来说是好事。这个时候的朱仁男,忽然从心里产生一种对小妹的同情来。

丢下饭碗,小妹对大家苦笑笑,就回到了自己的房间。朱仁男连忙站起来说:"奶奶、阿姨,我去和小妹说说话。"

奶奶说:"去吧,去吧,仁男,好好和她说说。这丫头的心思,我知道。"

推开小妹的门,朱仁男说:"小妹,我能进来吗?"

牛小妹苦笑着说:"可以的,仁男姐,请坐吧!"

在沙发上坐下来,朱仁男说:"小妹近来工作好吧?"

牛小妹说:"天天两点一线。"

朱仁男用试探的口吻问:"小妹,能和你谈谈工作外的话吗?"

牛小妹倒也干脆:"想说什么就说呗,想问的尽管问。"

朱仁男坦率地说:"其实我只想跟你说说我和你晓阳哥的事。"

"不就是童兴荣一手打造出的金童玉女吗?这事并不新鲜,你要说呢,可以,我听着就是了。"

朱仁男说:"贫贱夫妻不能移,我和你晓阳哥都是从苦难中走过来的。虽然我们现在名义上还不是夫妻,但坦率地告诉小妹,最迟春节一过,我们就正式举办婚礼了。"

牛小妹认真地听着。朱仁男接着说:"当初,你晓阳哥辍学进城闯荡,和我,还有我两位哥哥一样,都混到流落街头的地步。那时,我女扮男装,穷困到以捡破烂为生。那天晚上,我们露宿在城东护城河的大桥底下,为了一个哑巴老头,你晓阳哥路见不平,和我的两位哥哥打了起来。我站一边仔细观看,你晓阳哥身手不凡,把他们打翻在地,从那一刻起,你哥的英武豪爽就深深打动了我。我心想,这不就是我心中的白马王子吗?后来我俩被童总带进公司,工作中他经常帮助我,我渐渐地对他产生依恋、仰慕之情,甚至爱上了他,他对我也一样,几年如一日,我们的感情日升。那次,童总安排我俩去深圳,晚上我喝多了,醉得人事不知,他对我秋毫无犯,照顾得无微不至,我更敬佩他的人格。回来不久,我就把自己彻底地交给了他。我深信,这个男人值得我厮守一生。"

朱仁男的倾诉,牛小妹一直静静地听着。

渐渐地朱小妹的眼睛湿润了,这不仅仅是感动的泪水,也反映出她五味杂陈的心理感受。牛小妹曾希望与她一向倾慕向往的晓阳哥,有那么一天走出兄妹之情,感情进一步升华,如今这个愿望彻底破灭了。

牛小妹终于说话了:"仁男姐,关于这个话题,从今往后不要再说了。可我对你有一个要求,今生今世,你都要善待我哥。"

朱仁男说:"小妹呀,我知道你很爱你晓阳哥,你哥对我说了,他是看着你长大的,你们兄妹情深,他早把你当亲妹妹看待,任何时候都是。"

牛小妹泪眼婆婆地说:"我知道,他是这么说的,也是这么做的。以后,我也不会再提这件事,姐,你放心好了。"

朱仁男说:"傻妹妹,姐有什么不放心的。"

牛小妹说:"其实,奶奶与我妈也是这么劝我的。她们说,你是好人,和晓阳哥是天生一对,地造一双,再合适不过了。你们要尽快把婚结了,都老大不小了,工作再忙,结了婚,并不耽误你们什么呀!工作还不是照干吗?"

朱仁男说:"妹妹放心,姐向你保证,今年春节后我们就结婚。"

朱仁男突然感到屋内的空气不流通,自己的胸口很沉闷。她才发觉窗子关得严严实实的,于是走到窗前,把窗子打开,一股清新的空气随之而入。

她伸头看看窗外,不远处,一列和谐号动车拖着长长的身子,风驰电掣地向南方奔驰而去。

"小妹,你经常这样把自己封闭在这间小屋?"此刻,朱仁男突然发现,小妹脸上呈现出呆滞的神色,一双美丽的眼睛含泪欲滴。朱仁男感到十分伤感,她为小妹难过。她知道,小妹正在走出这情感的旋涡。可惜,爱情这东西,是不能随便转让的啊!

牛小妹眨动眼睛说道:"我有时想,天塌下来,把整个世界压倒算了。"

"小妹,听姐一句劝,你这么年轻优秀,又是一位人见人爱的美人,我要是男人,都会向你求爱。你要相信,你会遇到比你晓阳哥更优秀的男孩。"

牛小妹慢慢地抬起头来:"我会吗?"

朱仁男连忙说:"会的,会的。姐现在带你去一个地方。"

"是什么地方?"

"去了你就知道了。"朱仁男说。

阳光娱乐城是本市最大的一家集餐饮、娱乐为一体的休闲中心。

她俩在三楼大厅一处临窗的卡座上坐了下来，要了两杯咖啡，这时台上一曲终了。

朱仁男说："小妹，你在这坐着，我上台去，那里有我的一位熟人。"

牛小妹说："好的，你去吧。"

朱仁男走上台去，对台上一位穿红旗袍的女士小声说了两句，那位女士对着话筒说："现在由朱仁男女士献上一首《心雨》。"

朱仁男风度翩翩地对着麦克风，如泣如诉地唱了起来：

我的思念，
是不可触摸的网。
我的思念，
不再是决堤的海。
为什么总在那些飘雨的日子，
深深地把你想起。
我的心是六月的情，
沥沥下着心雨。
想你想你想你想你，
最后一次想你。
因为明天，
我将成为别人的新娘，
让我最后一次想你……

牛小妹看到，一对对红男绿女随着歌声在台下翩翩起舞。此时此刻，她忘记了一切。

朱仁男唱完歌笑吟吟地回到原位坐下，说："小妹，这种场所，你很少来吧！"

牛小妹说："我还是头一次来这里。"

朱仁男说："工作之余，偶尔来这里放松一下，未尝不可。以后呢，我约你，好吗？"

牛小妹脸上掠过一些笑意:"谢谢你,仁男姐。"

就在这时,朱仁男发现邻座一位大约30岁的大个子男子不住地向这边张望,神神秘秘的。朱仁男这才想起钟晓阳,她拿起手机:"晓阳,你现在在哪?啊,10分钟内赶到阳光娱乐城,小妹在这里。"

这时,台上歌声响起,那位大个子男子走过来,彬彬有礼地伸出手,对小妹说:"这位女士,我能邀请你跳一曲吗?"

牛小妹一时惊慌失措,无所适从。朱仁男慌忙给小妹挡驾,她说:"这位先生,你看我行吗?"

这位男子答得十分勉强,朱仁男知道,他显然对自己不感兴趣,嘴上支支吾吾的,看样子执意要请牛小妹。小妹躲躲闪闪地不肯跳舞,朱仁男担心对方用意不良,一个劲地护着小妹,不停地解释。

终于,钟晓阳出现在面前,朱仁男这才长长地舒了口气。可让她几乎不敢相信的是,钟晓阳径直冲着那位男子说:"哎呀呀,怎么是你呀,王明?这么多年了,你怎么突然出现在这?"

"钟晓阳,我找你找得好苦呀!"

两个年幼时的兄弟、朋友、同学,想不到在这样的场合相遇了。

两人坐下后,重新摆酒,小妹、朱仁男作陪,四个人喝了起来。钟晓阳满满地喝了一大杯啤酒,高兴地说:"王明,什么风把你吹来的?只晓得当年你参军了,今天出其不意地在这里相见,真是神了。你这家伙,一去十几年没有音讯,真想死我了。"

王明说:"我难道不想你吗?!"

朱仁男在一旁拍手称道:"缘分呀,看看这里的人,哪个不是一场传奇的相遇。"

钟晓阳说:"说说看,这些年你除了参军,又干了什么?"

王明说:"说来话长,我只简单地给你们讲讲这十几年的经历。那年不是遇到洪灾嘛,第二天,我去你家,奶奶满脸泪痕,说不出话来,伤心地将你丢下的信给我看。我当时安慰了奶奶几句,就回了学校。后来,我父亲来学校找我,镇上征兵,于是我参了军。在部队一共待了6年,其中3年在军校。之后我从副连长的位子上转业地方,安排在公安系统,现在是市刑警大队副大队长。"

牛小妹插话说:"哥,王明真了不起。"
钟晓阳说:"小妹,这么快就改口啦,把王明哥的哥字去掉了。"
牛小妹红着脸说:"叫什么不都一样,就是个代号嘛!"

## 第十一章 大湖金城

时间已进入 11 月了,中国中东部地区的天气,依然不是很冷。清早还有些寒意,到了中午,天晴日朗,柔和的太阳光洒满了宽阔的街道、窄窄的深巷,以及小区、宅院、花园。

钟晓阳一手操办的第一期工程项目竣工后,经过 3 个月的装修,酒店、百货商场全部完善了使用功能。集团新近下发了两份红头文件,经申请报批,结合当初政府招商精神,主楼冠名为"金城国际大酒店",附属楼为"大湖百货商业广场"。主楼和附属楼巍然屹立在这座城市的黄金地段,现代化的建筑风格,宏伟壮观。周边几万人口的高档住宅小区就有五六个,商业氛围浓厚的十里长街,喧嚣繁华,周边拥有大学城,三座重点高中,中小学、幼儿园、图书城,文化设施配套齐全。环境优美、占地 7 平方公里的中央花园,已部分向广大市民开放。显而易见,一个功能齐全、人气兴旺的现代化城市副中心基本形成。

金城国际大酒店开业这天,阳光明媚。典礼设在酒店三楼大厅,室内灯火辉煌,室外霞光万道。

童兴荣、钟晓阳、刘云等人一早就来到会场,对会场的设施做最后一次检验,童兴荣十分满意。

3 天前接童兴荣电话通知,钟晓阳、刘云两人 8 点整几乎同时到达她的办公室。

童兴荣亲自泡了两杯龙井茶放在二人面前。落座后,童兴荣开门见山地对二人说:"同时请二位来呢,是为了向你俩传达最近董事会的会议精神。经董事会研究并一致通过决定:刘云任大湖百货商业广场总经理,钟晓阳代理金城国际大酒店的总经理。"

童兴荣认真地给两人交代了 3 天后会议筹备工作的各项事宜,钟晓阳表面在认真地听,其实,他心里在盘算着。刘云出任大湖百货总经理出乎他的所料,她是朱仁和的女朋友,两人都到了谈婚论嫁的地步,这样说,她就是朱仁男未来的二嫂。也就是上次聚会时,他才认识了刘云。当时朱仁男正在发愁金山汤鹅前期资金问题,刘云一下子拿出100万元,解决了朱仁男的燃眉之急,并当着大家的面,承诺下一步500万元的后续资金。从那一刻起,钟晓阳就认定,刘云的背景和来头不一般。大湖百货和金城国际大酒店同属集团,是独立的法人单位。刘云是大湖百货总经理、法人代表,而金城国际大酒店的法人代表是由童兴荣兼任,自己只是个代理总经理,想到这,他心里很不是滋味。更使他闹心的是,李全竟然还被安插在他身边,公开身份是办公室主任。虽然这些都不重要,但起码可以看出,童兴荣对自己是控制性地使用。

钟晓阳思来想去,最终决定服从集团的安排。他想,古时候韩信能受胯下之辱,自己不能?虽然自己为大湖百货、金城国际大酒店的筹建工作立下汗马功劳,本以为集团特别是童兴荣会重用他,但任命的职务居然是代理总经理。他心里一百个不满意,还是装得高兴的样子,向童兴荣表态:"童总,请您和集团董事会放心,我明白自己重任在肩,我会把工作做好的。"童兴荣笑着,很满意地点点头。

刘云也向童兴荣表了态:"童总放心,并请您给集团董事会转达我的决心,我定不负重望。"

童兴荣笑说:"刘云,这次董事会上我才知道你的履历,真不简单啊!在国内拿到工商管理研究生学历,在英国进修两年,取得了博士学位,你说我能不相信你吗?你会把大湖百货经营得风生水起的。"

开业当天,会场布置得很气派,出席开业典礼的有市里的一位副市长,市国资委主任,市工商联负责人,各行各业、兄弟单位的嘉宾,济济一堂。省、市电视台、报业集团的记者们也出席了典礼仪式。

钟晓阳、刘云分别代表金城国际大酒店、大湖百货讲了话。钟晓阳今天西装革履,风度翩翩,一副青年企业家的风度。他的讲话博得台下一阵阵掌声,也引起记者们的关注。

钟晓阳手拿话筒,面对观众沉稳地说:

各位领导、媒体记者、女士们、先生们：

大家上午好！

今天，金城国际大酒店、大湖百货同时挂牌开业了。两年前的今天，这里还是一块黄土地，大湖百货、金城国际大酒店从建起来到办起来，是我一手操办的。但我知道，这没有任何值得骄傲的地方。因为我充其量只是个经办人，一切投资运作在集团。

今天，集团安排我代理金城国际大酒店总经理，我很乐意。我一直在童总身边工作，现在也是。可以说是童总一手把我这样一个流浪汉，一步一步地培养、提拔上来的，因此，我很知足。

作为企业的负责人，我感到压力很大。但有压力，才有动力。作为一名经营者，重任在肩，我一定要把企业经营好。

不瞒大家说，我有一个梦想——把金城国际大酒店发展成知名连锁酒店。这个梦想可能大了点，这也是希尔顿曾经的梦想。

康拉德·希尔顿是美国著名的饭店大王，他来自下层社会，年轻时吃过很多苦，后来一步步走向成功。

1919年，他买下了得克萨斯一家名叫毛比来的旅店，开始了独立经营饭店业的生涯。凭着小时候就有的目标，在此后的几十年，他使希尔顿公司不断地发展壮大。希尔顿终于实现了自己的梦想，登上了梦想的巅峰。

我很自信，因为我年轻，年轻人就要有梦想。实际一点说，从有梦想到实现梦想，是一个长久的过程，我一定不负重望，为实现这个梦想而努力。谢谢大家！

钟晓阳讲话完毕，刘云也做了生动的演讲。她说："刚才钟总代表金城国际大酒店做了生动的讲话，现在到大湖百货了。我代表大湖百货的全体员工也讲几句。

"我们正处于改革开放全面深入的时代，我们这代人也正处于创业的时代。商场如战场，在竞争异常激烈的商海，若想立于不败之地，需要利用自己的聪明智慧，去寻找有效的攻击手段，占领一个安全可靠的滩头堡。在拥有一个合适的市场和较好的收入后，继续设计最适合市场的产品和服务，步步为营,向一个又一个滩头堡挺进,用我们的汗水和智慧,谱写一曲美丽动听的创业者之歌。谢谢大家!"

刘云讲话结束,领导们依次做了指示。童兴荣没讲话,作为金城国际大酒店的法人代表,她把这次讲话的机会留给了钟晓阳。

钟晓阳的讲话引起了一群记者的关注,会上记者向他提问。

记者:"钟总,请你回答,大湖百货和金城国际大酒店这两个项目,从取得土地到今天开业典礼,共花了多长时间?"

钟晓阳:"2年6个月20天。"

记者:"这两个项目从开工建设到竣工验收都是你一人负责?"

钟晓阳:"还有一位副手,他叫李全。"

记者:"据我调查核实,大湖百货是独立的法人单位,隶属于集团直接管理,而金城国际大酒店则属于众诚国际大酒店的一家分店,法人代表是童总,你只是金城国际大酒店的代理总经理,对此,你有何感想?"

钟晓阳:"一位成熟的创业者必经一个修炼期,岗位高低不重要,重要的是在干中学,不断地积累经验,一步步去实现梦想。"

记者:"最后一个问题是,你认为这两个企业的命名,大湖百货和金城国际大酒店,是出于何种考量?二者又有何联系?"

钟晓阳思索片刻说:"你提出的这个问题,已超越了我的回答范围,我只能给你这样回答:大湖、金城,后面应该还有一句叫创业高地。我的理解是:我们这座城市呀,东南方向有一座大湖,西南部有一座闻名遐迩的金山,山即高地,一湖一城一山,就是大湖金城,创业高地。我们这座城市,目前还达不到国际名城的标准,但这是一个发展目标,从大湖到金城、高地,这里有一个发展空间,对它的综合改造意义是非凡的。我想大湖百货、金城国际大酒店的含金量是巨大的。"

钟晓阳的回答,博得与会者一阵阵掌声。

会后,在人群中,钟晓阳发现了王明和牛小妹,他们也是今天开业典礼的特邀嘉宾。会议结束后,他们俩被钟晓阳留了下来,同时留下的还有朱仁海、朱仁和、朱仁男三兄妹,以及朱仁男未来的大嫂王莉。作为主办方,刘云是东道主,理所当然地参加了这个小范围的招待。

钟晓阳问童兴荣:"童总,您参加吧?"

童兴荣说："现在政府办事高效、快捷，领导们都打道回府了，你看时间还这么早，离中饭还有一个多小时，你们聚聚，我就不掺和了。"

大酒店四楼的一间包厢里，钟晓阳做东，招待这一桌特殊的宾客，他们都是他的老同学和沾亲带故的朋友亲戚。

今天的王明英姿飒爽。

王明说："那天在阳光娱乐城的事说起来也巧，如果晓阳在场，我们仁男姐就不会怀疑我是不良之辈了。"

朱仁男打趣地说："这么快就套起近乎了，你怎么知道我是你姐？"

朱仁男瞬间看到，王明的脸上掠过一丝红晕，她想，军人出身的王明，原来也有羞涩的一面。

刘云说："今天是大湖、金城开业大典，我和钟总做东，别光顾说话，也该动动筷子了。"

朱仁和连忙附和，举起杯站起来说："我提议，为庆贺今天的开业，同时也为了我们兄弟姐妹的团聚，刘云，我俩首先敬大家一杯，先干为敬。"

刘云站起身说："仁和说得对，我俩一起敬大家。"

酒过三巡，菜过五味，朱仁男提议说："今天，我们一家子就差奶奶和明英阿姨没来了，改日，我们专程看望二位老人。现在我提议，边喝酒，边唱歌，请王明先来一曲，大家赞成不赞成？"

"好，赞成，欢迎王明来一个，要不要？"

"要！"包间内响起大家的掌声。

王明大方地拿起服务员准备好的话筒："今天，我为大家献歌一首，唱得不好，不要见怪，只要大家高兴就行。"

王明的歌声雄浑有力、高亢欢快，一曲下来，赢得满堂喝彩。

牛小妹听到大家的赞美之声，心里乐滋滋的，她为王明骄傲。她站了起来，接过王明手中的话筒，说："现在我提议，请晓阳哥、仁男姐合唱一首。"

钟晓阳没有推让，说："仁男，小妹都说了，不扫大家的兴，来吧，唱吧！"

朱仁男拿起了另一只话筒："好吧！我和晓阳合唱一曲《创业者之歌》，希望大家高兴。"

在我的心中燃烧着一团热火，

青春的梦想要成为时代的传说。
历史的寄托赋予青春的你我，
美好生活需要甩开膀子去做。
万众创新大众创业时代的脉搏，
怎么能少热血的你我一起开拓。
我们不是为了简简单单的生存而活，
我要成为老了以后自己的传说。
一起努力一起拼搏从不啰唆，
哭了笑了流血流泪从不退缩。
春去秋来付出终究会有收获，
相信自己相信未来我能把握。
就让我们万众创新努力拼搏，
拼出一个美好音符唱响凯歌。
人生何尝不是一次美丽的焰火，
我要在青春绽放最美花朵。
万众创新大众创业时代的脉搏，
怎么能少热血的你我一起开拓。
我们不是为了简简单单生存而活，
我要成为老了以后自己的传说。
一起努力一起拼搏从不啰唆，
哭了笑了流血流泪从不退缩。
春去秋来付出终究会有收获，
相信自己相信未来我能把握。
就让我们万众创新努力拼搏，
拼出一个美好音符唱响凯歌。
人生何尝不是一次美丽的焰火，
我要在青春绽放最美花朵。
一起努力一起拼搏从不啰唆，
哭了笑了流血流泪从不退缩。
春去秋来付出终究会有收获，

相信自己相信未来我能把握。
就让我们万众创新努力拼搏，
拼出一个美好音符唱响凯歌。
人生何尝不是一次美丽的焰火，
我要在青春绽放最美花朵。
我要在青春绽放最美花朵。

**歌声四起，大家都跟着唱起来。**

# 第十二章　坦诚相见

9月的最后一个星期六,钟晓阳在家里休息。昨天晚上他陪奶奶聊了好久,今天早晨8点才刚刚起床,听见李明英站在客厅喊道:"晓阳,晓阳,吃早饭了。"

钟晓阳洗漱完毕,来到客厅对李明英说:"妈,您辛苦了。"

李明英说:"不辛苦。儿子,你去喊奶奶,我们吃早饭了。"

奶奶已出现在她的房门口:"大孙子,奶奶早就起来了,奶奶怕你累了,叫你明英妈妈迟点喊你,让你多睡会儿。好久未看到我孙儿星期六在家休息了。"

钟晓阳说:"我们公司只有星期日休息,一般星期六照常上班。孙儿年轻,累点是好事。"

奶奶笑着说:"就你会说话。听小妹说,你们的新酒店开业啦?"

"是的,奶奶,等忙过这一阵,孙儿接奶奶去看看。"

奶奶说:"不去,不去,不给你添麻烦了。只要我孙儿一个礼拜回家一次给奶奶看看,奶奶就心满意足了。"

钟晓阳正欲说话,手机响了。他看看奶奶,奶奶忙挥手:"接吧,接吧,我不打扰你。"

电话是李全打来的:"钟总,请你来公司一下,我有事跟你商量。"

钟晓阳说:"好的,李主任,我马上过来。"

公司小会议室里,李全泡了两杯西湖龙井放在会议室桌上,钟晓阳坐了下来,说:"李主任,你辛苦了。什么事这么重要,请说吧。"

"也不是很急的事,我觉得这事让你早知道一天,你就多一天考虑,这样更加周到。"李全说。

"直接说吧,自家人,用不着拐弯抹角的。"

李全清了清嗓子,说:"是这样的,滨河区政府不是划拨了 100 亩土地吗,前期大湖百货和金城国际大酒店及附属项目共用去 50 亩,现在还剩余 50 亩。据可靠消息,我也才刚刚听说的,集团不准备再投资了,要将这 50 亩土地转让给一家房地产公司。"

钟晓阳说:"转让就转让呗,还省点事,这根本不值得大惊小怪的。"

李全很神秘地说:"这你就不懂了,肥水不能流外人田,人家能干,我们为什么不能?"

"具体说说你的想法。"钟晓阳思索一下说道。

李全说:"我们完全可以另外成立一家房地产开发公司,刚才我已经咨询工商的一位朋友了,手续简便,10 个工作日,营业执照就能办下来。不过注册资金最少要 500 万元,资质可以申报暂定资质,不影响运营开发。"

钟晓阳用试探的口气说:"童总能放手吗?她不同意,一切都白费劲。"

李全有把握地说:"在这之前,我曾经试探过她,看来她没啥意见。她说让你单独操练,未必不是好事。你放心,这一切有我呢,相信老大哥会把事情搞定的。"

钟晓阳说:"好吧,有机会我和童总再沟通一下,我不能不向她请示,礼多人不怪嘛!"

李全说:"这事就这么定了,中午我做东,请你吃饭。"

钟晓阳想起前天和朱仁男约好了,星期六去西山镇金山汤鹅基地聚会,同去的还有一些朋友、兄弟姐妹。他对李全说:"吃饭的事改天再约吧,今天我有安排了。"

到了基地,钟晓阳看到,新落成的综合大楼门前广场上停了不少小车。他停了车,进到一楼大厅,乘电梯上到 28 层会议室,朱仁男迎了过来:"晓阳,你来得正好,我有点事,你帮我招呼一下客人。都是家里人,你们先喝喝茶,聊聊天,等会儿我要小袁带着你们先去基地走一走、看一看,由小袁全程陪同讲解。你看行吗?"

钟晓阳说:"没问题,你放心忙你的吧。"

一进会议室,王明第一个站起来向他招呼:"晓阳,你这家伙,来得最迟。快来,坐我这。"

钟晓阳笑笑:"大家好,很抱歉,公司临时有个事要我处理一下,来迟了。"

朱仁海说:"不碍事。晓阳,看见仁男了吗?她刚才还在这呢,问你到了没有。"

钟晓阳说:"见着了,她要我陪你们去参观基地,吃完饭,大家再回到这,聊一聊。"

话音刚落,小袁出现在门口。小袁是朱仁男的秘书,一个清纯的女孩子,二十三四岁的样子,听仁男说是刚招聘来的,省财经学院的高才生。她亭亭玉立,一口甜美的普通话:"大家好,朱总安排我全程陪大家参观,现在可以下去了。"

在基地入口的一幅大平面图前,小袁站住了,对大家说:"金山汤鹅有限公司是我们公司的全称,是独立经营的法人单位,注册资金目前增加到了1个亿,随着公司的发展,不久将增资到5个亿。"

小袁在平面图上一边指点着,一边介绍:"3年前,我们公司与西山镇政府签订了500亩的土地租赁合同,经过这3年的整合发展,土地扩大到了1000亩。这张图标注着公司3年来的发展状况。红色部分是A区,前面一块是基地停车场,平面面积6000平方米,共400个车位,来客最多时,全部爆满,每天接待游客七八千人次,全部免费参观。正中间这座建筑,是28层的综合大楼,地下负一层和地上1—3层是桑拿房、飙歌城、娱乐城,4层是餐饮大厅,5层是培训中心,6—27层是客房部,28层是办公区。

"绿色部分是B区。这大面积的绿色地带,树木成林,绿草覆盖,小径通幽。一条条小路两边,树干挺拔,绿叶遮天,山风一吹,树叶沙沙作响。树丛间的一块块开阔地,盖有多间小木屋,这些是养殖的老母鸡的家。这是一片野外老母鸡放养点。

"下面这一片蓝色部分为C区。山下这一片蓝色的水面是2万平方米的人工湖,那一个个黑白两色的小点点,标志着人工饲养的鹅群、鸭群。湖滩上的两块空地上面有两个很大的遮阳棚,分别是老鹅老鸭的休息场所。旁边还建儿童乐园,供游客休闲娱乐。"

小袁介绍完,带着众人实地参观。朱仁海的脸上写满自豪:"我这妹子,从小就心比天高,我是看着她长大的,这下哥真长见识了。"

王明感慨地说:"真是不到高山,不知平地。据我所知,这里曾经是一个鸟不生蛋的地方，想不到朱老板真有两下子，仅仅3年时间，就把这里打造成蛋禽供应、人才培训基地，更是一处旅游胜地。"

王莉说："仁海的话有些差劲，仁男是你妹，就不是我妹了？今天看到这么大规模的工程，可想仁男妹付出了多少心血精力。"

朱仁海说："对，对，对，当然是你妹了，我俩谁跟谁呀！"

说着，笑着，大家跟着小袁一路参观，一直到中午12点还意犹未尽。

下午2点，小会议室里，椭圆形会议桌，男嘉宾朱仁海、朱仁和、钟晓阳、王明为一方，另一方有女嘉宾王莉、刘云、张英、牛小妹，朱仁男正襟危坐在正中间主席位上。会议开始，朱仁男站起身，向大家弯腰施了一个大礼，说："大家好！今天在这里就座的，是我的哥哥、未来的嫂嫂、妹妹，以及好朋友。前不久我和晓阳商量好了，想和亲人朋友们在一起聚聚，互相交交心，为的是朋友、亲人常往来。因此，我邀大家来金山汤鹅基地一聚，目的就是为了增进友谊，联络感情，互相取长补短，共同发展。在座的好几位都是民营企业的总经理、部门负责人，下面请大家结合自身实际，谈工作、思想、畅所欲言。"

朱仁海站了起来，正欲讲话，钟晓阳赶忙制止："仁海哥，请坐下说话，都是自家人，用不着这么严肃，说话都不要站。"

朱仁海说："今天看到小妹把企业搞得这么好，我既感到高兴，也感到自愧不如。就我的人生而言，今天应该满足了。想当初，我带着一个美丽的梦想，来到这座城市，但梦想很快破碎了。为了生计，我曾经做过小工，辛辛苦苦干了一年，却没赚到什么钱。我捡过破烂，当过流浪汉，现在是集团旗下印务公司的副总经理。这个反差太大了，我也算一步登天了。但是干企业，尤其是在民营企业干，我如履薄冰，时常有危机感。企业的兴衰就是我的兴衰，我把企业当作我的家、我的衣食父母。

"我对印刷是这么看的，受当前国际金融危机影响，以及数字化网络化进程的冲击，我国印刷行业正面临一系列不利因素，亟须寻求转型突围新路径。在此背景下，创新升级、集中整合将成为未来几年印刷业的主要发展趋势，同时，印刷总量的减少或许会成为现实。公司正在调整战略，今天在这里，我可以给在座的兄弟姐妹们透露一点秘密，那就是，我在这次升级改造中，有可能成为一个主导者。我已经踏入这行，人们常说，在行不丢，我会把毕生的精力投入我所从事的事业中。"

朱仁男对大哥的发言很满意,兄妹们平时都忙,像今天这样坐在一起谈工作、谈信念、谈感想的机会几乎没有,这么看,这一次活动太对了。她看看手表,正好20分钟,看来,大哥今天是有备而来的。

朱仁和紧接着朱仁海说:"海阔凭鱼跃,天高任鸟飞。我和大哥的经历如出一辙。当年家庭经济拮据,我无奈辍学,不做家雀儿绕梁转,海阔天空任我飞。于是我们带着妹妹,三人闯荡江湖。

"我现是集团下面汽车制造厂经销部经理,干这行8年了,感触很深。

"我国的汽车行业起步于20世纪50年代,1956年7月13日第一辆解放牌货车下线,标志着我国汽车工业发展翻开了新的历史篇章。但是到了1992年,我国的汽车行业才真正步入正常发展的轨道。

"其他不说,就说我吧,现在汽车销售这一块,作为新时代的创业者,我责无旁贷,必须把本职工作做好。"

朱仁和说完,钟晓阳贴着王明的耳根小说声:"王明,你先说吧。"

王明并不推让,说:"大家的职业素养令我敬佩,在当前发展民营经济的大潮中,在座的都是出类拔萃的人物、企业家。我是一名警察,乐意为你们站好岗,放好哨,为大家保驾护航,尽职尽责。"

王明简短的一席话,博得了大家的掌声。

这边女士队列,刘云第一个发言。她说:"前面的几位兄弟讲的话令我感动。感谢仁男给我们提供这样一个别开生面的特殊的机会,使压在心里多年的话,借着今天的机会给大家一吐为快。大家知道,我和仁和是恋人关系,恋爱也有几年时间了,关于我的身世,我连他也没告诉。我的想法是,真正的爱情应该不受出身和贫富限制。我本想在我婚礼的前一天晚上向他和盘托出,受今天的氛围影响,我说出来,相信仁和也不会怪我的。

"从我第一次给金山汤鹅有限公司投资100万元起,到今天被集团调任大湖百货任总经理,大家包括童总在内,都认为我的背景不一般,也许会猜,我从小生长在富豪门第之家,是个富二代。其实,我的童年生活是很凄惨的。我给大家讲一个我童年的小故事。记得我当时才7岁,我父亲带着我艰难度日。一天晚上,已经12点,我窝在小床上,饿得实在不行,痛哭不止。父亲拍着我的头说:'小云,不哭了,爸带你吃汤圆去。'我擦干眼泪,一下子从床上弹起来,拉着父亲的手,向屋外走去。

"我们来到离住处不远的一家汤圆馆。父亲从身上掏出仅有的两块钱,买了一碗汤圆,我记得一碗10个。我不忍心一下吃完,留下5个让父亲吃。父亲说:'小云,爸吃过了,你吃完吧!'我的眼泪一下子出来了,我知道父亲一天来一个米粒没打牙。我好说歹说,父亲拗不过我,只好把剩下的5个汤圆吃了。晚上我躺在小床上,不停地流眼泪。

"第二天,父亲不知从哪又弄到两块钱,晚上照例带我去那家汤圆馆吃汤圆。汤圆馆已经打烊,漂亮的女老板阿姨破例给我们下了一碗汤圆,她有意在碗里多放了5个。我一口气吃了5个,留下10个让父亲吃。离开时,父亲悄悄地在桌上放下15个汤圆的钱。

"也许我的爸爸再不愿被那位好心女老板照顾,我们以后再没去那家汤圆馆。"

"这就是我的童年生活啊!"刘云俊俏的脸上,已出现了两道长长的泪痕,她用手抹了一把,接着说道,"今天,我已经是大湖百货的当家人了,但我觉得百货行业的经营状况并不乐观。随着经济全球化的不断发展,一些看好中国经济前景的外资企业,争相进入中国大陆市场,因此,大湖百货的发展举步维艰。今天,看了仁男妹将企业经营得这么好,真是开阔了我的眼界,增强了我的信心,我一定要把大湖百货经营好,干出一个新天地。"

刘云的讲话,博得了大家的喝彩。朱仁和在心里想:"我和她恋爱也有3年时间了,只知她从小母亲不在了,是跟姑父母长大的,从不知道她还有这么一番苦经历。"

其他几个女士做了简单的发言后,钟晓阳倒数第二个发言。

他说:"我有一个新的想法,来这里前才做出的决定。从明天开始,我将辞去金城国际大酒店代理总经理一职,我的理由很简单,干自己喜欢干的事。我今天只能给大家说到这,谢谢大家。"

听了钟晓阳的这一决定,朱仁男暗暗吃惊,3天前,她和钟晓阳在一起,看不出他有一点要离职的迹象,怎么今天冒出辞职的话来,真叫她丈二和尚摸不着头脑。按常理,他做了这么大的决定,一定会和自己商量的,这其中必有缘故。

本来,她作为今天的东道主,准备在最后的总结发言里,把这几年辛辛苦苦创办金山汤鹅有限公司的酸甜苦辣给大家好好倾诉一下,听了钟晓阳的话,她临时改变了主意,站起身简单地说了几句,无非是感谢的话,提前结束了今天的会议。

会后,钟晓阳随朱仁男到了她的住处。在车上,两人一句话没说,显然心里都不痛快。

到了住处,朱仁男说:"晓阳,你知道今天的会为什么提前结束?都是因为你,我把今天晚上的招待宴都取消了,闹得大家心里都不痛快。"

钟晓阳没好气地说:"我痛快吗?"

"这么大的事,你为什么不和我商量?最起码给我透个风吧!我问你,事情有挽回的余地吗?"

"我干吗要挽回?想想看,你干的事都和我商量了吗?"

"打个电话总可以吧!"朱仁男说。

钟晓阳说:"你给我商量的余地了吗?你把手机拿出来翻翻看,这一天来,我打了你多少个电话,不是不在服务区,就是无人接听。"

朱仁男说:"对不起,我冲动了,这件事我们俩都有责任。这是李全给你出的主意?"

钟晓阳说:"谁出的主意不重要,关键还要我同意才行。你想呀,一个带着情绪工作的人,能把事情做好吗?"

"你能有什么情绪?开业那天,你不是说得很好吗?怎么说变就变呢。你好好干两年,那个'代'字就取消了,你的目标不就是当个头吗?"朱仁男语重心长地劝说。

钟晓阳说:"人各有志,当初你成立金山汤鹅有限公司,事前跟我商量了吗?我阻碍你了吗?现在你的企业怎么样,多风光。"

"这不是风光的事,下一步怎么干、干什么,现在总可以给我说吧。"朱仁男心里明白,钟晓阳和自己一样,总是不安于现状,心比天高。

于是,钟晓阳将自己和李全议定的事,给朱仁男说了个清楚。朱仁男说:"晓阳,看来这件事不光是李全的主意,你在心里也考虑很长时间了。我明确表示,不阻拦你。可你还要再慎重一点。干企业,讲到底需要资金,我问你,你的钱从哪来?"

钟晓阳想起李全说资金不是问题,他相信了。

"融资,找合作伙伴。你当初不也是这么过来的吗?"

朱仁男说:"情况各不相同,我们是做服务行业的,毕竟用钱量小。你就不同了,不但以后要投入大量资金,单就这50亩商业用地,每亩500万元就是好几个亿。现在民营企业的性质你应该知道,不是独资,就是股份制,集团的股东们不会同意将这块地赊给你。你说融资,做企业最大的忌讳就是负债经营。"

钟晓阳说:"这我知道,当今的民营企业想做点事太难了,难就难在资金上。银行也是企业,也要控制风险,在贷款方面青睐国有企业,因为国有企业后面有政府撑腰。而民营企业呢,你要有足够的资产做抵押担保,还要有经营良好的担保公司。"

"那你更要慎重哟,你是我的老公,我也只能劝你到此,还得你自己拿主意啊!"朱仁男说。

钟晓阳将朱仁男拥进怀里,说:"仁男,谢谢你呀,我记住你的话了。"

朱仁男抬起头,给钟晓阳一个深深的吻:"少抽点烟,你闻闻,身上气味这么重,叫人吃不消。快去冲个澡,刷刷牙。"

钟晓阳这才放开朱仁男,做了一个立正的姿势,说:"遵命。"

## 第十三章 随他去吧

金山汤鹅聚会的第二天晚上,张英被李全约了出来。吃完饭已经9点,两人共饮了一白一红两瓶葡萄酒。

张英不胜酒力,从脸部到脖子微微泛红,酒精的作用使她醉眼迷蒙的。李全喝得并不多,头脑清醒,他不想马上就休息,想找机会问张英昨天在基地的一些情况。

张英眯着眼睛说道:"这里很闷,去外面走走吧!"

打开门就是庭院,10米远的地方,绿色植物环绕,再往前走,就是夜色茫茫的大湖了。

"这湖水带点腥味,真是好闻啊!"李全说。

张英笑着说:"看来你是属猫的,喜欢偷腥。"

"那你是什么?一条美人鱼吧。"

两人说笑着继续往前走,有点起风了,张英任凭湖面的风吹拂着秀发,挺起胸脯,深深吸了口气。李全也跟着做起了深呼吸,恍然觉得自己跟大湖更贴近了。

张英说:"看,湖中间那座山,山上一片光明。"

正如张英所说,路灯和车灯照亮的滨湖大道,蜿蜒地伸向通往湖中岛的码头。李全知道,那里有一座庙,传说有上千年历史了,如今游客如织。

李全靠近迎风站立的张英,她把脸凑过去和他接吻。他们在大湖浓浓的气息包围中接吻,只有湖中岛上的灯塔之光有幸看得见。

"能拿瓶啤酒吗?喝上几口也是很刺激的事。"

"拿白酒更来劲。"李全说。

在湖风吹拂的一排大排档门前,摆放着十几张白色的桌凳,似乎在邀请他们小坐。从餐厅出来的时候,他们觉得喝得够多的了,可现在,经湖面上的风一吹,他们又来了酒兴。

张英感叹地说:"我想就这样坐着,哪里也不想去。"

"那就在这里坐着。还记得上回的那家旅馆吗?"李全抬抬下颌,向不远的小镇努努嘴。

张英说:"那就太好了,省得回到你那个小区。每次去,那个矮个子的中年保安总是用异样的眼神盯着我,那一刻,我全身都是鸡皮疙瘩。"

两人边饮着酒,边聊着公司里的事。李全像突然想起什么似的说:"喂,阿英,你们昨天去了金山汤鹅基地是怎么回事?"

"是朱仁男发起的,她说和钟晓阳商量过的,是一次小型座谈会。出席的人大都是她的兄弟姐妹,承蒙她没把我当外人,特邀我参加。我充其量也只是个听众。"

"他们说了些什么,能告诉我吗?"

"这有什么不能告诉的,公开、透明,又不是什么秘密。无非大家交交心,谈谈对民营经济发展的个人看法,结合自身的实际,说说下一步个人的打算。"张英说。

李全沉思了一会儿,问张英:"那钟晓阳说了些什么?"

"他在会上公开说,他要辞职,去干他自己喜欢的事。"

"有这事?"其实李全明白,他的话对钟晓阳起了至关重要的作用,"其实,他跳槽是迟早的事。"

李全又问:"还有谁说了值得关注的事?"

"大都是一些套话,有什么可说的。"

"再想想,阿英,你说的对我很重要。"

"嗨,老李,你不提,我还真忘了,刘云知道吗?她是朱仁和的女朋友,朱仁男未来的二嫂。"

李全没有特别关注的样子,点点头:"继续。"

于是张英把昨天会上刘云说的话,全盘向李全叙说了一遍,然后说:"看来这个刘云不一般。"

李全沉吟片刻说:"一碗汤圆的故事,我记得老童对我说过不止一次,好像对钟晓阳也说过。那一定是……"张英感到奇怪,李全对这事看来很上心。

没等张英细问,李全很快转移了话题:"不说这个了,还是说说我俩今晚的事吧,现在首要的是去镇上宾馆订一个房间。"

这家好客多旅馆是三层独幢小楼,房间很干净。三楼301房间朝南有一个落地窗,窗外有一个大平台,站在平台上,大湖的全景一览无遗。

夜色笼罩的旅馆悄无声息,长长的亲吻之后,张英拢了拢头发,走到落地窗前,跨过一道地棱,就可直达平台,平台上放着一张白色的圆桌和两把椅子。

"到凉台上瞧瞧可以吗?"

"当然可以。"李全高兴地说。

"挺凉的,和白天截然不同。"

入夜后,刮起的风掠过了大湖的上空向镇上吹来。

张英说:"你看月亮多大啊……"

李全抬头一看,月亮高悬中天,亮如银盘。

借着月光,可依稀看到宽阔的湖面和远处湖心岛上灯塔的光亮。

"这月亮真大,我都不敢看了。"张英望着月亮小声说,"五脏六腑都被它射透似的。"

李全坐在童兴荣办公室的沙发上,好像犯了错误的小学生,低着头在挑指甲缝里的污垢,平时那趾高气扬的精神一点儿没有了,他在耐心等待着她的发落。

童兴荣冷冷地看着李全,说:"不要把动静弄得太大了。"

李全抬起头干笑两声:"老童,你的话我听不懂。"

"听不懂就好好想想。老童是你叫的?"

"对对,是童总,您喊我来就为这事?"

"这事还小吗?我不会拦着你的作为,草狼爱狐狸,用不着人来管。"

"您的话,我就更不懂了。"

"别以为你做得隐秘,对方是有夫之妇,是孩子的母亲。"

到此,李全知道,他与张英的事童兴荣是了如指掌了,再瞒下去,也自讨无趣了。

他这才坦白说:"她和丈夫正在办理离婚手续,只是店里的事太忙,耽搁下来了。"

"这我不管，反正你不要耽误她的工作。"童兴荣对张英的工作是满意的。当初朱仁男几乎脱离了她，去办金山汤鹅公司，但还是把她辛辛苦苦开起的三妹汤圆馆保留下来，虽然不纳入金山汤鹅的分店，总算没有彻底与她分道扬镳。朱仁男向她举荐了张英去三妹汤圆馆担任店长。这几年，张英兢兢业业，生意还算不错。她知道李全早就看上了张英，既然自己对他不感兴趣，就随他去吧。

"你们昨天去了湖心岛，都说了些什么？"

李全说："正要向您汇报呢，您劈头盖脸给我一顿数落，我忘词了。"

"那就好好想想吧！"

于是李全将从张英口中听到的刘云和钟晓阳所说的话，一五一十地向童兴荣做了汇报。

童兴荣说："我算听明白了，刘云，一碗汤圆的故事，莫非她是……老李，关于这丫头的事就交给你，她现在是集团旗下的大湖百货总经理、法人代表，和我这位久经商场的人几乎平起平坐。接下来，你一定要把她的情况调查清楚，看看她什么来头。"

李全说："这个，您放心，不出一星期，我会调查得清清楚楚。"

"好的，谢谢。还有钟晓阳，他不是要跳槽另立门户吗，我同意给他一个自由发展的空间。其实我童兴荣没那么小肚鸡肠。当年朱仁男成立金山汤鹅有限公司，我当时是有一些恼火，此后还不是一样支持她吗！"

"是的，是的，您是谁呀，宰相肚里能撑船。"

"不要奉承了，说说关于钟晓阳的事，你怎么看？"

李全说："天要下雨，娘要嫁人，随他去吧。我是这么认为的：一、他将来发展得好，也还是您的徒弟，强将手下无弱兵，您起码是伯乐，落个好名声；二、如果这小子干砸了，更显得您了不起，钟晓阳就是离不开您，离开您，他是这样的下场。您两头都不吃亏，何乐而不为？正好做个顺水人情。"

童兴荣笑了："你真是个老狐狸。"

李全说："不过，在土地问题上，您要集团通融通融，一个人情做到底。"

童兴荣说："我的大脑就长在你头上是吧？你也不要得意得过早，我看你迟早要吃亏。你去通知钟晓阳，我要认认真真地和他谈一次话。"

自从那次李全给钟晓阳建言,要他另起炉灶,钟晓阳的心一直蠢蠢欲动。李全的话正中要害,大丈夫怎能久居人下?他暴露了这一秘密后,朱仁男对他坦诚相见,劝说他一动不如一静,慎重对待此事。经过这段时间的思想斗争,他觉得还是动比静好,因此向集团呈上了辞职报告。

在童兴荣的办公室,她语重心长地说:"晓阳,你来公司,一直在我身边工作,已经10年了。说句不客气的话,是我培养了你,也影响了你。现在你成熟了,不是10年前的钟晓阳了。看到了你的辞职信,我并不奇怪,因为人往高处走嘛。今天,此时此刻,就我俩,你我都应该将自己的肺腑之言一吐为快。"

说实在的,钟晓阳对她感激涕零。平时工作都忙,有几次,钟晓阳来到她办公室门前,一肚子话想对她说,最后想想还是停住了脚步,没有进去。听了童兴荣的话,钟晓阳说:"童总,这么多年来,您对我恩重如山,说到辞职,我实在惭愧。对不起,童总!"钟晓阳站了起来,向童兴荣弯腰,深深地鞠了一躬。

童兴荣也站起来,说:"晓阳,请你不必如此多礼,现在你坐下来,我想听听你的具体想法。"

"童总,这段时间,公开、背后,我也听到多种议论,说我钟晓阳翅膀硬了,想跳槽。有人甚至说我对您不满,忘恩负义。也有人说您一手把我压着,不让我上位,并拿我和刘云比。一个黄毛丫头,到公司才多久,一下子升到大湖百货总经理、法人代表位上;你钟晓阳十年磨一剑,怎么样,还不是剑柄握在童总手里,再锋利的剑也是个工具而已。"

童兴荣说:"嘴长在别人脸上,想怎么说是别人的权利。这些话你信吗?"

钟晓阳说:"我是这么想的,听说集团要将50亩土地转让给一家开发商,我想肥水不流外人田,将这块土地按合理价格接收过来,建设成养老中心。随着我国人口的老龄化,这一决策我认为不会有多少风险。"

童兴荣说:"这个主意好是好,不过我总觉得,人们的意识还没转过弯来。受过去陈旧的观点左右,总认为养儿防老,家庭式的天伦之乐才是唯一的天经地义的养老方式。你说的投资养老中心,我认为还要慎重考虑。"

钟晓阳说:"当前火热的是房地产业,只要取得土地的合法权,盖起来的房子不愁卖不出去。"

童兴荣说："这方面我也是门外汉,可我听人说了,这行业利润大,风险也大,别看人家吃豆腐认为牙齿快。总之你还要慎之又慎,开弓没有回头箭,到时候出了事,我也保不了你。"

钟晓阳说："童总,谢谢您的提醒。事已至此,特别是我在众人面前已夸下海口,辞去现职,另干一番事业。大丈夫一言九鼎,一言既出,驷马难追啊。"

童兴荣说："年轻人就是这样,但你如果现在回头,还来得及,我会给你圆场的。"

"谢谢您,童总,这就不必了,我现在唯一的困难,就是资金问题。李主任答应钱不成问题,他已经去找门路了。"钟晓阳说。

童兴荣轻轻地摇头："李全这个人,你们相处也不是一天两天了,他总是言过其实。总之,你们的事,我也不多说了,不管怎样,我还是尽我所能,给你支持。"

"太好了。"钟晓阳说。

童兴荣思忖片刻,又说："不行这样吧,关于这50亩土地,当时划拨价每亩20万块,集团也不会加价。我呢,支持你们500万,剩下500万,我去做工作,不行先赊着。到你卖房那一天,这1000万按银行利率连本带息归还我们。但是,要变为出让土地,起码还得几千万元啊!"

听了童兴荣的话,钟晓阳激动得差点没跪下来,看童兴荣站起身,他失态地捧起她的手,连连说道:"太谢谢您了,谢谢……"

童兴荣拉着脸说:"就这么定了,是骡子是马,拉出去遛遛。晓阳,接下来,就看你的了。"

# 第十四章　刘云其人

朱仁和自那天在金山汤鹅基地聚会后,几天来心里像揣个刺猬,对刘云的讲话一直耿耿于怀。刘云为证明自己不是富家子弟,和大家讲述了一碗汤圆的故事。故事中的那个小女孩,就是她自己。当时在场的朱仁和既感到奇怪,又觉得不可思议。屈指算来自己和她处朋友,也有3年多时间,都到了谈婚论嫁的时候了,她心里的这样一个秘密,自己从没听她提起过。朱仁和想,他把自己的家庭、父母、兄妹情况,连在读书时与女同学拉过一次手的小秘密,都向她倒了个底朝天。她倒好,竟然隐瞒了身世,对她的家庭情况,自己至今一无所知。两人在一起喝酒聊天,就是情到深处,相拥相抱,互诉衷肠的时候,她也不谈家事。有几次朱仁和问道:"刘云,你的父母、我的岳父母,他们现在在哪? 我虽貌不惊人,丑媳妇总得见公婆吧!"

刘云回答:"谈恋爱、结婚是我们自己的事,父母虽重要,但不能受他们左右。他们肯定是要见的,但不是现在。"

"我把一切情况都告诉了你,你就这么高贵,对我守口如瓶?"朱仁和气愤地说。

刘云倒耐得住性子,她不慌不忙地说:"到我们结婚那天,我自然会告诉你。请你放心,我爸他老人家绝对是好人。"

自此,朱仁和再不提这事,但他认为这女人心呀,真如海底针。

朱仁和是位文雅、帅气、诚实的小伙子,当初刘云看中的,正是他的诚实。

他们相识在3年多前。那天上午上班时间,朱仁和像往日一样,在销售部接待上门的顾客,忙得不可开交。11点后,客人渐渐少了,他刚坐下喝茶,就在这时,一位亭亭玉立、气质不凡的美丽女子走了进来,朱仁和彬彬有礼地接待了她。他起身为她沏了茶,说:"请坐,你是……"

这青年女子没等朱仁和说完话,笑吟吟地问道:"你是朱仁和经理?"

朱仁和答道:"在下正是。请问贵宾,你看上哪款车型,我乐意为你服务。"

见朱仁和指着展厅内的各类汽车模型,她慌忙答道:"不是,不是,你误会了,我是来报到的。"

朱仁和再次打量她:"你是……"

"我叫刘云,奉集团人事部的调遣来上班的。"

"啊,知道了。来前应该打个电话嘛,欢迎欢迎。"朱仁和握住刘云伸出的手。

刘云说:"都是一个部门的,用不着那么客气,请多关照。"

朱仁和说:"这里是销售现场,闹哄哄的,请去办公室说话。"

刘云温文尔雅地说:"谢谢。"

朱仁和负责的汽车销售部专门销售一款小型客车——宾乐客车。这款车从外表看,黑颜色,体积不大,小巧玲珑,车内却空间宽敞,乘坐8人依然舒适宽松。

这款车本来销售量就不错,自从刘云来后,销售量大增。朱仁和像换了个人似的,整天乐哈哈的。

干销售工作,表面看没啥,这其中的学问大着呢。每售一辆,都要三番五次费尽口舌,才能达成协议。协议签订后,有时客户还中途反悔,迟迟不交定金,这情况屡见不鲜。

刘云将目标扩大到全国市场,她亲自出马,带领一支销售小分队,除个别男的,几乎清一色的娘子军。他们的足迹踏遍全国几十个中小城市,特别是经济落后的边远小城市,这种小型客车价格不高,适合这些地方的交通需要。

不到半年时间,销售量突破千万元大关。

年终,公司总部召开一年一度的总结表彰大会,晚餐后接着是舞会。刘云是朱仁和的舞伴,两人随着成对的靓男倩女翩翩起舞。朱仁和飘飘然,身上每一个细胞都跟着跳起来。他贴着刘云的耳边,轻轻说道:"刘经理,谢谢你呀,你的工作太出色了,我也跟着沾光。"

刘云喝了一些酒,很兴奋,听了朱仁和的话,心里美滋滋的。她笑着直呼他的名字:"仁和,你拿什么谢我呀?"

朱仁和笑笑说:"你说呢,刘经理。"

"叫刘云。"刘云将身子贴紧了朱仁和,轻轻说道。

舞厅的灯光忽然暗了下来,刘云的暗示使朱仁和大胆地抱紧了她,给她一个深深的热吻。刘云并不推却,两个人的舌头像两条从冬眠中苏醒过来的幼蛇,相互缠绕,一场昏天黑地的爱情自此开始了。

随着时间的推移,两人感情迅速升温,一日不见,如隔三秋。平稳的日子似乎也过得太快了,一晃就三个春秋。两人约定,等大哥朱仁海的婚事办完,他们就结婚。

朱仁和正在办公室里发呆,电话响了,是刘云打来的:"亲爱的,干什么呢?"

"没干什么,发呆呗。"朱仁和没精打采地说。

刘云说:"正好我也没事,我们吃饭去。"

"好吧,不过,你要买单哟。"朱仁和说。

刘云笑了:"谁对谁呀,老地方见。"

繁华路十字街头,一家小餐馆二楼临窗的一间卡座里,两人面对面地坐了下来。刘云点了三菜一汤、两瓶葡萄酒,服务员抽身去了,二人同时向窗外眺望街景。朱仁和忽然觉得自己的心思已被刘云看透,看来她今天是有备而来的,便转过身来不再看窗外,刘云也收回了自己的视线。

"天下事,真无奇不有啊!"朱仁和感慨地说。

刘云说:"对不起,净引你浮想联翩,我越想越愧疚。"

"哪里,我只是纳闷,难道对你来说我连他们这些人还不如?"

"你是说那天在金山汤鹅基地的事?我只是受你妹朱仁男的感动,一时激动,说出了自己的那点儿秘密。我觉得,他们也都是我的亲人呀!"

朱仁和说:"我并不怨你,这个事,你应该先给我说清楚,毕竟我们俩更亲。这不,弄得我这么尴尬。"

"仁和,对不起,今天,我是特来给你负荆请罪的。"刘云真诚地说。

朱仁和其实不是很生气,毕竟,几年的感情太深了。即使这样,他还是有些小不痛快。听了刘云的道歉,他的气消了,说:"好了,平时我们工作都很忙,难得有这样的好机会,拣痛快的说吧。喝酒,我们边喝边聊。"

服务员已上好了菜,随手将两瓶酒打开,给每人斟了一杯。两人对碰了一下,朱仁和说:"祝你好运,升职了,大湖百货的总经理,比我高了一个等级。"

"如果能回到你的手下,我倒心甘情愿。"

"怎么,遇到了难事?给我说说。"朱仁和说。

刘云说:"困难是免不了的,你想啊,如今的百货生意难做,人所共知。这都是互联网惹的祸,网上购物,快递小哥送上门来,价廉物美,谁还会去商场挑三拣四的,浪费时间和口舌?"

朱仁和想了片刻说道:"凭我的经验,建议你尽量减少百货品种,向大型的物件上转型。另外,腾出商场的一层和负一层,做大超市。"

"这倒是个好办法,真看不出,你这个卖汽车的,还能想出这样好的点子。"刘云带点故意地说。

朱仁和笑道:"办法总比困难多,有力吃力,无力吃智嘛。诸葛亮整天手摇鹅毛扇,胸中自有百万兵。"

"真美的你,夸你好,你就摸不着前后了。其实,我早想到这个,已经动手调整了。"刘云笑着说。

朱仁和坐直了身子,端起杯子,一本正经地说:"喂,刘云,不是说负荆请罪吗?说说你何罪之有?"

刘云喝了满满一大杯酒,说:"这顿饭,我买单,这不算请罪吗?"

朱仁和摇着手说:"这不算,你买我买一回事。你心里明白,痛快地把你的'罪'说出来。"

"这个,我当然知道。你看,这里这么闹哄哄的,说了你也听不明白。"刘云说。

朱仁和将最后一杯酒一下倒进嘴里,红着脸说道:"好吧,回家说。"

这是滨湖新区的一栋公寓楼,坐落在这片小区最南端,前面就是碧波荡漾的大湖,湖中有岛,岛上有山,湖光山色,美不胜收。前年,朱仁和与刘云合计,各自在此购了一套相邻的单间。自他们正式确定了关系后,装潢时,中间开通了一扇内门,外面看是两家,内室则是一个完整的家。

晚上,两人洗浴后躺在床上,朱仁和说:"刘云,你现在可以心平气和地向我'请罪'了。"

刘云说:"你还当真的了,我是故意这样说让你心里快活的。本来呢,我是打算在结婚的前一天晚上给你说清楚的,既然我已经当着众人的面说了出来,今天晚上就给你讲清楚,也不算迟了,何罪之有呵?"

朱仁和笑眯眯地拍着刘云的肩头,说:"我承认你无罪,好了吧?求你给我说说真实情况,行吗?"

刘云坐直身子,靠在床头背上,说:"好吧,不过我要跟你约法三章,我爸是谁,不准你向任何人透露,否则,我饶不了你。"

"是,我一定照办。你的事,难道不是我的事?遵命就是了。"朱仁和一本正经地说。

刘云沉思片刻,向朱仁和讲述了她的真实故事。

"我的童年是很苦的。3岁时,我的妈妈离开了人世,我爸爸一把屎一把尿地把我养到了7岁。

"一碗汤圆的故事,你们都知道了。

"我们不再去汤圆馆后没过多久,爸爸就对我说:'小云,爸明天就去南方打工挣钱了。我把你送到姑姑家,等爸挣到钱了,回来接你到我身边。'7岁的我很懂事,知道爸爸已经到了山穷水尽的地步,我哭着说:'我愿意去姑姑家,爸,你可要保重啊!'爸爸泪流满面,把我抱在怀里,不住地点头,说:'我女儿懂事了。'那天晚上,我们父女俩抱头痛哭,爸爸边哭边哄我,一直到夜深人静,我们都哭累了,才进入梦乡。

"第二天,爸爸牵着我的手来到姑姑家,姑父一下子把我抱起来,不住地说:'这丫头长得漂亮,小云,这以后跟着我们,姑父让你上学念书。'我懂事地说:'小云听姑父、姑姑话。'

"爸爸出门的时候,我拉着他的衣服,一直跟了他好远好远。我哭,爸爸也哭,姑父、姑姑远远地看着我们父女俩难舍难分。爸爸又一次把我抱起来,给我擦干了眼泪说:'女儿,爸一定会回来看我的女儿。你要听姑父、姑姑的话。'我哽咽地说:'小云记住了,爸,你要自己保重啊!'听了我的话,爸爸又哭了。

"听姑姑说,爸爸是和他的一个难兄难弟结伴去南方的。可是,这一去就是十几年。姑父、姑姑没有儿女,视我如己出。爸爸走后,他们就给我上了他们家户口,送我去念书。我原来的名字叫程小云,姑父姓刘,从此,我就随他姓,改名刘云。

"我17岁的时候,听说爸爸回来了一趟,给了姑父一笔钱,又急着回到南方去了,他是回来处理事情的。那时我正值高中毕业考试,我们父女俩没见上面。这些,都是姑姑后来告诉我的。

"我大学毕业后,姑父又送我去德国深造,以后又去英国两年,拿到博士文凭。

"而爸爸在南方创业成功了,发了财,回到家乡发展,创建了现在这家集团公司,我回国以后,就回到他的身边。我不想坐享爸爸创下的成果,决意去公司基层历练。爸爸和我约法三章:不准透露他的姓名和董事长身份,不准说我是他的女儿,3年内不准结婚。"

朱仁和说:"那你已经成了我的女朋友,怎么向他交代?"

"时间已经过去3年多了,我们并未举行婚礼呀,何况他并没说不允许我谈恋爱吧。"刘云说。

"瞒谁去?"朱仁和不屑一顾。

刘云说:"第一个隐瞒的就是你。起码,你要经得起我的考验,过我这道关。"

"也好,省得人家说我和你处朋友带有目的,动机不纯,有求于你。"朱仁和实话实说。

刘云说:"你不求我求谁去,我是你什么呀!"

"当然是我老婆了。"朱仁和紧紧地抱住了刘云。

过了一会儿,朱仁和双手枕在颈后,一副心事重重的样子。刘云挨着他身边躺下,用胳臂肘碰碰他,说:"喂,仁和,你有心事?"

"其实,你的身份我早知道了。"朱仁和不紧不慢地说道。

刘云说:"你是怎么知道的?说出来听听,别是瞎猜?"

"事实不是应验了吗!"朱仁和说。

那次妹妹的金山汤鹅公司资金上遇到了困难,刘云一下子拿出100万,再后来的500万后续资金,都是她支持的,他就知道刘云的背景不一般,产生了怀疑。后来有一次在走道上,他无意间听到集团董事长程永杰和刘云的对话。只听程董说:"真没想到,我的女儿干得这么出色,寒门出将才啊!"刘云说:"爸,不是有句话说,有其父必有其女嘛!……"当时听到女朋友的秘密,朱仁和并未揭穿她,他知道人与人之间,谎言往往也可能是善意的。这点秘密,刘云没说,也有她不说的道理。其实,朱仁和等的就是这一天,让刘云亲口对他说出来。

沉默了一会儿,朱仁和转移了话题:"我在想,你的大湖百货这么难,撑得住吗?"

"你就知道我撑不住?市场经济,困难无处不在,水来土掩,兵来将挡呗。商场如战场,这就看战略战术了。"

"把你的战略战术说来我听听。"朱仁和说。

"这世上,万事万物,人是第一因素。我想从你销售部借调一个人,你同意吗?"

"谁?刘云,你和我说话还绕弯子,吞吞吐吐的?"

"就是你,你能支持我吗?"刘云说话的语气很坚决。显然,她是考虑多时了。

这真正出乎朱仁和的预料,他一点儿思想准备都没有,于是说道:"我?你这不是开玩笑吧?"

刘云说:"哪敢与你开玩笑。我考虑多时了。我在你手下干了3年了,凭我对销售部的了解,你手下的精兵强将不少,你来了,将你的工作交给小李负责,我想是万无一失的。"

说到李长江,朱仁和太了解了。他是一位28岁的小伙子,精明、能干、敬业,刘云在销售部的时候,他协助她跑外勤,打开了汽车销售业的一片天下。

朱仁和说:"交给他,我放心。可是,外行不能领导内行啊,我去了大湖百货能干什么呀!"

"有一项工作,最适合你去做。"

"好吧,我协助你,我乐意。"

"不是协助,是总经理、法人代表。"

朱仁和急了,说:"不行不行,不要说我不内行,就是精通百货这行,也不能夺你的权。"

刘云用肩膀碰碰朱仁和,说:"你别想歪了,我们正逢创业时代,说什么权不权的,只要有利于企业发展,人尽其才。我看你最合适。"

朱仁和说:"那你干什么?再说,哪有先例啊?"

刘云说:"古往今来有的是。当年的孟丽君进京赶考,后来把状元让了她的夫君李兆亨。"

"我去顶了你的位子,你干什么?"朱仁和诚恳地说。

"照样当你的助手。这百货业嘛,外勤采购是重头戏,这采购工作,我不是吹嘘,还真非我莫属。你照例坐镇企业,看好家,管好人,万事大吉。"

"如果是这样,我试试。"朱仁和说。

"这才是妇唱夫随。"刘云说着,一下子翻过身来,投入到朱仁和的怀抱里,喃喃地说,"你又一次成为我的俘虏了。"

# 第十五章　疫情可控

　　一场铺天盖地的禽流感,搞得朱仁男晕头转向。一大早,下面就传来不好的消息。二十几个连锁店,都报告生意一落千丈,上门的顾客寥寥无几,原因只有一个:禽流感袭击了周边十几个中小城市。报纸、电视台纷纷报道了这一消息,网上的消息更是快速传播开来,使人们惊恐万状。而朱仁男所经营的金山汤鹅,与禽流感密切相关。涉及生命之险,有谁还敢上门? 导致这场不大不小灾害的,就是因为她的店名中有个"鹅"字。

　　朱仁男与钟晓阳整整商议了一个晚上,也苦恼了一整夜。他们什么办法都想到了,可是,一夜间尽管想到的办法几十条,但到了天亮,一个主意也拿不准。天有不测风云,人有旦夕祸福。他们只好安慰自己,听天由命算了。

　　钟晓阳力劝朱仁男:"仁男,千万不要急坏了身体,经济上的损失放在一边,只要人好好的,就万事大吉了。我们还年轻,钱有的挣。"

　　朱仁男说:"说是这么说,可我3天时间就损失上百万呀! 如果再拖上十天半个月,我的损失更惨重了。你想,我辛辛苦苦创下的基业,将毁于一旦,付诸东流啊!"

　　钟晓阳耐心劝道:"仁男,没那么严重,事情一发生,政府就采取了积极措施,现在已开始有转机了。不过,我们应该不等不靠,首先做好自救工作。"

　　朱仁男说:"我都急晕了头,哪有办法自救啊!"

　　天还没大亮,朱仁和、刘云打来电话,紧接着王明、牛小妹也打了电话来。对这场突如其来的禽流感,他们也一筹莫展,说的无非都是安慰朱仁男不用着急之类的话。

　　正当朱仁男心急如焚的时刻,王莉的电话给了她很大的希望。

王莉说:"仁男妹,你大哥一早就催我,要我多关照你,现在我来你基地,20分钟内赶到。"

朱仁男对她未来的大嫂是了解的。她是农大动物技术学院的进修生,对这方面有研究,她亲临现场,一定会想到办法的。

现在爱人的妹妹有难,王莉自然要尽一份力。她到了基地,首先去的就是鸡、鸭、鹅养殖场,朱仁男全程陪着她。她随身带着医药包,身上穿着白大褂,戴着口罩,并要朱仁男与她一样穿戴,全身上下进行了消毒处理,工人们皆效仿她们。在工友们的协助下,她们对所有鸡、鸭、鹅进行一次大检验,隔离分食,并逐个注射了预防针。一个上午,注射全部结束。

朱仁男十分感动,由于自己平时太忙,对这位未来的嫂子关心太少,她感到很愧疚。

她说:"姐,太谢谢你了。"

"傻妹子,你是我妹呀!就是素不相识的人,见到如此情形,我也照样帮忙,谢什么谢呀!"

朱仁男感激地说:"姐,看你忙了一整天,连饭也没好好吃。晚上不要走了,晓阳晚上赶过来,我把大哥、二哥,还有刘云姐、小妹他们请来,我们兄弟姐妹们聚一聚,人多主意多,你看如何?"

王莉说:"也好,姐听你的。"

说着,朱仁男分头给他们打了电话。王莉看朱仁男围着她忙前忙后的,她说:"妹妹,尽管忙你的吧,基地有这么多事急需办,姐再去现场看看,有情况,我会及时告诉你。"王莉重新背起药包去了现场。

晚上,大家如约而至,刘云对朱仁男说:"妹妹,刚才我到现场看了一下,这些家禽很正常,个个活蹦乱跳的,看来疫情暂时得到了控制,妹放心吧。你的脸色这么难看,这才几天时间,见妹面黄肌瘦的,姐好担心啊!"

朱仁男苦笑着说:"谢谢姐关心,妹妹自从走上社会,从来没经过这么大的打击。我下面的几十家分店,平均一家店一天损失1万元收入,几天下来就损失了上百万呀!关键是媒体的负面报道传播太快了,影响之大是不可想象的。"

刘云安慰说:"上次高中同学会上,我知道我几个高中同学大学毕业后,都干上了记者,我现在就联系他们,要他们实事求是客观地报道,减少人们的恐惧感。"

牛小妹也跟着说道:"仁男姐,我在政府部门负责宣传工作。政府也要求媒体阐明疫情控制措施,真实地引导市民们,不可草木皆兵,谈虎色变。"

后来事情的发展的确如此,在政府多方努力下,朱仁男的金山汤鹅馆很快恢复了正常的营业。一场禽流感的风波终于平息。

晚饭后,众人各自回到了他们的住处。朱仁海拥着王莉说:"谢谢你呀,你给我妹妹解决了大问题。"

王莉说:"你妹不是我妹吗?这样一说,好像我是外人似的,多生分呀!"

朱仁海笑着说:"对不起,我是激动,把话说砸了。请老婆大人不要见怪,老公给你赔不是了。"

王莉说:"这还差不多。不过,我给你说,不要人前人后一口一个老婆、老公的。没拿到结婚证,婚纱没穿,就这么肯定我一定是你的老婆呀!"

朱仁海用手刮了一下王莉的鼻梁,很自信地说:"我们可是早在一口锅里吃饭的呀!难道你还赖账不成?"

王莉温柔地将头埋进朱仁海的怀里,含情脉脉地说:"谁赖账了?我才没呢。"

王莉来自本省一个边远的小山村,18岁时就出落成一个美丽的大姑娘。和大多数农村的孩子一样,她只有奋发努力,考上大学,才能跳出"农门",改变自己的命运。她本来考取医学院,学习药物管理,毕业后被分配到家乡的小县城,在县里的畜牧农技站工作,专业不对口。一次,她出差到省城,从农业厅办公室领取了关于畜牧农技方面的文件材料,为了对全县广泛宣传,要批量印刷,她就近找到了朱仁海他们的印务公司。

当时朱仁海是公司的副总,负责对外业务。两次接触后,两人心里都对对方有一种不可名状的好感和冲动。王莉办完了事,准备回去的前一天晚上,为了感谢朱仁海为她加班加点地完成这批印刷任务,她约朱仁海在一家小土菜馆吃饭。

王莉说:"朱总,谢谢您的关照,今天这顿饭,算我感谢您了。"

朱仁海说:"你的诚意,我心领了。是你照顾了我的业务,应该是我请你才是。"

"不,不,不瞒您说,我工作以来,第一次遇到您这么待人热情、工作认真的人。本来5天的活,您3天就完成了,而且保质保量,我十分满意。"

"这是应该的,我们的经营理念是客户至上,应该的。"朱仁海说。

一顿饭工夫,两人谈得十分投机。临结束的时候,朱仁海说:"不好意思,王同志,你把在单位的职务给我说说,我好称呼你呀!"

"叫王莉就可以了。"

"王莉同志,我有个想法,你能接受吗?"

"直说无妨。"王莉那双美丽的眼睛里流露出一种奇异的感觉。

朱仁海说:"王莉,你不必多想,我只是想挽留你在省城多看看景色。"

"这,合适吗?"

"怎么不合适?一个人要学会休息,才能更好地工作。这两天的时间,是我帮你省下来的,这点要求不过分吧?"

本来,王莉对这座古老而新型的城市就充满特别的情感,大学几年她就是在这里读的书,但当时她一心求学,一年到头基本不出校门。面对朱仁海的真诚挽留,王莉说话口气就不那么坚定了。

"可是,可是……"

"什么可是,这两天,我全程陪伴你,当你的导游,就算我感谢你关照我们的业务。"朱仁海真诚地说。

王莉想了想说:"好吧,那就谢谢朱总了。"

朱仁海说:"又来了,既然我们相遇了,慢慢就相知了,我们共同感谢老天的安排。"

第二天一早,朱仁海开着他的奔驰车去宾馆接王莉。接下来的两天,两人游览了大湖、金城、金山、名人故居,王莉真是大开了眼界,流连忘返,乐不思蜀。与其说是景物美,倒不如说人更美,朱仁海是她人生中遇到的心地最美的男人,王莉的芳心萌动了。

王莉回去后,人在单位,心却留在了省城。电话、微博等现代化的联系方式,帮助他们沉浸在卿卿我我当中。

自王莉回去后,朱仁海的心久久不得平静,终于有一天,他在电话里对王莉说:"王莉,想来省城工作吗?"

王莉惊喜地说道:"我当然愿意呀!"

朱仁海在电话里喊起了口号:"欢迎,欢迎,热烈欢迎!"

王莉哈哈大笑:"看你高兴得真像个孩子似的。"

朱仁海沉吟片刻,犹豫地说:"我既高兴,又害怕。"

王莉说:"何怕之有?"

"我怕的是,工作不合你的心愿,大材小用了。"

"工作不在高低,有志者,事竟成,什么大材小用了。"王莉认真地说。

朱仁海说:"我这里有个在我看来非常重要的位子。但是,你现在工作的单位是事业编制,而我们是民营企业,所以犹豫了好几天,才给你打电话的。"

"你的思想还停留在20世纪80年代,现在是新世纪了,还这么保守,只要是实实在在的事,我愿意做。"

朱仁海说:"你愿意,我的心就放下了。"

"不过,你要耐心等待一段时间,我再给你正式答复。"

3个月过去了,朱仁海在煎熬中度日如年。一天夜深了,忙碌一天的朱仁海正准备上床睡觉,手机响了,是王莉打来的。王莉说:"仁海,我的辞职申请报告,单位已经批准了。现在我可以给你答复,愿意去你公司上班。"

"好,好,我已向集团报告了,集团董事会批准了我的报告,随时迎接你的到来。"

"能告诉我是什么工作岗位吗?"

"能,怎不能呢? 单我们一个企业就有工人、干部、家属500多人,我决定成立一个医疗机构,由你来担任这个主任。我在想,这跟你在大学所学专业不一定完全对口,但都是医学,你来后,再去大医院培训一段时间,我呢,再给你聘请一位退休老医师,你这个主任一定会干好的。"朱仁海一口气说了这么多。

王莉高兴地说:"主任不主任的无所谓,只要能为大家服务,当一名赤脚医生都行。"

朱仁海兴高采烈地说:"你真会开玩笑,这是哪年哪月的事了,还赤脚医生? 就这么定了,来时通知我,我好去车站接你。"

就这样,朱仁海和王莉成了一对恋人。

今晚回忆往事,朱仁海张开双臂,把王莉紧紧地搂在怀里,热烈地吻着王莉的嘴唇。长长的接吻之后,朱仁海放开王莉,仔细地打量着她:

"今天，我觉得你特别美。"

"老了，我的鱼尾纹都出来了。"王莉轻声叹口气，随手在俊俏的脸上抹了一把。

朱仁海爱惜地抚摸着王莉的脸颊，说："我觉得你比我们刚认识时更年轻。"

"还年轻吗？当我们忙忙碌碌的时候，岁月不经意地就把我们变老了。"

朱仁海把王莉拥向窗前，看着大湖边上，那明亮得像游龙一样的灯带向远方伸展而去，感慨地说道："太美了。此时此刻，我的心就如这灯带一样的不安分，你摸摸看，它在怦怦地跳呢。"

"都老夫老妻了，还跟小青年似的，你不用说，我知道了。"王莉用手堵住朱仁海欲说的嘴，"喂，仁海，你妹今年也不小了吧？"

朱仁海说："比我小一岁，都29了。"

"我觉得呀，她和钟晓阳的感情没得说的。不过，这两个人都很强势，把事业看得太重。就说钟晓阳吧，在金城国际大酒店干得好好的，上有童总做后盾，不操心、不劳神的，多快活，还跳什么槽？我不知道他究竟是怎么想的。"

朱仁海说："人各有志，这男人的心只有男人才知道。看着自己的女人比自己强，他会全身上下不舒服的。"

"其实，他们俩都太辛苦了。尤其是你那妹妹，早上，我去她那儿，第一眼看到她，好像换了一个人，一下子像老了10岁。我当时呀，难过得眼泪都出来了。"王莉心疼地说。

朱仁海听了王莉的话，心里也很不好受，眼泪直打转。他轻轻地拍着王莉的肩头，长长地叹了口气："我何尝不心疼她，她是我妹呀！这丫头从小就是个假小子，记得我们出来的时候，流浪街头，她女扮男装，装成假小子，吃了不少苦。"

王莉沉吟："这钟晓阳也是，我看根本不如你，不晓得疼爱女朋友。好好的日子不过，还跳什么槽，投资房地产。荷包里没有两个铜板，就想干大事？我听说了，干房地产，是资金运作，那么大用钱量，他有吗？"

"谁说他不爱惜我妹，他们表面上大大咧咧的，其实，比我们还黏糊呢！"

"你怎么知道的？"王莉不屑一顾地说。

"她是我妹,当哥的能不知道?"朱仁海抱住王莉,"亲爱的,我想跟你商量个事,我想你会支持的。"

"直接说吧,还商量个啥!"

朱仁海说:"你看,我们老大不小的了,早过了结婚年龄了。刘云和仁和也好了好几年了,就连王明、牛小妹也都好得要命,仁男和钟晓阳更不用说了。大家都有一个共同点,好归好,都不提'结婚'二字,你说是什么原因呢?"

"什么原因? 他们不结婚,难道能怪我们?"王莉不服气地说。

朱仁海说:"嗨,原因还真就出在我们身上呢!"

王莉说:"这我就更不明白了,他们不结婚,关我们什么事呀?"

朱仁海说:"你还真不明白呢? 长幼有序,我们俩都没结婚,他们作为小弟小妹的能带这个头? 如果这都不懂,也显得太不道义了吧!"

王莉好像一下子明白过来,说:"嗨,还真是如此呢! 仁海,那我们干脆带个头吧! 你定,不如今年元旦,我们先办了。如何?"

朱仁海说:"这样吧,我们把奶奶、阿姨——就是牛小妹的妈,请过来,还有这几对人,商议定个好日子,我们来个集体婚礼怎么样?"

王莉高兴得双手搂住朱仁海的脖子:"你真伟大,点子这么多,就这么办吧!"

这个晚上,对于王莉和朱仁海来说,是个不眠之夜。能为他们弟妹们的幸福想出这样一个好办法,他们心里太高兴了。

## 第十六章　晓阳置业

在李全的协助下，钟晓阳的晓阳置业有限公司正式挂牌成立了。公司的工商信息显示：主营房地产开发、销售，兼营物业管理、装潢工程；注册资金800万元，暂定资质；法定代表人：钟晓阳，职务：总经理。

李全的公开身份是晓阳置业有限公司办公室主任，他的另一个身份是金山全能投资有限公司经理。

不当家不知道柴米贵，不经营企业哪晓得贷款难。近来，资金问题一直困扰着钟晓阳。钟晓阳这才知道，在企业里，当家和管家差别有多大。在老总手下干事，不操心、不劳神的，衣来伸手，饭来张口，天塌塌下来，有高人顶着，童兴荣就是这个高人。钟晓阳的职责，就是在她和公司员工之间上传下达，根本不愁什么资金不资金的，工作上最大的辛苦，也只是接待客人，经常加个班什么的。现在不同了，他的压力来自两方面，有形的压力是资金问题；无形的压力，在于他没干过这一行，风险无时不在。

钟晓阳的心如十五个吊桶打水，七上八下的。他随手拿起办公桌上的电话，拨通了李全的手机。15分钟后，李全来到办公室，坐在他对面的皮椅上。

李全说："钟总，有何吩咐？"

钟晓阳愁容满面地说："李主任，资金解决了吗？"

李全问道："老童借的500万呢？"

钟晓阳说："在账面上还没两天，就用到政府划拨土地费上了。"

"不是由集团承担吗？"李全问。

"集团承担的是前一项目50亩土地款，后期的50亩，当然由我们承担了，合同上写得清清楚楚的。如果再拖延不办理，这宗土地政府要收回的。"

"呵，原来还有这么多环节啊，真是一门不到一门黑，我还真不知道这些。"李全说。

钟晓阳懊恼地说："李主任,我现在是被绑在战车上了,前有拦截,后有追兵,看来,不杀出一条血路,就只有死路一条了,怎么办？资金问题就全靠你了。当初,也是你劝我干的,现在可不能抽梯呀！"

李全坐在黑色的皮椅上,一副三国里诸葛亮坐在四轮小车上的样子,仿佛手里摇着羽毛扇,不屑一顾。这可叫钟晓阳坐不住了,他站了起来,冲李全大声说道："我的李大主任,我喊你大爷了,你得说话呀！"

李全优哉游哉、不慌不忙地说："银行不贷款,可以理解,因为他们也是企业,现在贷款要有抵押物。但是土地使用权还没到我们手里,银行是不见兔子不放鹰的。不过呢,瘸有瘸路,瞎也有瞎路,王八乌龟还有爬行之路呢。请你相信,我有我的路。这样给你说吧,一个月之内,我确保给你弄到3000万,你相信不？"

"你的把握度是多少？"钟晓阳急着问。

"95%。不出意外的话,这5%,也不会出差错的。"

李全的话,不管是真是假,总算给钟晓阳吃了一颗定心丸。尽管李全说了不出意外的话,这意外是多少？是95%的意外,还是这5%的意外？

在这之前,他们有过一次推心置腹的商谈。钟晓阳对李全说："我的思路是想在这50亩土地上建一个养老中心。我的理由是：随着我国人口的老龄化,政府号召社会上建立养老机构,这是一条热门的路子。最大的好处是,在土地上面,政府给予优惠,减轻我们资金不足的压力。"

李全说："你说的所谓资金压力,就是土地不用变性,临时不用拿钱。因为政府提倡办养老机构,给予优惠政策上的倾斜,这50亩土地不走招拍挂程序,出让金就不用交了。但是你想过没有,下一步的投入怎么办？建楼及配套设施的钱从哪来？如果资金链一断,就成了烂尾工程,到那时,你会更惨。"

钟晓阳掂量来掂量去,不再坚持己见了,他说："你说说搞房地产的好处在哪？"

李全说："我就是说得再天花乱坠,最后决定权是你。你是法人代表,否决权在你手里。"

钟晓阳说："快说快说,不要再绕弯子了。"

"你想啊,"李全胸有成竹地说,"银行不贷款,特别是对我们这样的刚刚起步的中小企业,也有不贷的道理。他们不贷,我们就搞'曲线救企',向民间融资。我们有项目在,这50亩土地看得见摸得着,我料定那些借钱给我们的人是放心的。这些人看中的是眼前利益,我把利率放到高于银行的8倍、10倍,还愁他们不借?根据我的调查分析,我国的房地产,至少还有10年兴旺。"

钟晓阳担心地说:"这样高的利率合算吗?一旦中途资金链断了,怎么办?"

李全有把握地说:"我想不会的,纵观当前大大小小的房地产公司,哪家不缺钱?他们很多采取的是这个办法。只要建筑物一破土,就可以提前办理预售,在价格上给予优惠,再搞点宣传,房子卖出去了,资金还是问题吗?"

李全说得头头是道,经他这么一说,钟晓阳终于下定了决心。

可是几个月过去了,看看李全一点动静没有,钟晓阳坐不住了,他不得不将李全请到办公室来。

李全有他自己的打算,他就是要把钟晓阳逼到这个地步,下一步就能牵着对方的鼻子走。钟晓阳再聪明,再有能耐,也只有跟着他一步一步地走下去了。

和钟晓阳谈话的第三天起,李全就行动起来了。不得不承认李全有一些能耐,经营这么多年,认识的小兄弟也有不少。他印发了大量宣传单,上面的图案十分精美,高楼林立,连小区的名称都有,称作幸福苑小区。最诱惑人的当然是许以高利息,利息一年一结,信守诺言。那帮小兄弟,寻亲找友,相互传递信息。

事情的发展还真是神了。不到一个月工夫,李全的全能投资有限公司的账户上有了3000万,他又按约转给了晓阳置业有限公司。没钱着急,有了钱钟晓阳更加着急,土地手续还没办好,这钱在账上闲着,他计算着,一天就要付好几万利息,长期下来,这钱不是福而是祸。

这事当然瞒不了童兴荣。

众诚国际大酒店的一间包厢里,童兴荣正襟危坐在餐桌前,面对服务员送来的菜肴,李全一动不动,听着童兴荣的询问:"老李,听说你近来办的事不错呀!"

李全咳嗽了一声,说:"哪里哪里,就是为晓阳置业公司募集了几个小钱。"

"小钱？你的口气还真不小，几千万也算小钱？你要知道，这是融资。如果到期还不了本息，造成后果，就成了非法集资，是要犯法的，你知道吗？"童兴荣凭着多年来在商场上的拼搏经验，加上一个成功女人的嗅觉敏感，她感到事情的不正常，她对李全的忠告，也是警告，但李全听得很不舒服。

李全说："老童，我辛辛苦苦为了谁呀？还不是一心帮扶你的爱徒钟晓阳吗？"

"老童也是你叫的？你的事情，只有你自己知道，你是在帮钟晓阳吗？你在害他。"

"好，好，童总，这钱都转在钟晓阳的账上了，但说明一点，扣除了借款合同上规定的预付的半年利息。"

李全的老奸巨猾，童兴荣再明白不过了。他在自己面前一副老气横秋的样子，完全是仗着她当年落难时轻生，他救了她一命，但是后来自己发迹后没少报答他。他下岗时，被安排在三妹汤圆馆干事，后来钟晓阳出任金城国际大酒店代理总经理，他调任办公室主任。她是这么想的，钟晓阳虽然能干，但年轻气盛，遇事容易冲动，安排李全在他身边，她放心多了。钟晓阳另立门户，起初她很不理解，后来想想还是同意了，并给了他一定的支持。再后来就听不到钟晓阳的声音了，只能听李全的汇报。她总觉得李全的所作所为不靠谱，可事已至此，她又能怎样呢？天要下雨，娘要嫁人，孩大不由娘。钟晓阳又不是自己的儿子，他的离开，她只能听之任之了。

童兴荣说："项目还在土里，一点进展没有，这钱又不是你们自己的，搁一天就要一天的高利息，这样搁下去还了得？这个账，老李呀，你算过吗？"

"算过，算过，现在已成定局，后悔已来不及了。只能催催政府方面，能否尽快启动，时间就是金钱，我算彻底领教到了。"

童兴荣语气果断地说："当断就断，否则，必生其祸。不行将这笔钱退回去，损失一点就算了。"

"谈何容易？我的童总，合同早生效了，退不回去了。"

"那你说怎么办？"

李全说："我再想想，回去再和钟晓阳商量商量。我估计这家伙雄心勃勃的，一门心思要干一番大事业，他不会同意的。这几天，我看他天天在跑政府部门,如果这项目能在明年初启动,也没多大问题。现在哪家房地产公司不融资,不向民间借贷?"

李全的一番解释,使童兴荣的心放下不少。其实这件事好与坏,与她、与集团一点关系都没有。但钟晓阳毕竟是她一手带出来的,他干得风生水起,她也跟着光荣;如他倒了,不管怎么说,她心里都不得安。

童兴荣说:"但愿你们的事能向好的方面发展。"

"这你放心,我按你的指示,回去和钟晓阳再合计合计。"

吃完饭,李全开车送童兴荣回家。

金山脚下,有一处别墅区,住在这里的人大多是成功人士。这里是这座城市最早的别墅群,环境优雅,物业管理规范。

童兴荣在这里买下一栋别墅,重新装饰了一番,屋里屋外焕然一新。挑高的门厅,气派的大门,圆形的拱窗和转角的石砌,尽显雍容华贵,又清新不落俗套。白色灰泥墙,红色屋瓦,连续的拱门和回廊,挑高的有大面窗的客厅,让人心旷神怡。门廊门厅向南北舒展,卧室设低窗和六角形观景凸窗,餐厅南北通透,室内室外景色交融。

李全跟着童兴荣进了门,在客厅落座,小保姆阿慧问道:"阿姨,你们喝点什么?"

"来两杯咖啡。"说着,童兴荣脱去外套,轻舒口气,"哎,累死我了。"

阿慧将两杯热气腾腾的咖啡放在茶几上,不声不响地退回她房间。客厅里就剩下童兴荣和李全俩人。

童兴荣捏着小勺子,翘着小拇指,搅动着杯子里的咖啡,李全见她不说话,坐在一边无所适从,只好两眼在客厅四周浏览。过会儿,他小心翼翼地说:"老童,要不,我给你捶捶背,捏捏肩。"

童兴荣说:"不用,你安心坐着,陪我说说话。"

"是,有话你尽管说,这是在家里,如果我李全做得不好,你可以当面骂我。"

"那也没有必要。"童兴荣说。

虽然在家里,可童兴荣一点儿也轻松不起来,大脑里萦绕着钟晓阳和晓阳置业公司。她在心里嘀咕,自己怎么就同意他成立这样的公司,还借给他500万?现在想来,实在欠考虑了。如果在董事会上否决他的辞职,不支持将后期的50亩土地转让给他,土地款暂时挂着就好了。童兴荣深深知道,董事会这帮老家伙平时将钱看得比命都重,比老猴子都精,要不是看在自己的面子上,他们会同意吗？想到此处,她对钟晓阳产生了一股怨气。她更想到,要不是眼前这家伙,钟晓阳根本没有这个胆子。尽管他志气大,心比天高,也只能谈谈而已,无论如何走不到这一步。如今是福是祸,令人担忧。虽说钟晓阳的荣辱好坏与自己无关,但她不能坐视不管。眼前这个李全,曾经在她跳湖时,救过她的命。但他目前的所作所为,实在可恨。恨也好,恩也罢,她现在是哑巴吃黄连,有苦说不出。

"老板,你心里有事？"一贯见风使舵的李全比谁都知道童兴荣此刻的心思。

"李全,现在在家里,你可以把你究竟怎么想的一丝不留地说出来,我想想看,亡羊补牢,或许还来得及。"

"我再叫你一声老板,事情没有你想象得那么糟糕。钱还没动,只是付了一些利息,这些借钱人都高兴着呢！"

"可是现在土地政策越来越紧,政府抓得很严,办事人都谨小慎微,凡是涉及政策的事,谁敢越雷池一步？你想想,如果这项目拖个三年两载的——这是再正常不过的事了,你的这3000万,只够付利息,全部打了水漂。李全呀,到时候,你怎么办？钟晓阳怎么办？我怎么办？你这是在害我们大家啊！钟晓阳充其量只是一个不知天高地厚的小子,还不起钱,你能杀他吗？其中也有我500万呀！"童兴荣越说越生气。她有一种预感,不要多久,顶多一年半载,不幸的事情就要发生了。

听了童兴荣这么一番剖析,李全隐隐感到事情做得的确有些唐突。但他反复思忖过,不管怎么说,这50亩土地就是定心丸。他说:"老板,你不要说了,事情不会如你说的,就像冰山马上要倒塌了一样。综观当下,有些开发商身家资产好几个亿、几十亿的,也照样差钱。他们向民间借款一毛利息,我给的利率才三分,不到1/3呢。只要项目一启动,你所顾虑的一切问题都不是问题。你当年打拼时,就没遇到困难？不一样走过来了吗？"李全说得头头是道。

童兴荣听了,不禁安慰自己,天下本无事,庸人自扰之。但愿一切事情都向好的方向发展。

# 第十七章　资金链断

不听老人言,吃苦在眼前。童兴荣论年龄算不上老,她才45岁。但是,她16岁闯荡商场,说话做事比一般同龄人更有经验。她曾多次告诫钟晓阳,不能负债经营,债务会拖垮一个企业、一个人。

一语成谶,晓阳置业有限公司的资金链断了。

一天上班时间,一些人上门讨债来了,在这之前,就有三三两两要钱的人去过了李全的全能公司。见一群人找上门来,钟晓阳慌了手脚,幸亏他早给手下人打了招呼:"如果有人上门讨债,就说老板上银行贷款去了。"趁着手下与来人应付的当儿,钟晓阳乘边门电梯,溜之大吉了。

他心里清楚,这件事终究要发生的。这些天来,他亲自跑政府部门,费了九牛二虎之力,始终没跑出个所以然来。现在政府部门办事,是公开透明的,有法可依,按章办事,土地政策越来越规范,涉及违规的事,谁也不敢越雷池一步。

本来,这宗土地在政府招商时,明文规定土地性质是酒店、服务业用地。如果按钟晓阳的初衷,建养老服务中心,可直接按规划设计报批,有了前期童兴荣借用的500万,加上李全融资的3000万,现在主体工程都封顶了。按照民营资本投资的养老用房运营,虽有困难,但肯定能正常操作,借来的这笔钱就可以还得差不多了。

可钟晓阳在这个问题上,失去了主见,经不住李全的花言巧语诱惑,急功近利,走创业捷径,改变了初衷,搞房地产开发。这样一来,土地必须实行招、拍、挂。这是一个漫长的过程,一个项目搁置两三年再正常不过。

李全融资来的3000万,除了公司的日常开销,零打碎敲,特别是到期要结付利息,基本上没用在实处,就全部蒸发了。李全起初采取拆东墙补西墙的办法,导致窟窿越来越大。

沉重的负担让钟晓阳再也承受不住了。

朱仁男几天没见到钟晓阳了,打他的手机,一直处于关机状态。她坐不住了,意识到钟晓阳要出事了。前两天,朱仁男隐隐听人说,和钟晓阳共事的李全,被讨债公司的人困了三天两夜,不知为什么,最后被安然无恙地放了出来。朱仁男想,一定是李全和这帮讨债人达成了城下之盟,把责任全推到钟晓阳身上。朱仁男心神不宁,惶惶不安。

这天晚上,她洗漱完毕,上床睡觉,尽管身心疲惫,累得不行,但在床上翻来覆去,难以入睡。就在迷迷糊糊的时候,听到了钥匙开锁的声音,她彻底清醒了。

门开了,钟晓阳很快闪了进来,紧紧地抱住她说:"仁男,不好了,我的公司出事了。"

朱仁男说:"你、你这几天哪去了?你想急死我呀!"

钟晓阳愧疚地说:"都怪我,当初没听你的话。仁男,你受苦了,对不住呀!"

"受苦倒无所谓,我是急你呀!见不到你,我不放心,真怕你想不开。"

"这个你不要担心,我不至于糊涂到跳楼的地步。"

"那就好,我就要亲耳听到你说这句话。"朱仁男撒娇地举起她的拳头,在钟晓阳的后背上一阵乱敲。

钟晓阳爱惜地说:"仁男,我的事你不要急。我想,天无绝人之路。"

"能不急吗?不过你这样想就对了。创业路上,不摔几个跟斗,那不叫创业。不过你现在的问题,是要尽快想办法堵这个窟窿。"朱仁男安慰他,其实她心里一点底都没有。

钟晓阳说:"我想了很多,哪能堵得住啊!这不是百八十万的事。就说你吧,企业表面上做得很大,可都是分散型的小连锁店,资金不能集中,何况还在发展中,急需资金周转,我不能把你拖下水。童总这块,她已经借给了我500万,用于前期土地费,我也不好再向她张口。至于刘云,她的几百万元也投到你的公司,目前的大湖百货也举步维艰,我能向她倾诉我的困难?仁男,前前后后我都想了,我现在已陷入山穷水尽的地步,你说怎么办?怎么办啊?!"钟晓阳的眼泪都出来了,他哭得很伤心。

轻轻的叩门声使钟晓阳停止了哭泣。朱仁男警惕起来,心里想,这么晚了,不是讨债的找上门来了吧?她来到门前,轻声问道:"谁?"

门外答道:"我,朱仁海,你大哥。仁男,开门。"

朱仁海这么晚来,显然也是为了这事。他怕妹妹着急,就上门来了。

进了门,他看到钟晓阳也在这。钟晓阳忙擦干了眼泪说:"仁海哥,请坐,我去倒杯水来。"

看着钟晓阳沉重的背影,朱仁海想着刚刚见到他满脸泪痕,像才哭过的样子,心里一阵酸楚。一切都明白了,看来传闻是真的。两天来,他一直处于忐忑不安的状态,忙完了一天的工作,他越想越不放心,就找上门来。

坐下后,他关切地说:"看到晓阳的样子,事情真是这样啰?"

朱仁男说:"咋不是呢,哥,我们正为这发愁呢!怎么办啊?"

"能怎么办?事已至此,不要多想了,想也无用。这笔钱又不是小数目,妹,你千万不要出面,晓阳也不会怪你的。我想一人做事一人当,那些人也不会找到你头上。"

"哥,我倒没什么,我是说晓阳怎么办呢?"

"怎么办?只能暂时躲出去。"朱仁海是个心直口快的人,特别对自己的亲人,心里有什么说什么。

钟晓阳对朱仁海说:"仁海哥,这事我反复想过了,李全也劝过我,他说我走后,要是再有事,他一人挡着。"

朱仁海夸道:"这李全也够义气的。"

此时的钟晓阳心里明白,这李全有他自己的小算盘,自己一走,李全就把全部责任推到自己头上,他可以装出无辜的样子,得了好处又卖乖。想到这,钟晓阳对朱仁海说:"仁海哥,他表面一套,背后一套,就拿这件事来说,如果我走了,他可以推得一干二净。"

朱仁海说:"原来他还是这样的人呀!"

钟晓阳说:"仁海哥,如是我走了,仁男就交给你了,你要多多关照她啊!"

听了钟晓阳的话,朱仁男哭了,哽咽地说:"我会照顾好自己的,还有什么不放心的,你尽管交代。"

"就是奶奶和李明英妈妈,我实在放心不下。"

见钟晓阳伤心的样子,不等妹妹开口,朱仁海抢先说了:"还有我呢,她们都是我的亲人,我会关照的。再说还有牛小妹、王明呢。"

钟晓阳双手合十:"那就拜托了。"

见仁男和晓阳哭得像生离死别的样子,朱仁海劝道:"不要这样,晓阳,你当年的意气风发哪里去了?大丈夫能屈能伸,打起精神来,创业道路上,哪有不摔几个筋斗就能成功的。"

钟晓阳沉痛地说:"仁海兄,这人呀,脑袋上没长前后眼,哪能将前面和后面的路都看得清楚。一步错,步步错,我连肠子都悔青了。"

"现在悔恨有什么用,说说你下一步怎么办?"

"其实我还没想好呢。"

朱仁海说:"我看呀,从今晚起,你绝对不能露面了,你的人身安全最为重要。我听说了,一个带有黑社会性质的讨债公司已涉足了。他们这些人,认钱不认人,个个都是亡命之徒,轻则打折欠债人的腿,重则身家性命都难保。"

钟晓阳终于下定了决心,他对他们两兄妹说:"我听仁海哥的,就这么定了。我出去一段时间,想想解决的办法。"

钟晓阳又说:"仁海哥,你看时间都快2点了,你回去休息吧。听说你升职了,工作压力这么大,还为我操心,谢谢老兄了。"

朱仁海说:"这个时候还说谢谢的话,我们是一家人呀!我给你说,晓阳,不管你走到天涯海角,不管遇到什么困难,要想到有我们在,有亲人在。你记住了吗?"

钟晓阳弯腰,深深地施礼:"兄弟记住了。"

朱仁海去后,朱仁男和钟晓阳相依相偎在一起,都有一肚子话要倾诉。朱仁男的眼圈红红的,自从他们相遇、相识、相交后,从没分离过,她一想到钟晓阳独自流浪的样子,眼泪止不住地往下流。

钟晓阳拍着她的肩头劝道:"仁男,不要难过了,事情不要想得太坏,我相信你这么坚强的女人,一定能挺得住的。"

此刻的钟晓阳心里更难过,但他装得很坚强,耐心地劝说朱仁男。

"我能不难过吗?前路充满险恶,你要有个三长两短,我可怎么活啊!"

"晓阳,我真心希望你好好地回来,度过这一关。到时候,你那公司不要了,来我公司上班,我们共同努力,把企业做强做大,也许这就是老天爷的安排。"

"谢谢你仁男,其实我这次出去也不仅仅是躲债,我一个堂堂男儿,岂能真做出欠钱不还的事?我要去挣钱,再苦再累,刀山火海,我也得闯一下。"

钟晓阳的话更加引起朱仁男的不放心,她忧心忡忡地说:"你要上刀山,下火海,不要命啦!你这样说,我不让你走。"

钟晓阳辩解:"我说的刀山火海不是这个意思,是表示我的决心。你不要往险处想。"

"我不这样想,你说我怎么想?晓阳,你有什么计划要给我说实话,我是你什么人呀!赶快把心里话说给我听,否则,从现在起,我们都不要出这个门。"

钟晓阳知道,朱仁男虽然平时对他百依百顺,但她是有底线的。如果自己有事故意瞒着她,伤了她的自尊心,她的倔强脾气一上来,九头牛也拉不回来。

钟晓阳犹豫片刻,说道:"我怕实现不了,使你对我这个人更加失望。"

"你说,你说,我不怪你。"从朱仁男美丽的大眼睛里,钟晓阳看到她的真诚和迫切希望。

"仁男,你还记得几年前,童总安排我们那次南方自由行吗?那天我一人出去不是走走看看,而是去拜访了那家钟鼎集团。我5岁的时候,我的父亲离开了我奶奶和我,去南方谋生。那时,我虽小,但知道我父亲心高气傲,他一定会闯出一番事业来。我猜他就是那钟鼎集团的老总。"

朱仁男在记忆中搜索了一下:"晓阳呀,你是否太幼稚了点?就凭出租车司机的那句话,公司老总姓钟,来自中部省份,你就认定是你的父亲。如果为了这个,我劝你收收心。"朱仁男嘴上是这么说,可是在她的心里也有了这一线希望。

钟晓阳说:"不到黄河心不死。这次。我正好去碰碰运气。跟你说句实话,仁男,就是我父亲现在还是个打工的,哪怕他是沿街乞讨的老头,我也要找到他。他上有老母,下有我这个儿子,我要问问他,这么一去无音讯,他的心是否叫狗吃了?"

"也不要这么说你父亲,他也许有难言之隐。"朱仁男说。

"他有什么难言之隐?不就是因为穷,我那妈看不起他,妈丢弃的也不是他一个人,还有我可怜的奶奶和我。"提到奶奶,钟晓阳难过地哭了。

"不要说了,晓阳,如果老天爷成全你,我衷心地希望你这次南下,父子团圆。"

朱仁男真诚地在心里祈祷:"菩萨保佑我的晓阳。"

## 第十八章　无限牵挂

和朱仁男告别的第二天,钟晓阳没有马上就走,晚上,他回到自己的家,李明英做了他喜欢吃的菜,满满地摆上一大桌。

奶奶高兴地坐在饭桌前,不住地数落着:"大孙子,这么多天没回家,奶奶我天天盼呀盼,就是不见你的影子。你明英妈妈劝我,晓阳是干大事的人,忙着呢,我想也是,就把念想放在心里,不往外说。今天,真是太阳从西边出来了。"

"奶奶,孙儿这不回来了。看到您这么健康,孙儿高兴着呢!"看奶奶这么高兴,笑得合不拢嘴,钟晓阳的心像针扎一样难受。如果奶奶知道他现在这样的处境,一定会急晕过去的,于是他编了个理由对奶奶说:"奶奶,孙儿有件事想和您商量,不说出来,又怕奶奶看不到孙儿担心。"

奶奶说:"你说,你说。什么奶奶看不到担心,总不是去国外不回来了吧?"

"还真是去国外呢。奶奶,孙儿这次和省行业协会的领导出国考察,有一段时间不能回来看您。领导让我回家给您请示,奶奶不会不同意吧?"钟晓阳说得脸不红,心不跳,把谎言编得像真的一样。可奶奶眼不瞎,耳不聋,一刹那,她似乎发现钟晓阳的笑明显地带有一丝苦味,但她没往坏处想,只当是孙儿对她的依恋。孙儿是她一手带大的,这么多年,他的工作再忙,也没超过一周不回家,对自己嘘寒问暖。孙子的孝心,填补了儿子在自己心里的空缺。

她高兴地说:"看我的大孙子多孝顺,连出个差也要给奶奶汇报。哪像你那负心的爸爸,一去这么多年了,也不回家看看我。"

李明英在一旁劝道:"妈,也许不怪国庆大哥,这些年他在外混得肯定不好,在他想来,回家丢面子。"

奶奶想了想,说:"不对,不对,狗都有念家的心,他分明没有一颗孝心。这个混账的东西,一提他,我心里就来气。"

李明英说:"国庆大哥和我从小就在一块读书,他不是这样的人。就有一点不好,脾气太犟了。"

奶奶说:"明英,真给你说对了,不然好好的一个家,说散就散了?一个跟人家跑国外去了,一个去了天涯海角,就苦了我和孙子了。"说着,奶奶撩起衣袖擦眼泪。

钟晓阳看着奶奶伤心,自己的眼泪在他的眼角直打转。他强笑着说:"奶奶,您看看,我们现在这个家多好,有您和明英妈妈,我们日子过得一点不比别人差,您应该高兴才是。"

钟晓阳的话使奶奶破涕为笑:"那是我孙子争气,把我们安排得好好的。不说你那不争气的老子了,晓阳,你需要营养,多吃点。"说着,奶奶将一块大鸡腿夹到钟晓阳的碗里。

此时此刻,钟晓阳心里涌起一阵心酸,他怕控制不住,眼泪会夺眶而出。他强忍着,将话题又转回父亲的身上:"奶奶,其实吧,我爸爸长什么样,我现在也记不清了。有时我在想,或许有一天,我在大街上遇见他,也一定认不出了。"

奶奶停住了筷子,说:"你那爸和你一个样,足足一米七八的大个子。其实呢,他很诚实,对我很孝顺。他的形象很好认,眼角边有颗绿豆大的黑痣,一眼就看得出。"

这一晚,钟晓阳一直依偎在奶奶身边,寸步不离。

奶奶看时间不早了,催他去睡。奶奶说:"我孙儿孝顺奶奶,一刻也不想离开我。明天一早你还要搭飞机,出远门,不说了晓阳,你休息吧,奶奶我也累了。"

"好吧,奶奶,孙儿这就去睡了。"

时间过得真快,钟晓阳看看手表,已过了 10 点。等奶奶睡了,他来到李明英的房间,对她轻声说道:"妈,儿子还有点事,出去一趟。"

李明英说:"去吧,去吧。晓阳,放心好了,奶奶我会照料得好好的。"

钟晓阳知道,多少年如一日,明英妈妈为了这个家含辛茹苦,为了奶奶、小妹和自己,累得头发都花白了。他深深地给李明英鞠了躬:"妈,您辛苦了,儿子永远记住您的大恩大德。"

这深深一礼,弄得李明英有些茫然。她知道钟晓阳像对亲妈一样待她,可今天晚上,她总觉得他有些不对劲,但她也说不出什么,因为他平时对自己就这么彬彬有礼。

在这样一个令人纠结的夜晚,刘云和朱仁和也在关心着钟晓阳的事情。

大湖百货生意近来很红火,这与刘云不怕吃苦、艰苦奋斗的创业精神,和她受过的良好教育及聪明才智是分不开的。

忙完一天工作,刘云回到了住处,朱仁和已将晚饭做好,两人吃了饭,洗漱完毕,早早地上了床。

刘云说:"这两天,我看你烦躁不安的,一副忧心忡忡的样子,我心里也不是滋味。跟我说说,还在担心钟晓阳的事吗?"

"我能不担心?他毕竟是我的妹夫呀!我在想,晓阳这家伙这一出事,我的妹妹怎么办?她会急疯的。"

朱仁和靠在床上,眼睛红红的。

刘云也跟着难过起来:"仁和,看着你难过,我也跟着着急。亲连着亲,一人受难,亲人受累。这几天,我知道大家都在为钟晓阳寝食难安。"

听了刘云的话,朱仁和轻轻地一声叹息,他想着钟晓阳这些年来和他们相处的点点滴滴:"其实吧,晓阳这个人还是不错的。他的最大优点就是对我妹好。有时看着他们相亲相爱的样子,我真嫉妒他们。"

刘云说:"他俩是恋人之爱,和你这兄妹之情是两码子的爱,你吃哪门子醋。"

"刘云,你想呵,钟晓阳他这一根筋连着我们几家人,你说我哥和王莉不牵挂?我妹就更不说了。这倒好,我们围着他转。"朱仁和负气地数落着。

刘云说:"其实吧,钟晓阳这个人,优点还是挺多的,他为人忠诚,不怕吃苦,具有新时代创业精神,在情感上专一,对仁男是没话说的。可是,这个男人缺点也不少,性格孤傲,心气太高,说白了是不愿久居人下。"

朱仁和说:"噢?何以见得?"

刘云说:"你想呵,他是童总带出来的,不说童总对他怎么好,起码对他来说,有知遇之恩。集团呢,也是重用他的,那么一摊子基建任务交给了他。不过他也有才干,完成得不错,所以才给他金城国际大酒店代理总经理的重任。按理说,我和你,仁男和他,我们和他们,分明是很不错的亲人关系呀!可他暗中不服气,明里暗里和我攀比,闹情绪,竟然为了一个'代'字跳槽。我看他这山望着那山高,搞什么房地产开发,这不,犯了内行不丢,外行不做的大忌,落得这么一个结局,能怪谁? 只怪他自己。"刘云对钟晓阳剖析得头头是道。

朱仁和耐心地听完刘云这一番诉说,他说:"刘云,看在我和仁男的分上,你能否去做你爸的工作,让你爸出面帮帮他?"

刘云说:"仁和,看你平时一副事不关己,高高挂起的样子,还有这么一副好心肠。"

朱仁和说:"我不说了吗,我是为我妹着想啊! 你可知道,她现在有多伤心。"

刘云说:"其实,事情一出来,我就做我爸爸工作了。关于我爸,你没和他处过,根本不晓得他的做人处事风格,他最恨不拿集团当回事,背叛他的人。本来他对钟晓阳也很器重,就是为了跳槽的事,他气愤至极。加上他原则性强,公私分明,尽管我苦苦哀求,最终说服不了他。这几天,我一下班就回家,纠缠着他,他也急了,说道:'我是董事长不假,可集团是股东们的,我能一人做主? 何况集团内部有严格的制度。人无信不立,我能带头破坏制度,失信于他们? 我看呀,钟晓阳这个人有他的优点,我对他已经是网开一面了。你知道,那50亩土地,本来我们是可以高价卖给一家房企的,后来还是给了他,价格低不说,钱至今还挂在账上。我们也从年轻走过来,我在创业路上比他吃苦多了不知多少倍。他的自负,要他自己付出沉重的代价,仁和,我爸的一番话,说得我哑口无言。我深深知道,集团股东这帮老家伙,对不知天高地厚的年轻人都是同样的看法,平时又把钱看得比命都重,要他们来偿付这3000万,可能吗?"

听刘云这么一说,朱仁和半天说不出话来,他拍着刘云的后背,深深叹口气:"我妹受苦啰!"

"仁和,我有个想法。"刘云说。

朱仁和抓住刘云的手:"快说,把你的想法说给我听听。"

刘云说:"晓阳的事,不能再给你妹添堵了。现在的问题是,他这么一走,他的公司怎么办? 这些员工要吃饭,总得有人过问吧?"

朱仁和说:"你什么意思？我给你说,刘云,这件事你千万不能出头管,搞得不好,要引火烧身的。"

刘云说:"我不是管,你想想看,晓阳这么一走,他底下人怎么办？他们出来打工不容易。现在呢,我委托你去他公司一趟,听说他公司有一个叫陈卓的小伙子不错,你去请他出面维持着,就说他们的老板弄钱去了。员工工资到月发放,这钱呢,我出。你看如何？"

经刘云这么一说,朱仁和彻底醒悟过来:"刘云,真有你的。好,明天一上班,我就去他们公司。"

## 第十九章　不速之客

钟晓阳坐在一处工地门口,看着进进出出的头戴安全帽、身穿劳动服的建筑工人们,心里一片茫然。

记得小的时候,奶奶时常跟他说:"晓阳,你爸是去南方打工了。"现在算来,已经20多年了。

那时,在钟晓阳幼小的心灵里,南方好大好大,他想,父亲到底去哪儿了?后来,他长大了一点,上学了。老师说,我国最早改革开放的城市,是东南沿海一座叫深圳的城市,改革开放短短的十几年里,这座城市已经可以和毗邻的香港媲美。

记得那年春季,童兴荣让他和朱仁男去南方旅游,他的第一目标就锁定了这座城市。

当时出租车司机无意中说,这个城市有一家钟氏集团。就因为一个"钟"字,他瞒着朱仁男,私自探访了这家企业,却一无所获。这次来深圳,他更加寻父心切。第一站就到了位于罗河口岸附近的钟氏集团。

一个50多岁的保安对他说:"我们老板不在,去内地考察了。"

钟晓阳一脸疑虑,记得那次不是这个保安,于是他问:"那要多长时间才能回来?"

保安白了他一眼:"很难说,至少十天半个月吧,或者更长时间。"

钟晓阳无奈之下,买了两包玉溪香烟塞给了保安。保安的态度好多了:"小伙子,你找的钟国庆,我们这确实没有。要不你去下面工程部看看,也许那里有你要找的人。"

保安的话使钟晓阳有了一线希望。几经周折,他来到这个刚开工的小区,在大门前的公示图上,了解到这个小区的规模和概况。

在距离大门最近的主体工程的外脚手架上,8个醒目大字"钟鼎房产,深建承建",证明了这个保安没有糊弄他。

就在钟晓阳东张西望,心里琢磨的当儿,一位青年女子来到他面前。钟晓阳的眼光移到这个姑娘身上,她亭亭玉立,气质不凡,美丽大方。四目相对,钟晓阳羞涩地低下了头。

姑娘开口了:"喂,你是打工,还是找人?"

钟晓阳说:"就算都是吧。"

姑娘哈哈一笑,朗朗的笑声引来了大门旁的保安,姑娘说:"这个人真逗,又是打工,又是找人。你找谁?"

"钟国庆。"钟晓阳不假思索地说。

姑娘看看保安,保安摇摇头,她说:"这我不知道。这样吧,如果你想打工的话,我可以给你通融通融。"

钟晓阳再次看了姑娘一眼,这姑娘说话干脆,一脸诚实,丝毫没有戏弄他的样子。于是他回答:"我,愿意打工。"

"那你跟我走吧。"姑娘说。

走在路上,姑娘问道:"大哥,你叫什么名字,家住哪里,可以告诉我吗?"

钟晓阳想到自己眼下的处境,谨慎地说:"我叫李阳,来自安徽。"

姑娘随口说:"噢,挺亲切的。我叫沈萍,刚留学回来,在这里实习的。"

姑娘的坦诚使钟晓阳轻轻地舒了口气,全身上下放松多了。他说:"谢谢你呀,沈萍同志。"

沈萍哈哈地笑着:"就叫沈萍吧。不瞒你说,我第一眼看你这个人怪顺眼的。我跟你说,到了办公室,你不要说话,由我介绍得了。"

"是的,是的。"钟晓阳喃喃地说。

这是一排用钢塑板搭起来的供临时办公和工人们住宿用的二层小楼,从外表看,倒也干净整洁。顺着人行楼梯上到二楼,办公室宽敞明亮,一个络腮胡子的中年男人坐在桌前,低头看着图纸,见了沈萍,堆出一脸的笑容:"小萍,怎么,这是……"

"我的一位老乡,他来这做工的,您尽量安排他一些轻松活吧。"沈萍用试探的口气说,又转脸对钟晓阳说,"他是吴工长,以后有事直接找他。"

钟晓阳说:"吴工长好,请多关照。"

"叫我吴工吧,后面的'长'字省了。来我这干活,要抱着吃苦耐劳的态度,工地上都是粗活,除非你有专业技术。"吴工长说话直来直去,没有什么弯弯绕。

钟晓阳说:"行,行,只要有活干就行。"

沈萍看着他:"吴工,那他住哪?"

吴工说:"就住这吧,晚上打地铺,白天把行李放到隔壁储藏室就行了,吃饭在楼下大食堂。"

第二天下班后,沈萍还留在办公室整理资料,看见灰头土脸的钟晓阳疲惫不堪的样子,她说:"李阳,快去下边冲把澡,我带你去吃饭。"

钟晓阳感激地看着沈萍,说:"谢谢你,我还是去大食堂吧。"

沈萍说:"这不,见外了不是?算我请客。"

在工地附近一家安徽人开的土菜馆里,吃饭的人不少,他们在靠窗边的一个卡座里坐了下来。

一会儿,饭菜上来了,钟晓阳也不客气,像饿狼一样,大吃大喝起来,全然不顾自己的形象。

几天来,他确确实实没吃上一顿好饭,更别说大餐了。

沈萍平静地坐在饭桌前,看着他狼吞虎咽一番。过了一会儿,她说:"李阳,这苦力活,滋味不好受吧。"

钟晓阳红着脸,这才意识到刚才形象不雅。他说:"累是累了点,可我能挺得住。你放心,我不会让你丢人的。"

"我不是这个意思,听代班班长说,你今天扛了几十包水泥,还要上到二楼,也够你受的。"

钟晓阳说:"那不是因为塔吊出了故障嘛!没问题,明天接着干。"

"明天你不用下工地了,我跟吴工说好了,留在办公室帮我整理资料吧。"沈萍说。

听了沈萍的话,钟晓阳表面平静,心里乐开了花。他说:"谢谢你,沈萍,你说的这差事,也许我干得不比你差。"

沈萍半开玩笑半认真地说:"我是大学建筑系毕业,在国外大学深造过,你……不比我差?"

钟晓阳认真地说:"我说的是实话,不瞒你说,我进修过这方面的专业知识,而且亲手负责过两栋高层建筑的基建任务。"

"那你怎么落魄到如此地步,来工地做苦工?"

钟晓阳说:"其实我来这,一边打工,一边找人,我记得给你说过的。"

沈萍顿了一下:"噢,我似乎听你说过的,找谁呀?"

"是我离别了20多年的父亲,那时,他跟我奶奶说,他到南方打工挣钱,一去就杳无音讯。"提起父亲,钟晓阳痛苦得眼泪都要出来了。

看钟晓阳伤心的样子,沈萍说:"对不起呀,李阳,我叫你伤心了。不说这个了,你先安顿下来,再从长计议。"

钟晓阳用手抹了一把眼泪:"谢谢,我会的。"

就这样,钟晓阳在工地办公室正式坐班了,和沈萍整天在一起,他们的关系更亲近了。

这天下班时间,沈萍说:"李阳,我们一起吃个饭,行吗?我请客。"

钟晓阳说:"应该是我请你,我还没谢谢你呢。"

沈萍想了想:"这样吧,我带你去我家里吃饭。"

钟晓阳推辞道:"那就更不好意思了。"

"不要紧的,我妈很和善的,她会欢迎你的。"沈萍高兴地劝道。

钟晓阳问:"那你爸呢?"

"我爸常年不在家,不是飞国外,就是在国内各地调研、考察。"

"那他的工作是什么?"

"去吧,去吧。你这是查我们家的户口呀?以后我会告诉你的。"沈萍拉住钟晓阳的手臂,高兴地说。

深圳九龙区一处高档别墅区,离小区大门不远处的一栋三层小楼就是沈萍的家。这里闹中取静,环境优雅,小区内绿树成荫,人工湖碧水荡漾。

一进大厅,一个50多岁的阿姨笑容可掬地迎了过来:"小萍,今天这么早就回家了。你妈在楼上,你们先坐着,我去泡杯茶。"说着转身走了。

沈萍说:"李阳,她是我家保姆,人很好的,她在我们家待了十几年了。"

就在这时,一个风姿绰约的中年妇人,顺着宽阔的木制楼梯款款而下,正是沈萍的妈妈。

她和蔼地说:"小萍,你带客人回来,也不打个电话给妈说一声。"

沈萍走过去拉着她妈的手说:"他是我的同事李阳,今天下了班,是我要他来我们家的。"

"你不说,我还以为你刚实习就交上男朋友了呢。"

"妈,不是你想的那样,我们只是工作上的好朋友。"

饭桌上,钟晓阳端起酒杯恭敬地站起来说:"阿姨,我来得匆促了,没带礼物给您,失敬了。"

沈萍的妈妈沈君茹一副温厚的样子,她笑着看看钟晓阳,使他一颗悬着的心平静了下来。

沈君茹和蔼地说:"你是小萍的同事,没有那么多客套,再说我们家什么也不缺。坐下吧,我们喝酒。"

沈君茹在市设计院工作,是国家一级设计师。沈萍随她姓。

饭桌上,沈君茹不时地看看钟晓阳,这小伙子看来很顺眼,眉清目秀,是标准的男子汉,说话彬彬有礼。

沈君茹高兴地对他说:"你叫李阳吧,不错,不错。"

沈萍见母亲高兴,跟着夸道:"妈,李阳不是一般的打工者,这几天我看出来了,他精通图纸、工程预决算,很得吴工的赏识。"

沈君茹笑着说:"李阳,小萍还是个实习生,你要多关照、帮助她。"

钟晓阳说:"阿姨,沈萍很优秀,是她在处处关照我,我一个外地人,初来乍到的,什么都靠着她。"

"好,这样就好,也是应该的,天涯谁人无难处?这以后你们要好好相处。"沈君茹说。

钟晓阳说:"谢谢阿姨,谢谢沈萍。"

沈君茹忽然问道:"李阳,你父母好吗?家人都好吗?"

提起家人和父母,钟晓阳有些尴尬,他苦着脸支吾着:"他们都很……"

一旁的沈萍看到钟晓阳的脸色窘迫,一副有难言之隐的样子,她端起酒杯:"妈,女儿敬您这杯酒,感谢妈关心我。"

沈君茹喝了酒,转脸看看钟晓阳,正要继续刚才的话题,沈萍说话了:"妈,一见面就问这问那,查户口呀!"

沈君茹见钟晓阳脸都红了,说:"好,好,小萍,妈不问了。可下回来,李阳,我真要查户口了。"

吃过晚饭,钟晓阳起身告别,他说:"阿姨,谢谢您,打扰您了。"

沈君茹忙说:"不打扰,让小萍送送你。"

时间过得真快,转眼钟晓阳来深圳已经20多天了。工作舒适,身边又有一个百灵鸟一样的女孩相伴,他慢慢地排除了心里的烦恼,平静下来了。

这天下班前,吴工将一份工程决算单交给他,要他第二天上午前一定赶出来。他一直忙到凌晨2点,总算完成了。

第二天午饭后,他趴在桌上打盹,不一会就睡着了,睡得很沉。就在这时,桌上的手机直打转,原来他把手机设成了振动模式。

邻桌的沈萍见他没有反应,顺手拿起手机,来电显示:朱仁男。她好奇地接通,问道:"哪位?"

对方说:"你是哪位?我找钟晓阳,他的手机怎么在你手里?请他接电话。"

"钟晓阳?他叫李阳。"说完,沈萍将钟晓阳弄醒,"李阳,她说找钟晓阳。"

钟晓阳接过电话,对方已挂了机。于是他拨了回去,只听手机里传来嘟嘟声,再后来,就彻底没了声音。此后一连两天,他都拨不通朱仁男的手机号。钟晓阳想,或许她误会了自己,或许另有原因,他的心里一片茫然。

自从那通电话之后,朱仁男一连几个晚上睡不着觉,白天坐在办公室里也精神恍惚,好像失去了生命中最重要的东西,整个人很快瘦了下来。朱仁海看到她惊问:"妹妹,你怎么瘦得好像不是你了?"

朱仁男可怜兮兮地说:"哥,你来啦!"话音未落,她抱住朱仁海泣不成声。

朱仁男病了,她身边的亲人轮流来看望她,好说歹说劝她想开点。

这天朱仁和和刘云又来看她,她的精神似乎好多了。朱仁和明白,妹妹的病缘于钟晓阳的出走,他相信,时间会疗治她的创伤。

刘云说:"妹妹,我想,你还是去医院看看,如果真的病了,一定及时看医生。身体是事业的本钱,你还有一大摊子事。相信姐的话,公司的事姐抽时间帮你料理。"

听了刘云的话,朱仁男啜泣着说:"二哥、姐,我只是心里难受!"

其实,朱仁男身体上没病,她只是心病。自从接了那个女人的电话,听到那女人在电话里亲热地喊李阳接电话,朱仁男觉得他们之间一定有故事。几天来,痛苦和气恼一直折磨着她。

刘云看着她可怜兮兮的样子,既难过又感慨。她想,再强势的女人,都过不了感情这一关,朱仁男也是。

见朱仁和和刘云为她难过,朱仁男停止了哭泣,对他们说:"二哥、姐,我想去找他。"

刘云说:"我的傻妹妹,人海茫茫,你去哪找他?他一个大男人,不会怎样的。"

朱仁男说:"雁过留声,人过留影,我就是找到天涯海角,也要把他找回来。"

刘云说:"既知今日,何必当初?他又没犯法,只是资金运作上出了问题,当初压根就不该让他走。"

朱仁和说:"事情既然到了这步,谁也不要怨谁。但妹妹,你这种情况,我们可不放心你出去。"

可朱仁男的决心已定,刘云知道,这倔强的妹妹做出了决定,九头牛也拉不回来。

刘云说:"仁和,就让她去吧,就她目前的状况,让她出去,要是找不到,也就死心了。"

朱仁和说:"那她公司的事……"

刘云胸有成竹地说:"没问题。我是这么打算的:你呢,抽点时间,去晓阳的公司过问一下,好歹他公司现在处于半停业状态。把小陈抽出来,陪同妹妹一道去,两个人在外,遇事也好商量。小陈是个不错的小伙子,我们应该相信他。至于她公司里的事,我抽点时间去料理,不管怎么说,我还是公司的股东,我去,她也放心。"

听了刘云一番话,朱仁男感动得热泪盈眶,她连连点头说:"谢谢二哥、姐。"说后,深深地给他们弯腰施礼。

刘云动情地说道:"傻妹妹,自家人谢什么谢?此番你安心外出,找到他,发现他做了对不起你的事,随时打电话回来告诉我们,看不扒了他的皮。"

就在朱仁男决定南下的时候,王明拨通了钟晓阳的电话,兴奋地说:"告诉你一个好消息,你没事了,回来吧!"

"王明,你把情况说清楚。"钟晓阳说。

王明说:"关于你公司欠群众钱的事,地方政府做了大量工作。你们不是空壳公司,还有项目在,那50亩地是实实在在的。政府也做了工作,全体债权人变为股东,高利息也不存在了。大家共同打造这个项目,利益共享,风险共担。所以你回来后,还要精心经营这个项目。"

钟晓阳高兴地说:"太好了,太好了。我这就打点行装,马上回来。"

就在钟晓阳踏上回家之路时,朱仁男和小陈已登上了南下的和谐号动车。

几经周折,他们终于找到了钟晓阳打工的工地,沈萍接待了他们。

沈萍说:"你们来这找谁?"

朱仁男说:"晓阳,钟晓阳。"

当朱仁男详细描述了钟晓阳的外貌特征后,沈萍说:"啊,我知道了。不过他叫李阳,人已经走了。"

朱仁男着急地问:"他什么时候走的?"

"前天夜里,他将行李什么的全部带走了。他对保安说,临时有事,匆匆忙忙地走了。"

朱仁男更加着急:"他会去什么地方?你知道吗?"

沈萍没好气地说:"我哪知道?我还问你呢。这个人是偷跑的,彻头彻尾的一个江湖骗子。"

朱仁男听沈萍说话的声音,认出这就是前天接她电话的女人,这女人年轻漂亮,足以倾倒很多男人。看情况,他们还没到那么火热的程度。

沈萍忽然想起了什么,说:"你就是那天打他电话的那个女人吧?你和他是什么关系?"

"我是他老婆,找他不行吗?"

"谁说不行了?快走吧,这里不欢迎你。"

见此情景,一旁的小陈连连劝道:"朱总,我们走吧,人既然不在这,别浪费时间了。"

朱仁男和小陈还没出办公室门,沈萍把她桌上的东西全部扫到地上,余怒未消地说:"简直莫名其妙,都是骗子。"

走到门外的小陈折了回来,对沈萍说:"小妹妹,我们可没得罪你,发什么火呀?"

"谁是你小妹妹？我小吗？都大学毕业了。快滚,快滚。真倒霉,今天真是起得早了,遇到了鬼。"

朱仁男气不打一处来,她强忍着一腔怒火,对沈萍说:"请你说话文明点,还是什么大学生呢。谁是鬼了？这世上只有那些不讲理的人才是鬼。"

正在这时,吴工走了进来,见此情景,他连劝带拉,将朱仁男和小陈劝了出去。

刚出工地大门,朱仁男的手机响了,是刘云打的。刘云说:"仁男妹,刚刚听王明说,晓阳正在回家的途中,赶快回来吧。"

## 第二十章 爱的苦涩

钟晓阳挤出所剩无几的力量,搂住朱仁男,感受着对方的体温。朱仁男温顺地躺在他的怀里,眼里噙着激动的泪水,喃喃地说:"我们终于团聚了,晓阳,你可知道,这些天我是如何过来的?"

"我知道,这相思之苦最折磨人,仁男,你受苦了。"钟晓阳将她柔软的身子抱得更紧了,怜惜地说。

朱仁男说:"我还怕你乐不思蜀不回来了。"

"公司没事了,我能不回来?仁男,你多心了。"

"我看那个叫沈萍的,就不是个良善之辈。"

钟晓阳说:"你们见面了?"

"何止见面?我们还吵了一架。这丫头真厉害,真气死我了。"朱仁男一想起那个叫沈萍的,一副高高在上、得理不饶人的样子,就气不打一处来。

钟晓阳揶揄地说:"亏你还是领导几千人的大企业家,这么小肚鸡肠。就因为一个女人接了你的电话,千里迢迢地跑去跟人家吵架,不掉价吗?"

"我掉什么价?这些年来,我对你一往情深,你不知道吗?还挖苦我!我问你,你的良心哪去了!"说着,朱仁男翻过身来,伸出手狠劲地在钟晓阳的胸脯上拧了一把,痛得他嗷嗷直叫。

"你真狠心呀,疼死我了。"

朱仁男笑了:"我就叫你长长记性,下回还敢见异思迁?"

钟晓阳一本正经地说:"又是乐不思蜀,又是见异思迁,哪这么小家子气?你责怪我可以,可别冤枉了人家。要不是她,我不定还在哪里流浪呢,你去哪里找我呀!"

朱仁男笑着说:"是我的不对,算我错怪了你,现在就给你一个奖励。"说着,她一下子抱住他,献上一个热烈的长长的吻。

傍晚的时候,他们去看望了奶奶。一进门,奶奶高兴地拉住钟晓阳的手,说:"快让奶奶看看,这么长时间了,国外的生活习惯吧?噢,没变,还是我原来的大孙子。"

钟晓阳将大包小包的东西放在桌上,说:"奶奶,这是孙子孝敬您的。"

奶奶笑吟吟地摸着这些土特产品,高兴地说:"好,好,我孙儿就会疼奶奶。明英,放橱柜吧。"

李明英走了过来,说:"晓阳、仁男,你们俩跟奶奶说说话,我去安排晚饭。"

奶奶说:"晓阳,去打个电话给王明,要他和小妹回家,一家人一块聚聚。"

钟晓阳看着奶奶高兴,赶紧说:"好,好,奶奶,我这就去。"

王明一进门,就冲着钟晓阳说:"你这家伙,总算回来了。外面的生活不好过吧?"

钟晓阳怕王明说漏了嘴,赶忙伸出手指放在嘴边嘘了一声,示意他不要让奶奶看出破绽。

一家人欢欢喜喜吃着饭,奶奶不时地给钟晓阳搛菜,嘴里唠叨着:"还是我们中国好,外国的汉堡呀,肯什么鸡呀,我孙子肯定吃不惯。"

牛小妹笑着说:"奶奶,是肯德基,奶奶您就偏心,就您孙子好。"

奶奶搛了一块红烧肉放到小妹碗里,说:"好,给我孙女也来一块。奶奶我不是偏心,他不是才从国外考察回来嘛,你说是吧,王明?"

王明连忙接过话来:"奶奶说得对。"

一直没说话的朱仁男,搛了一只鸡腿放到奶奶碗里,说:"奶奶,您也吃,不要光顾着我们呀!"

奶奶笑着说:"还是我孙媳妇贤惠。"

一家人沉浸在天伦之乐之中。

吃过饭,各人都回到了自己的小家。

钟晓阳、朱仁男一觉睡到第二天日上三竿,他们沉浸在小别胜新婚的欢悦中,朱仁男忘记了公司里还有一大堆事情等她去处理。

钟晓阳像想起什么似的说:"仁男,听王明说,我们公司的欠债风波,政府出面调解,暂时平息了,我得回公司看看是怎么回事。"

朱仁男说:"我们都刚回来,手头上的事有的是时间处理,不在乎这一天两天的。"

钟晓阳说:"既然这样,今天哪也不去,谁也不见,就我们俩过二人世界。"

朱仁男说:"那当然好。我算是想明白了,这么多年,两人在一起,却不晓得珍惜。每天,眼一睁,就想着工作、工作,其他一切都忘了。这一次我们小别,我才知道,感情这东西比一切都重要。你说是吧,晓阳?"

"我也才知道,思念一个人是多么痛苦。"

朱仁男说:"这叫相思之苦。其实,人在最痛苦的时候,亲人是很重要的。"这些天来,大哥、二哥、王莉、刘云姐和小妹,轮番守着自己,他们也跟着她苦,想到这,朱仁男流下了伤心的泪水。

两人说着话,眼看到了中饭时间,朱仁男说:"晓阳,你现在安分地待着,今天我要亲自下厨,好好犒赏你。"

朱仁男系起围裙,钟晓阳脱口称赞:"老婆,你不但美,还这么贤惠,上得厅堂,下得厨房。"

朱仁男白了他一眼,嫣然一笑:"你才发现啊。"

钟晓阳讨好地说:"今天,你也给我一个立功的机会,让我来,尝尝我的厨艺。"

朱仁男说:"不要添乱了,碍手碍脚的。你要是真闲得慌,看电视去吧!"

钟晓阳心不在焉地看着电视,忽然,屏幕上一则新闻吸引了他的眼球,他不觉大叫一声:"仁男,快来看,这不是市里一位著名企业家千里寻父吗?"

朱仁男走了过来,电视镜头已过去了,她不屑地说:"这有什么奇怪的?中央电视台《等着我》节目连续放了多少次,无数失散的亲人都团聚了。"说后,她转身去了厨房。

这个短短的镜头,唤起了钟晓阳对父亲的思念。两次南方之行,不正是他千里寻父的写照吗? 自己和这位企业家一比,真是自愧不如。

钟晓阳哭了,朱仁男忽然出现在他眼前,她说:"晓阳,别难过了,我们吃饭吧。"

钟晓阳这才抬起头,见朱仁男眼睛红红的,知道她默默地陪着他难过,站在他身边多时了。

"晓阳,吃饭吧。"她又说。

桌上几样都是钟晓阳爱吃的菜,他的心很快地平静了下来,说:"仁男,你辛苦了。"

"我辛苦是应该的,我平时只顾忙工作,怠慢了你。"说着她开了一瓶葡萄酒,"今天,这瓶酒,我俩二一添作五,喝了它。"

"好,好,我来吧!"说着,钟晓阳夺过酒瓶,满满地斟了两杯,"仁男,今天,我俩一醉方休。"

朱仁男端起杯子,说:"晓阳,这杯酒我敬你,就算我冤枉了你,给你赔个不是,我先干为敬。"

钟晓阳感动地说:"是我连累了你,还叫你千里寻我。我喝,我喝。"他一口干掉杯中酒,亮起了杯底。

朱仁男笑了,她高兴地说:"连累也是应该的,谁叫我们是夫妻呢!你千里寻父,负债在身,流浪天涯,你才受苦受累了。"

此时此刻,朱仁男想到了自己的父母。多少年了,她和哥哥在外打拼,很长时间没回家,太对不起二老了。想到这,她的眼睛又一次红了,泪水潸然而下。钟晓阳默默地抽出纸巾递给她:"仁男,都是我的不是,让你伤心了。"

朱仁男抹了一把眼泪,苦笑着说:"没事,一切都会好的。"

钟晓阳说:"这就对了,现在吃饭,不谈事。"

朱仁男点头:"好的。"

两人对酌,不觉一瓶葡萄酒喝干了。钟晓阳见她脸红红的,显得有些醉意,关切地问:"怎么样?"

朱仁男眨着美丽的眼睛:"没事的,这酒度数低,不醉人。"

"你去休息吧,桌上的餐具我来收拾。"钟晓阳说。

朱仁男推开他,执意不肯:"你去躺一躺,解解酒,这里有我。"

饭后躺在床上,二人家里家外地聊着。朱仁男忽然问道:"晓阳,这么多年了,你多次提到你父亲,对你母亲只轻描淡写地说离婚去了国外,一点思念之情都没有。怎么回事啊?"

钟晓阳沉默了好一会儿,陡然一阵心酸,眼里溢出了泪水,轻轻地叹口气:"一言难尽呀!仁男,按理说父母之间的事,轮不到我们做小辈的妄议,可说到他们,我有一肚子苦水。"

"说说嘛,把苦水倒出来,心里会好受的。"朱仁男说。

钟晓阳还在犹豫着:"我一直犹豫,这毕竟是我父母间的事,说出来,我的脸上无光。"

朱仁男劝道:"晓阳,你多虑了,你的父母也是我的父母呀,再不光彩,对别人不说,对我可丝毫不能隐瞒。"

看着朱仁男那迫切的样子,钟晓阳的心有些松动,他紧蹙的眉头慢慢舒展开来,终于说出父母间的一段隐情。

25年前,钟晓阳才5岁,还不到上学的年龄。那时农村还很穷,没有幼儿园,这个年龄段的孩子整天除了吃,就是玩。

这年农闲季节,一天,父亲照例去乡里的轮窑厂做临时工,奶奶挑了一担菜赶集去了,家里就剩下他们母子俩。母亲是个很漂亮的女人,眼睛大大的、水汪汪的,很好看。钟晓阳打小就很有心,他怕妈妈寂寞,经常围在她身边,陪她说话。可那天妈妈好像不喜欢他老是缠着她问这问那的,她说:"晓阳,你别烦我,自己玩去吧!"一向温顺的钟晓阳很听妈妈的话,于是高高兴兴地找他的小伙伴去了。

跑到村东头一片小树林,他忽然想起,自己忘了带上父亲为他做的小弹弓。为做这个小弹弓,父亲花了整整两个晚上。他对这弹弓爱不释手,时不时地拿着它,在这片小树林里打麻雀。

他折回家,一头闯进房里,眼前的一幕使他惊呆了:一个高大的男人紧紧地搂着妈妈亲嘴。妈妈的背朝着他,听到动静,猛然推开了那个男人。

事后,妈妈拥着他,问:"晓阳,你刚才看到了什么吗?"

钟晓阳眨着眼睛:"没有啊,我只看到你们说话呢。妈妈,他是谁呀?"

妈妈红着脸说:"你说这个叔叔吧,他是你爸爸的好朋友,我们都是中学同学,他是来找你爸的。"

"可我爸是在厂里呀。"晓阳说。

妈妈说:"他怎么知道呢?晓阳,跟你爸不说他,好吗?"

钟晓阳不解地看着妈妈,但还是点了点头:"我不说。"

妈妈说:"这就对了。把你的小弹弓拿去,打几只小鸟回来,妈给你做好吃的。"

5岁的钟晓阳朦朦胧胧地知道男女之间的一些事了。此刻他心里滋生出一股莫名的难受，他想妈妈一定瞒着爸爸，做出了一些不光彩的事。

不知从什么时候起，爸妈开始吵架了。直到有一天，爸爸不见了，妈妈也不见回家。

奶奶对他说："你爸去外地打工了，你妈妈在城里给人家当保姆，和东家去了国外。"

从此，奶奶将钟晓阳一手拉扯大……

讲到伤心处，钟晓阳哭了。

见钟晓阳如此伤心，朱仁男一阵心酸，她劝道："晓阳，其实，各家都有一本难念的经，从今往后，这些不愉快的往事，把它们一包袱打起来，不说了，好吧？"

说了这么多，一直憋在心里这么多年的难言之隐吐了出来，钟晓阳的心平静了下来，慢慢地合上了眼睛。

朱仁男披着外套，站在窗前，打开窗户，凝视着这座繁华的、朝气蓬勃的城市。一阵从大湖上空吹来的和煦南风，使她心潮澎湃，浮想联翩。在她看来，家事是小，事业唯大，她想到了公司下一步的发展，而此时的钟晓阳其实也没有睡着，他在盘算着，明天一早就去公司。

## 第二十一章　新来保安

　　早晨8点不到,众诚国际大酒店的大门口,上班的员工们地从边门鱼贯而入,小轿车随着栏杆的升降有序地驶入。花甲之年的沈师傅坐在保安室里专心致志地操控着闸门,眼睛盯着过往车辆。

　　8点整,一辆宝马650豪华轿车戛然停在闸门外,胖墩墩、30岁出头的司机将车窗玻璃摇了下来,冲着保安室大呼小叫:"保安,保安,快将栏杆放开。"

　　沈师傅是一个星期前招聘过来的,由于初来乍到,对工作还不太熟悉,小心翼翼地守住大门,生怕出了差错。他从岗亭走了出来,手里拿着小本子、圆珠笔,见胖司机一副趾高气扬的模样,估计这家伙有点来头,于是谦恭地说:"您好,请登记一下。"

　　"登什么记,你的眼睛有毛病呀!"胖司机不屑地说。

　　沈师傅笑着说:"这是公司的规矩,也是我的职责,请理解。"

　　"理解个屁,睁开眼睛看看,这个车牌不认识吗?"

　　沈师傅看了一下车牌号:XA08888,他还是坚持说:"稍等,我马上登记,就好,就好。"尽管胖司机的话不太礼貌,瞪着眼睛,沈师傅想想还是忍了。

　　胖司机发动车子就往栏杆上冲,沈师傅一个箭步拦住了车头。这下可激怒了胖司机,他怒气冲冲地打开车门,走下车来,嘴里哼哼唧唧地骂道:"我叫你长长记性。"说着,用手推搡沈师傅。

　　沈师傅本能地用手挡一下,这下可摸了老虎屁股。胖司机骂道:"老东西,你竟然敢还手?尝尝老子的厉害。"于是他举起右手,向沈师傅兜头劈了下来。

　　沈师傅不慌不忙,轻松地托起他的胳臂,一个反手,就将胖司机控制住了。胖司机嗷嗷直叫:"你这老东西,这么横,再不放手,我叫你待不到明天。"

吵闹声惊动了周围的人们,大家好奇地围上来看热闹。有认得胖司机的,七嘴八舌、幸灾乐祸地议论着。

这时,40岁左右的保安队长刘兴发走了过来问:"老沈,这是怎么回事?放手,放手。"

"队长,这个司机太不讲理了,还动手打人。"沈师傅说。

刘队长说:"放行,事后我给你解释。"

沈师傅很不情愿,碍于刘队长的面子,还是照办了。胖司机昂头挺胸,余怒未消地说:"老家伙,你等着,这件事没完。"说完,将车子开了进去。

刘队长进了保安室,沈师傅一副心安理得的样子,就像刚才的一幕没发生一样。他笑着打招呼:"刘队长请坐。"

刘队长说:"老沈,看这事弄的,你倒像没事人似的,我可能不好处理了。你是我一手招进来的,弄不好,他们会怪罪我的。唉!也怪我事前没给你交代清楚,你知道他是谁吗?"

沈师傅说:"我管他是谁呢,我当我的保安,照章办事,对公司负责,他就是天王老子,我也不怕。"

"这你就欠考虑了,你要知道,人在屋檐下,不得不低头。虽然保安这行以'认真'二字最为重要,但有时也要睁只眼闭只眼,不然哪一天被解雇了还不知道为何。因为,你弄不清坐在车里的是哪路大神。"

沈师傅说:"我管他是哪路神仙,一个小小驾驶员就这么嚣张跋扈,早晚有一天是要出事的。"

"亏你说得出,我看你这是站着说大话不觉得腰疼。我们是什么?不就是看大门的!老沈,今天这事就算了。要是再有下次,我这队长怕是也得下岗。"

"刘队长,你可不能这么说,人人平等,这是我们社会的基本准则。看大门怎么啦?我们凭劳力吃饭。再说哪方黄土不能养活人?你要是下岗了,我去要饭养活你。"

刘队长的脸拉得更长了,他说:"你真不知道自己几斤几两,要不是我收留你,说不定你真的在大街上要饭呢!"

沈师傅见刘队长真的生气了,心里更加不服气,但想想,还是忍了。

事隔三天,也是早上上班时间,那辆宝马650轿车停在大门右侧的人行道上,胖司机走下车,身后跟着两个彪形大汉。沈师傅的手里拿着一个小本,依然在给进入车辆登记。胖司机不管三七二十一,将他手上的小本打落,回头对两个大汉说:"给我教训教训他。"

一个伙劈胸就给沈师傅两拳,另一个家伙重重地往沈师傅脸上扇了一巴掌。沈师傅下意识地用手捂住嘴巴,一股鲜血从他手指缝里流了出来。正是上班时间,一群年轻人围了上来,有人打抱不平地说:"你怎么打人?赶快报警。"

有认得胖司机的小声嘀咕:"报警?有用吗?你知道他是谁?"

人们七嘴八舌地议论不止。这时,人群中一个中年妇女站了出来,她神色不快地冲胖司机说:"二虎,谁叫你在这闹事?还不滚一边去。"

这个叫二虎的胖司机看清了来人,连忙弯腰打哈哈,说:"没闹事,童总。是他先动的手。"

"不要胡扯,要办事就进去,没事办给我滚。"

二虎说:"是,是,童总,我们这就走。"说着他冲两个大汉摆了摆头。

童兴荣对看热闹的人们说:"大家散了,上班去吧!"

刘队长来到童兴荣面前小声对她叽咕了几句,童兴荣说:"不管怎么说,他在公司上一天班,也是我们的员工。现在我要你带他去医院。"

刘队长赶忙说:"是,是,童总,我这就带他去。"

众诚国际大酒店主楼后院的一排平房,是公司后勤人员的宿舍,沈师傅就住在东头第二间。

已经是凌晨2点了,沈师傅躺在床上,辗转反侧。白日里身体受到的打击,他能忍受,毕竟是皮外伤,去医院看了医生,吃点药,没有什么大不了的;但人格上的侮辱,他实难接受。他想想自己重任在身,也就隐忍了,慢慢地合上了眼睛。

10天前,沈师傅乘公交车,来到了大湖岸边。阔别家乡25载,他终于回到了故土。

这里的一切已物是人非,土地还是那土地,但村庄里的小平房都不见了,代之一栋栋别墅,宽阔的柏油路贯穿其间。他信步来到一个公园转了一圈,亭子里几位老人在高歌,二胡声飘荡在公园上空。还有几位老者围着石桌打牌,边上有几个闲人观看,不时发出喝彩声。

沈师傅看了一会儿,向一群跳广场舞的老太太走去。他想看看其中是否有熟悉的面孔,可是一个也没有。中午时分,他没精打采地在河边一张石凳上坐下,身边坐着一位像是退了休的老人,于是他问那老人道:"您好,您对这里的情况了解吗?"

老人看看他:"我呀,退休有10年了,我的祖籍在这,但我出生在老城,在城里工作40年,现在告老还乡了。这里空气好,环境优美,适合养老。十几年前这里还是一片农田农舍,现在全拆迁了,都住上了高楼。"

老人看沈师傅一副认真打探的样子,接着补充道:"这里原本是河西县钟坎村,现在是金城河滨区阳光街道东苑社区。你要打听人或什么的,去那边社区问问看。"说着,他指了指附近的两层小楼。

沈师傅又找到了东苑社区居委会,办公室里一位年轻人告诉他:"你说的葛泽芳老人,我不知道,关于钟晓阳,我知道他的工作地点,我告诉你地址,你可以去那问问。"

沈师傅来众诚国际大酒店应聘,刘队长接纳了他,让他当了一名保安。

第二天早上,沈师傅照例来到保安室。一进门,刘队长就对他说:"老沈,童总请你去她办公室一趟,她有话给你说。"

沈师傅说:"好的,那我的班……"

"你去吧,我给你顶着。"刘队长向他打着手势。

沈师傅心里暗暗高兴,他说:"谢谢队长。"

童兴荣的办公室宽大气派,坐在老板桌前的童兴荣,见沈师傅平静地坐在真皮沙发上,一副自在的样子。童兴荣亲自为他泡了一杯茶,礼貌地放在茶几上。沈师傅欠了欠身子说:"谢谢童总。"

童兴荣开门见山地说:"听说你四处打听钟晓阳的情况,你是他什么人?"

沈师傅谦恭地说:"我是他一个远房亲戚,我找他是请他帮我安排一份工作。"

"现在不是有了吗?保安工作对于你合适吗?"童兴荣说。

"还行,是刘兴发队长看我穷困潦倒,照顾我的。"

童兴荣问道:"你今年多大年纪了?"

"差一年就整60了,花甲之龄,不中用了。"沈师傅说。

"不老,这个年龄,当一名保安还是合适的。"

沈师傅说:"谢谢童总这么抬举我。"

童兴荣呷了一口茶,双眼炯炯地看着他:"你问的钟晓阳,不管你和他什么关系,我可以告诉你,他混得不好。现在他是泥菩萨过河,自身难保。"

沈师傅长嘘了一口气:"只要有他的下落就好。他混得好坏,我也不指望他。"

童兴荣简单地叙说了钟晓阳这些年来在公司的工作情况,接着她摇摇头,说:"这人呀,都会变的。跟你实话实说吧!他在我身边工作了十几年,我又送他去大学深造。本来他的工作不错,升到公司副总,可他的心太高,想自立门户,组建自己的房地产公司,我还借给他500万。可后来他的资金链断了,高利息融资3000万元,利滚利,终于顶不住了。"

沈师傅沉吟着,但神色并不紧张,就像这个亲戚对于他无足轻重。他小声叽咕着:"欠债而已,总能还上的。"

童兴荣倒是很着急:"你不是他的至亲,当然不关心,你来找他纯粹是找好处的。你知道吗?这些借债人闹到了市政府,有的还动用了黑社会、讨债公司。"

沈师傅说:"他们再闹,与你也毫无关系。"

童兴荣深深地叹口气:"我倒无所谓,可惜这孩子,不管怎么说,是我把他一手带来的,看到这状况,我心疼啊!"

沈师傅说:"不管怎么说,我也是他的一个亲戚,我替他谢谢你呀!那他现在一无所有?"

童兴荣随口说:"幸好,他的公司还在,公司名下还有50亩土地。"

沈师傅松了一口气:"这就好,这就好。听说他有个奶奶还健在?"

童兴荣说:"他在我公司当副总时,把他的奶奶接进城里,先前住在我的一套房子里,后来他手头渐渐宽裕了,按揭买了一套三居室,就在河滨新区,他奶奶搬过去住了。具体情况,我没去过,就不知道了。我能跟你说的也就这些了。"

沈师傅站了起来,说:"谢谢童总跟我说这么多。"

沈师傅告辞,转身走出门的那一刻,童兴荣看着那高大挺拔的背影,陡然一个念头在大脑里出现:"这不是活脱脱的钟晓阳吗?"她闭上眼睛慢慢地回忆着,钟晓阳曾告诉过她,他的母亲跟人去了国外,父亲在他几岁的时候离开家乡,至今杳无音讯。难道这人就是他的父亲?

童兴荣猜得不错,这个沈师傅正是钟晓阳的父亲钟国庆。

晚上,钟国庆躺在单人床上,翻来覆去睡不着。童兴荣的话引起了他对老母亲的思念,眼泪顺着他的腮边落在枕头上。这一走就20多年了,开始几年,他全靠打苦工度日,经常饥一顿饱一顿的,每逢过年,他也想回家,可是连路费都凑不齐。后来情况好转,他有了自己的事业,整天忙得焦头烂额,连回家的时间都没有。就这样一拖再拖,过去了这么多年。

尽管有这么多苦衷,但作为一个上有老母、下有儿子的人,他纵有千条理由,都是一个不孝之人。自己身在南方发达城市,现代化的航空、高铁使得万里江山一日还,再忙再累,也不应该至今不回去一趟。"你的良心叫狗吃了!"钟国庆这样痛苦地想着。

一夜无眠的钟国庆天没亮就起床了。他跟跟跄跄地来到值班室,队长刘兴发正在窗口,见他没精打采的样子,问:"老沈,你怎么这么早就来了?"

钟国庆说:"刘队长,我今天想请个假,有些家务事要处理。"

刘兴发看他这样子,说:"好吧,上午的班,我顶着。下午可得赶回来啊,我等着你接班。"

"一定,一定,谢谢你,刘队长。"钟国庆感激地说。

河滨区万盛逍遥小区二栋306室,钟晓阳家客厅里,钟国庆双膝跪地,双手抱住葛老太膝头,声泪俱下地说:"妈,儿子不孝,儿子给您叩头了。"

葛老太神情恍惚地看着眼前的儿子:"国庆,真的是你吗?我这不是做梦吧!"

钟国庆边哭边说:"妈,我真的是您儿子国庆啊,您看我这胳臂,蝴蝶疤还在,您老看看,没变、没变呀!"

葛老太用手摸摸疤痕:"没变、没变,是我儿子。儿子,妈问你,这些年你哪去了?"

"一言难尽呀!待会儿,儿子慢慢地从头道来。"钟国庆说。

葛老太拍拍旁边的沙发:"儿子,坐这,跟妈好好说说话。"

钟国庆挨着她坐下,捧住她的手说:"妈,儿子惭愧呀,上对不住您老人家,下对不住儿子晓阳。"

葛老太抹着眼泪:"回来就好,我儿子老了,身体还这么结实,见着你,妈多少年提着的心总算放下了。"

李明英走了过来,说:"国庆大哥,还记得我吗?"

"你……你是牛津渡大魁的媳妇李……"钟国庆回想着。

"我是李明英呀。"李明英抢先答道。

"啊,我记起来了,大魁兄弟走那年,你才30岁不到吧?"

李明英说:"是的,都过去20多年了,老了。"

"那你这么多年都在照顾我妈?"钟国庆问。

"说来话长了,大哥呀!"李明英一把鼻涕一把泪地将这些年来他们两家发生的事,向钟国庆说了个彻底。

钟国庆感动地说:"明英妹妹,谢谢你呀,这些年你付出这么多,我们一家怎么报答你都不过分,谢谢,谢谢。"

李明英说:"现在都是一家人了,不说这些了。"

葛老太说:"明英,快去打电话给晓阳,还有小妹、王明,让他们快回来,我们一家人好好团聚团聚。"

"妈,我这就去。"说着,李明英转身打电话去了。

钟晓阳进了门,见了父亲大吃一惊,随后紧紧地抱住父亲,热泪盈眶:"爸,儿子找你找得好苦啊!这些年你在哪啊?"

钟国庆爱惜地拍着儿子的肩膀:"儿子,你长大了,也成熟了,爸这不回来了?你看,爸当了一名保安,好好的嘛!"说着他把衣领整了整。

钟晓阳说:"爸,你回来就好,不管你怎样,哪怕是流落外乡要饭,儿子也不嫌弃你。以后儿子一定会孝敬你的。"

钟晓阳的这句话,说得钟国庆泪眼婆娑:"儿子,有你这句话就够了。爸惭愧,对不起你。"

葛老太看着这一对父子相依相偎的样子,心里既高兴又难过,她抹抹眼泪,说:"孩子们,不说不高兴的了。明英,快去厨房忙活,等小妹、王明他们回来,一家人好好喝两杯。"

这天中午,一家人欢欢喜喜地吃了顿饭。饭后,钟国庆说:"妈、明英妹妹,还有孩子们,我要去上班了。众诚国际大酒店的上班制度很严,我不能违规。"

葛老太说:"去吧,儿子,我们不耽误你。一有时间,你就回家,妈要跟你好好絮叨絮叨。"

## 第二十二章 老友重逢

早晨,众诚国际大酒店的门外,沿街马路上车水马龙。钟国庆站在岗亭外,眼观六路,耳听八方。到了 9 点,进入大酒店的车辆渐渐稀少,他感到稍稍轻松了些。他走进岗亭,刚刚坐下来,一杯茶尚未喝完,只见保安队长刘兴发慌慌张张地从大楼那边小跑过来。就在这时,上回闹事的那辆宝马 650 豪华轿车,戛然停在电动闸门外。钟国庆起身出来,刘兴发已站在门口,大声呼喊:"老沈,老沈,快,快把闸门打开。"

闸门打开,宝马车仍停在原地,并没进来,被挡在后面的一辆奔驰 300 发出嘟嘟的喇叭声。稍停片刻,宝马车的车门打开,胖司机二虎三步并作两步地跑到钟国庆面前,点头哈腰地说:"叔叔,对不起呀,晚辈有眼不识泰山,晚辈给您赔礼道歉来了。"

钟国庆并不吃惊,一副无动于衷的样子:"免了,免了,不知者不为罪。不过,我要说,你们这些富二代一定要尊重基层劳动者。快上车吧,后面的车等你开进去呢!"这时,从车上走下来一位年近花甲的老者,气宇轩昂,一副大老板的派头。此人浓眉大眼,一头浓密的花白头发向后梳着,颌下留了一撮山羊胡子,上身穿着对襟唐装,隔老远喊道:"哎呀呀!钟大哥,真有你的,微服私访到我这一亩三分地上,在我的眼皮底下,屈尊当了一名保安,也不告诉一声,低看老弟了。"

钟国庆不用看,光听声音就知道是谁了。此人就是 10 年前在深圳与他分手的程永杰。他赶忙回应:"程老弟呀,怎么惊动你大驾了?原来这众诚国际大酒店是你麾下的呀!真是大水冲了龙王庙,一家人不识一家人了。"

两人紧紧地抱在一起,哈哈大笑不止。

程永杰出现在这里,可不是巧合。

前一天晚上,钟国庆接到妻子沈君茹打来的电话:"钟鼎呀,你会逗,我千方百计四处打探你的下落,终于有了你的消息。这些天你一直关机,急得我和女儿整天像热锅上的蚂蚁。你这坏家伙,回来看我们怎么收拾你。"

来深圳这么多年,钟国庆早改了名字,他如今是深圳市钟鼎集团的董事长。集团资产近千亿,他也成了深圳市榜上有名的民营企业家。

听了妻子的怨言,钟国庆没有合适的理由,他连连给她赔不是:"君茹,这些天我不在,你受累了,谢谢你啊!"

沈君茹说:"谢什么呀,我也没怪你。我只是担心你,小萍也天天念叨,要不是我拦着,她早就找你去了。"

钟国庆又一次赔不是:"谢谢你和女儿,跟她说,再给老爸几天假,我一定回去。"

钟国庆能有今天,妻子的功劳很大。为了他如今的家,妻子含辛茹苦,除在事业上支持他,在家里也尽到一位贤妻良母的责任。夫妻俩相敬如宾,又共同培养着女儿。女儿也很争气,学习和工作都很努力。

见丈夫半天没有声音,沈君茹说:"想什么呢?老钟,我告诉你一个好消息,我联系上程永杰了,没有特殊情况,他明天会去看你。老程在电话里说:'钟鼎这家伙,简直不把我当回事。你跟他说,看我怎么收拾他。'"

说归说,老朋友久别重逢,高兴还来不及呢。童兴荣早已得到消息,在大门前恭候多时,她目睹这一切,丈二和尚摸不着头脑。昨天在她办公室和她谈话的沈师傅,竟然是她的顶头上司程董的老朋友,这太出乎意料了。

童兴荣其实早有察觉,这人谈吐不俗,举止从容,不像一般人。当他说他是钟晓阳的远房亲戚时,她就把他们两人联系在一起了。果不其然,还真让她猜对了,通过简单的交谈,童兴荣知道了他就是钟晓阳失散多年的父亲,也是程董的好友,大名鼎鼎的深圳市钟鼎集团的总裁。

童兴荣说:"钟董,您真会开玩笑,在我这隐姓埋名,当了这么多天保安,还受到如此的侮辱,真叫我愧得慌。"

钟国庆说:"现在的年轻人,包括我的儿子,都不知天高地厚,的确需要好好教育。"

程永杰尴尬地说:"我这外甥,是让我给惯坏了。当我知道他无理对待你的时候,我给他一顿好揍,所以他乖乖地来给你赔罪。"

钟国庆说:"这事到这就完了,你老弟的为人,老兄我能不清楚?再说,你是不知者,何罪之有?"

偌大的会议室里坐着他们三人,童兴荣吩咐秘书倒水泡茶,然后对秘书说:"小张,你可以出去了。"

见秘书离开了,程永杰礼貌地笑笑:"大哥,童总是我生意场上的合作伙伴,也是我多年的好朋友,我们三人在这,没有不好说的事。"

程永杰的一句话,打破了沉默的氛围。

钟国庆开怀大笑说:"永杰呀,谢谢你,还有童总,你们抬举我了。其实,我和童总有过一次推心置腹的交谈,不算外人了。"

程永杰说:"大哥这次来到我们这一亩三分地上微服私访,一定有什么难言之隐。"

"哪里,哪里,只是老兄我这么多年在外打拼,家里有老母,思母心切,几次想回来,都没成行。一个偶然的机会,听到一位老乡谈到家乡事,他不认识我,我在一旁听着,无意中听到儿子钟晓阳出了事,我彻夜难眠啊!作为一个儿子,我上对不起老母;作为一个父亲,我下对不住儿子。痛定思痛,我下定决心,一定回来,把儿子的事搞清楚。"钟国庆眼含泪水地说道。

程永杰说:"好了,大哥,你这么一说,小弟的眼泪都快出来了。你们家的事,小弟我也不多问了,免得大哥伤心。既然我们兄弟在这样的场合下见面,也算有缘,今天我摆宴,咱兄弟一醉方休。"

一旁的童兴荣见兄弟俩谈兴这么浓,也无从插话,她知趣地站起身:"二位老哥,你们慢慢聊,我去吩咐下面安排午餐,一会儿见。"

童兴荣抽身走了,兄弟俩对视,莫名地大笑起来。

程永杰说:"老兄,无论情场、商场,你的眼力过人,看人精准,你看她怎样?"

钟国庆说:"你指的是她哪方面?"

"老兄应该知道我问的是哪方面。"程永杰狡黠地笑笑。

"要我说嘛,形象没话说的,气质高雅,且事业有成,是位美女老总。"钟国庆发自内心地夸奖。

程永杰一脸的高兴表情,但没有吱声。

钟国庆说:"看来你们俩一定有故事,充满传奇、浪漫的故事,能给老兄的耳朵快活快活吗?"

"传奇有一点儿,浪漫谈不上。"程永杰高兴地说。

钟国庆笑着说:"难怪老弟这么多年不谈个人事,原来是有这么一位红颜知己。"

程永杰说:"事情还得从那一碗汤圆说起。"

于是,他简略地讲述了25年前,他带着幼小的女儿来三妹汤圆馆吃汤圆的故事。之后他说:"做人呀,这滴水之恩,当涌泉相报。一次集团名下的众诚国际大酒店招聘一名总经理,招聘会上,我一眼认出了她,并给她投了关键性的一票,才有了她今天的事业。"

"那后来呢?"钟国庆问。

"后来,我们顺理成章地相认了。她是单身,我没再娶,我们真诚地交往了,一直到今天。"

"那我什么时候能喝上你们的喜酒?"钟国庆问。

程永杰哈哈一笑:"喜酒是肯定要喝的,今天中午先喝着,她已经准备去了。"

钟国庆一时摸不着头脑,奇怪地看着他,不知道程永杰说的到底是真是假,好半天才转过弯来,冷不防给了他一拳:"你这家伙,就这一餐饭,就把老兄打发啦,不行,不行!"

童兴荣面若桃花地走了进来,显然他们刚才的谈话,她已听到了。毕竟是一位久经沙场的企业老总,她很快镇定下来,笑着说:"什么趣事,引得二位老总这么高兴?准备一下,马上要吃饭了。"

一张能坐十几人的大圆桌,就他们三人就餐。童兴荣开了一瓶贵州茅台,满面春风地说:"今天这瓶酒,由我来分配,作为东家,我有这个权利,我2两,其余由二位平分。"

钟国庆站起来说:"不行,不行,男女平等,我看三人均分才合理。"

程永杰跟着附和说:"听老大的,就这么办。"

三杯酒落肚,童兴荣圆圆的脸蛋显得更加红润,话也开始多起来,她说:"二位老总,刚才我在门口好像听到你俩在热火朝天地谈论我。现在,轮到我发言了。我倒要问二位,你们是怎么成为好朋友的?把你们的故事说给我听听,怎么样,不保密吧?"

钟国庆笑笑说:"我俩20年前就是好朋友,故事嘛,挺多的,不知童总要问哪方面?"

"我对打拼创业挺感兴趣的。据说,钟大哥的资产现在近千亿了,老程的资产也只是你的三分之一。从无到有,创下这么大一个商业帝国,故事肯定惊心动魄。"

童兴荣睁着一双美丽的大眼睛,钟国庆感到这位未来的弟媳挺招人喜欢的,他说:"这个,永杰,还是由你给她说说。"

"你是老大,还是由你说才对。"程永杰推托。

钟国庆看了看童兴荣,笑着对二人说:"要我说,得有个条件。"

"什么条件?"童兴荣和程永杰几乎异口同声地问。

"请你们二人斟满酒,端起杯,喝个交杯酒。"钟国庆说。

程永杰爽快地说:"痛快,来,老童,咱们喝给他看。"

童兴荣喝完酒,亮起了杯底,说道:"钟大哥,我也有个条件,你得重点说说你的情况。"

钟国庆清了清嗓子,讲起自己的家事,及与程永杰在南方创业的经过。

钟国庆说:"事情还得从25年前说起,那时,农村的生活开始有些好转,我妻子刘昌兰在家打理那一亩三分地,我在村办轮窑厂当搬运工,农忙时也帮着干些农活。儿子钟晓阳五六岁的时候,一天,我照例去窑厂上班,上班后不久,我忽然身体难受,中途回了家。回到家推开房门,眼前的一幕惊得我目瞪口呆,妻子和她高中时的同学陆勤胜抱在一起。陆勤胜也是我的校友,在念书时他们就成了一对恋人,后来,陆勤胜去澳大利亚继承他叔的家业,成了亿万富翁,两人分开后,妻子与我在一起了。可他回国后,两人又秘密地联系上了,经常私下约会,这次竟然约会到我家里了。是可忍,孰不可忍?自此,我们三天一大吵,两天一小吵,终于离了婚。不久,她随陆勤胜去了国外,一去多年,杳无音讯。我们瞒着晓阳,只说他妈妈去城里做保姆,随着那户人家移民了。后来,我们在国外遇到,那是后话,今天就不说了。

"撞到她和陆勤胜在一起之后,我经常反思,这人呀,死都死得但穷不得。于是我丢儿弃母,去了南方打拼。

"在省城,我与这位程老弟在火车站相遇,一起爬火车去了深圳。我们兄弟俩共同打拼,共同创业,肝胆相照,出生入死,吃尽了苦头。功夫不负有心人,终于有了我们自己的公司。后来,我重新组建了家庭。现在的妻子沈君茹是一名设计师,漂亮、贤惠。我们有一个活泼可爱的女儿沈萍,刚刚从英国留学回国,在本集团下属企业实习磨炼。"

讲到这里,钟国庆发觉,童兴荣那双美丽的眼睛里,显出意犹未尽的渴望之意。果不其然,童兴荣说话了:"钟大哥,作为一个父亲、儿子,你离家出走那一刻,心情如何呢?"

钟国庆的眼里涌出了泪水,他痛苦地说:"当天晚上,我和妈商议了一晚上,好说歹说,终于做通了我妈的思想工作。妈说:'既然儿子去意已决,看样子妈留不住你了。你在外地也不要牵挂我们,妈还不老,养活这个小孙子是不成问题的,你就安心去吧!'回到我自己屋里,晓阳已躺在床上,双眼紧闭。我没惊动他,悄悄整理行装。刚上床,儿子一下子抱住我,哭得很伤心,边哭边说:'爸,你走了,奶奶怎么办?我不让你走。'我的眼泪再也止不住了,我们父子俩抱头痛哭到深夜。最终儿子不哭了,哽咽地说:'爸,你去吧,我长大了,一定照顾好奶奶。'儿子的话,叫我肝肠寸断。唉,过去的事,不说了。昨天,儿子看到我一身保安制服,劝我说:'爸,保重好身体,我的情况会好转的,以后我养活你。'这么多年没见,儿子并没怨怪我,反倒安慰我,我知足了。"

见钟国庆难过的样子,童兴荣说:"钟大哥,我叫你伤心了,对不起呀!"

钟国庆说:"童总,我现在叫你一声妹妹,我的儿子给你添麻烦了。晓阳,是你收留了他,这些年,你真心地待他,调教他,想想我这当老子的,真羞愧,无地自容啊!"

童兴荣说:"大哥,晓阳是个好孩子。其实,真正调教他的,是你妈,晓阳的奶奶。晓阳高中时,你们那发生了一场百年不遇的洪水,为了减轻你妈的负担,也是为了养活在洪水里为救他而牺牲的牛小松的妈和妹妹,他辍学了,进城打工挣钱。这孩子打小就知恩图报。开始的时候,他流落街头,是我带他到公司来,后来成了我的得力助手。"

钟国庆动情地说:"谢谢你呀,弟妹。昨天我们见面了,他千里迢迢去深圳找我,刚回来不久。这内中情况,我还不清楚。"

童兴荣正欲说话,钟国庆的手机响了。他说:"对不起,我接个电话。"

电话是沈君茹打来的。她怨气十足地说:"你这个老钟,太不讲良心了吧。你倒好,一个人跑回老家,归宗认母,父子团圆,把我们母女撂家里不问,公司还有这么一摊事,你放心呀!"

钟国庆将手机贴紧耳边连连点头说:"对不起呀,君茹,我这不是仗着有你吗?这么多年,好容易回趟家,昨天才匆匆忙忙见妈一面,一大早,永杰就来了,现在正和他说话呢!"

沈君茹说:"请你代我问你妈她老人家好,过一阵子,我带着她孙女回去拜望她。"

"好的,我一定把你的话传达到。"钟国庆说。

"小萍现在我身边,她要和你说话。"沈君茹说着,将手机给了沈萍。

电话里传来了女儿的声音:"爸,想死女儿了。妈和我天天盼着您,您怎么还不回来呀?"

钟国庆说:"我的乖乖女儿,爸不是给你妈说了,再准我几天假吗?办完事,我立马打道回府。"

沈萍说:"又要几天,爸,您怕是不想回来了?"

"哪能呢,公司就不说了,就你和你妈,我能舍得吗?"

"那您给我个准确时间,我开车去机场接您。"沈萍说。

"好,好,明天我一早订机票,订好了再告诉你,好吧?"

"那我们等您呀,爸。"沈萍终于放下了电话。

钟国庆接完电话,回到座位上,程永杰端起酒杯递给他说:"大哥,喝酒吧,我们边喝边聊。"

童兴荣举起酒杯站起身:"大哥,承蒙你抬举我,认了我这个妹妹,小妹敬你一杯,先干为敬。"

钟国庆说:"妹妹,这么多年,晓阳在你身边,没少麻烦你,应该是我敬你。"说完,他爽快地一口干了。

童兴荣放下酒杯说:"大哥,我没能照顾好晓阳,心里有愧呀!其实他是一个很好的孩子。现在也是而立之年的成年人了,论工作、人品,都是没话说的。这几年公司里我最器重的两个人,就是他和你未来的儿媳妇朱仁男。现在,朱仁男是我市餐饮业重要的领军人物,金山汤鹅有限公司的总经理,在上海、北京等全国各大城市都有连锁店。再说晓阳吧,他之前已做到了我的副手,众诚国际大酒店的副总。这孩子很能干,他一手将我的众诚国际大酒店第二店、大湖百货打造出来,完成了集团交给他的基建任务。我将众诚旗下的金城国际大酒店让他打理,刘云做了大湖百货的一把手……"

钟国庆插话问:"刘云是谁?"

程永杰抢答:"刘云是我的女儿,也是你儿媳未来的二嫂。"

钟国庆沉吟:"我倒让你说糊涂了。"

程永杰说:"老兄,回去慢慢想吧。老童,你接着说。"

童兴荣说:"他见刘云的职位比他高,心有不服,就另起炉灶,开办了晓阳置业有限公司,搞房地产。结果呢资金链断了,导致不良的后果,在省城掀起不小风波。这以后的事,大哥,你可能听说了。"

钟国庆喝了杯中酒站起来说:"要说错,错在我这儿子。现代民营股份制企业,都有不同的难处,你还支持他500万,大哥应该感谢你才对。"

程永杰说:"我也有责任,这件事,我一直蒙在鼓里。"

童兴荣说:"这事都不怪你们,要怪还是怪我才是。当时吧,我也是出于善意。让他出去单打独练,自己做事业,也没有坏处。后来的事,我过问也少了点,直到事态发展到不可收拾的地步,我也无能为力了。"

钟国庆感慨地说:"谢谢你们,归根结底,都怪我这老子。我太自私了,这些年,光顾自己,忽视了儿子,我这当父亲的太有愧了。"

程永杰说:"老兄,不要自责了,做企业的,哪个不摔个三跤两跤的,你说我们当年有多难呀。现在好了,晓阳也回来了,这事,政府出面暂时平息了。"

"可是事情还没有彻底解决啊,这事起码给社会造成了坏的影响。"

程永杰说:"坏影响能挽回的,你不是回来了吗?在你这大老板面前,也算是区区小事。再说,他的公司还在,土地还在,昨天我才听说,公司上下员工的工资一分没少,都是朱仁男和刘云解决的,稳定了公司的正常运转。"

钟国庆长叹一声,激动地说:"关键时刻,体现了亲情、友情的重要。真谢谢大家。"

程永杰深有感触地说:"大哥,细细想来,你儿子的事,和我们当年是如何相像啊。你还记得,当年我们为贷点款,守在银行行长门前三天三夜吗?"

钟国庆连连点头说:"记得,记得,怎么不记得?往事历历在目啊!"

童兴荣问:"你们二位合作得好好的,怎么后来分道扬镳了呢?"

程永杰说:"兴荣,这个以后由我慢慢给你说。今天呢,我们陪大哥喝好酒,捡高兴的事说。"

　　程永杰的一声"兴荣",童兴荣实实在在地听清楚了,觉得特别亲切。这么多年他还是第一次这么称呼她,童兴荣激动万分地站起来,一口干了杯中酒。

　　这一切,钟国庆都看在眼里,他哈哈一笑说:"老妹,你们的喜酒,大哥是喝定了,时间不能太晚哦。"

　　程永杰的话铿锵干脆:"一定会的,大哥放心好了。"

　　此时此刻,童兴荣的脸上出现了少女般的红晕。

## 第二十三章　诚信为本

早上8点整,钟晓阳出现在办公大楼里,这是他离家出走一个多月来第一次在这里露面。员工们乍一见他,一下蜂拥而上,紧紧地围住他,问候道:"钟总好!"个个脸上有了久违的笑容。

钟晓阳走进自己的那间办公室,刚刚落座,第一个来汇报工作的小陈主任小心翼翼地在他的对面坐了下来。钟晓阳说:"小陈,我问你两个问题,第一,这段时间我不在家,员工们的情绪安定吗?第二,你和朱总去深圳找我,是什么情况?"

小陈开始有些紧张,但很快镇定了下来。他说:"钟总,您这段时间不在家,大家表面上都规规矩矩,按时上下班,其实内心都有疑团。因为他们看到每天都有人来公司要钱,他们多少也猜到了,可能是公司的资金链断了。"

钟晓阳打断了他的话:"那他们的工资是如何解决的?"

"工资一分不少地时发放,都是朱总,还有刘云老总给的。"小陈说。

"啊?原来如此,难怪大家这么安定呢!"钟晓阳感慨地说。

小陈接着说:"有一天,朱总来办公室,她焦急万分,最后忍不住打了你的手机,是一个陌生女人接的。后来,朱总要我陪她去南方找你。到了深圳,很快找到你工作的地方。在工地办公室,一个年轻漂亮的女人接待了我们。三句话说翻了,她和那个女人吵了起来。我们从工地出来后,王明给她打电话说你在回家的途中,于是我们就马不停蹄地赶了回来。情况就是这样的。"

钟晓阳说:"这女人呀,再优秀,再怎么有涵养,也有吃醋的时候,这个朱仁男。小陈,我再问你一个问题。"

"钟总,您说。"小陈恭敬地欠了欠身子,睁大眼睛。

钟晓阳说:"李全呢,他的情况怎么样?"

这时,有人敲门,李全捂着脸走了进来,见到钟晓阳抱头大哭:"钟总,你再不回来,我、我就差点没命了。"

钟晓阳安慰了他几句,见小陈还坐在眼前,对小陈说:"小陈,你去财务室和陆总监联系一下,将花名册上所有的债权人逐个核实,通知他们明天上午来公司会议室开会,我和他们面对面沟通。"

"好的,钟总,我这就去。"小陈转身走了。

李全声泪俱下地把这段时间被人逼债的经过向钟晓阳诉说了一遍。

听完了李全的诉说,钟晓阳气愤地说:"你这个老李,我怎么说你好呢!你给我如实坦白,这批集资款,你是不是从中牟取了差额款?如果你不给我说清,公司可以起诉你,非法集资不说,还变着法子侵吞公款,事实成立,你要坐牢的。"

李全哭丧着脸说:"钟总呀,你要听我解释,其实,我开始拿了些差额利率,总共300万元左右,除了我生活开销,全部让讨债公司的人逼光了不说,我的那套私人住宅也搭了进去,抵押贷的款全都还了他们。"

听了李全的解释,钟晓阳慢慢地平静下来,说道:"老李呀,我们都要接受血的教训呀!"

李全说:"直到现在,我还一直躲着,听说你回来了,我才有胆子来公司,偷偷摸摸地见你。"

钟晓阳说:"躲得了初一,躲不了十五,总得面对他们。你现在就去配合小陈,召集全体债权人明天来公司开会。"

"那好,那好,谢谢钟总。"李全看到钟晓阳镇定自若的样子,猜到钟晓阳一定已经想到了办法。

李全前脚刚迈出门,刘云跟着就进来了。她笑吟吟地说:"我的钟大老板,终于见着你了。你呀,差点把我的仁男妹急坏了。"

钟晓阳忙站了起来,说道:"刘总,谢谢你呀!在我危难之时,你帮助了我,这份情,我钟晓阳永远记着,一定会报答。"

刘云说:"一家人还要说两家话吗?什么报答不报答。我听说伯父回来了,你们见面了吗?"

"见着了,他老人家离开家20多年了,这次总算回来了,我奶奶和我都很高兴。虽然他这么多年混得不好,但血浓于水,他总还是我们的亲人啊!"

听口气钟晓阳对自己的父亲并不了解,刘云调皮地笑笑说:"伯父混得不好吗？看来,你对伯父的情况是一点不了解啊!"

"当个保安能好到哪去,顶多也是落个小日子过。不过,我也懒得问他,怕伤了他老人家的自尊心啊!"

钟晓阳想到父亲已两鬓斑白,一脸沧桑,心里十分难受。如果说他心里有恨,也只能恨自己的母亲,恨母亲在他幼小的时候,背叛了父亲,使得父亲这么多年离家不归。

刘云见钟晓阳难过的样子,说道:"据我所知,伯父的情况并不是你说的这样,你们父子团聚那天,你怎么不好好问问他呢？他是什么时候当上保安的？在哪个单位？"

钟晓阳说:"自己的父亲,这有什么好问的。反正……喂,刘总,你说这些是什么意思,不是故意给我难堪吧？"

刘云哈哈一笑:"你这个傻瓜,伯父,你的父亲,他是一位大老板啊!"

"你别在这取笑我啊,刘大经理,你是怎么知道的？不行的话,你我现在就去他单位亲自问问他就是了。"

"问他？去哪问？如果我没估计错的话,他现在已在南去的飞机上了。"刘云一脸认真地说。

刘云一字一句,不像跟他说假话。就在前天夜里,父亲坐在他身边,冷静地听他讲述公司欠债、濒临倒闭的情况后,同情地说:"晓阳啊,你把公司的账号告诉我,爸这些年虽收入不高,省吃俭用,也小有积蓄,我给你转过来,解决你的燃眉之急。"

钟晓阳当时说:"爸呀,公司这么一个大窟窿,凭你牙缝里省下的10万、8万的顶什么用啊!"

父亲真诚地说:"凑一点是一点啊。这么多年,爸没有照顾到你,给我一个机会吧,爸心里才好受些。"

钟晓阳见父亲如此真诚相待,最终想想怕伤了父亲的一片好心,还是将账户告诉了他。父亲认真地一个字一个字地记在小本子上。

经刘云这么一说,他回忆起,父亲的行为表现,现在想来,的确令他怀疑。父亲这么多年离家出走,杳无音讯,怎么就来到众诚国际大酒店当了一名保安？这其中分明是另有蹊跷呀!

正在和刘云说着话的时候,财务部出纳小夏慌慌张张地走了进来报告:"钟总,快去财务室看看,我们公司的账户上刚刚转进了5个亿的资金。是建行张行长打来电话,亲口告诉我的。"

钟晓阳听了大吃一惊,联想到刚才刘云说的话,看来刘云并不是开他玩笑的。他想着父亲向自己要账号时那么认真,一丝不苟地记着,这笔钱估计是父亲转来的。

晓阳公司顶楼宽敞的会议室内坐满了男男女女的债权人,不知什么原因,市电视台、晚报记者们也来到了现场。更使钟晓阳奇怪的是,集团董事长程永杰、童总,还有市里的一位副市长,也在会议室前排就座。钟晓阳看到,坐在中间一排的有朱仁海、王莉、朱仁和、刘云、王明、牛小妹、李全等,朱仁男也坐在其中。

开会前,小陈告诉他:"钟总,今天的会议,不知是谁扩大了消息,惊动了方方面面的人物。"

钟晓阳问:"什么人物,你怎么知道的?"

"我刚刚接到童总的电话,说今天的会议主题是:钟晓阳与债权人面对面。请你准备一下。"

钟晓阳说:"昨天我只是要你通知这些债权人来公司开会,怎么会有这么多人参加?这我就不明白了。"

小陈思索了一下说:"钟总,这并不奇怪,童总是知道的呀!如果会议规模扩大了,你想呀,也是童总的安排,是好事啊!"

钟晓阳说:"这样也好,起码给我向公众说清楚的机会,我不是坑蒙拐骗之人。"

童兴荣主持了会议,她说:"各位领导、媒体同志,在座的晓阳置业有限公司的债权人,大家好。

"前不久,晓阳公司欠债风波造成了不少负面影响。好在我们的政府耐心地因势利导,做了不少工作,最后和大家形成共识,以债转股的方式达成了协议,基本挽回了因企业欠债带来的负面社会影响。今天,我郑重宣布,金城市晓阳置业有限公司的法人代表钟晓阳没有跑路,他回来了。现在,请他跟大家面对面交流,并表态承诺。"

钟晓阳站在麦克风前,开始说话:"大家好,我是钟晓阳。刚才童总简单地报告了我公司的欠债情况。这次发生的欠债风波,我作为晓阳公司的法人代表责任重大。现在,我给大家说一声,对不起了。"他离开讲台,毕恭毕敬地向台下鞠了一躬,接着往下说,"当下大大小小的民营企业不差钱的为数不多。我钟晓阳欠大家的钱千真万确,但我不是跑路,不是躲债,我离开是为了想办法弄钱还大家,也是为了拯救我的企业。现在我回来了,虽然没带回钱,但是带回了诚信。今天,我站在这里,面对面地接受大家的询问,甚至指责。谢谢!"

话音刚落,台下一位中年妇女站了起来,她责问道:"我说钟大老板,刚才你说带回了诚信,没有带回钱,我们在座的债权人,大家想的是什么,你应该清楚,欠债还钱呀。"

钟晓阳说:"我们都应该感谢政府,更应该相信政府。既然政府出面做出了承诺,也和大家达成了共识,我们一定会信守诺言。也请大家相信我,我钟晓阳一心一意干企业,这是有目共睹的。现在晓阳公司的项目还在,具体说,土地还在,请相信,你们的钱打不了水漂,而且一定会有丰厚的回报。"

"说得好听,那要到猴年马月!"有人大声议论。

这时,一位年轻漂亮的女记者手里拿着话筒,站在前排问道:"钟总好!你能谈谈公司下一步的发展计划吗?"

"首先,我要总结经验,理清思路,从暂时的困境中走出来。其实,房地产不是我真正的目标,我真正的重点目标是办好养老事业。从我奶奶身上,我看到了中国老人的心理状态,他们中的很多人长期受到孤独无助的折磨。据我所知,中国的老年人口数量庞大,相当于世界上一个中等国家的人口数量。因此解决好养老问题,内中学问之深、潜力之巨大是不可估量的。下一步,我们要打造好集医疗、住宿、娱乐为一体的养老中心。"

女记者问:"现在是商品社会,要靠资本运作,你首先要考虑的就是资金。我们刚才听说了你出走多年的父亲是深圳钟鼎集团的董事长,你的父亲支持你吗?"

钟晓阳说:"你说得不错,商业运作中,钱是决定因素,但那只是外因。办好一件事内因是关键,外因只是条件。我父亲确实资本雄厚,但我如果依仗他,躺在钱堆里睡大觉,将一事无成。社会上有很多先例,老子挣钱再多,儿女们一夜间败光也大有人在。我首先阐明,我钟晓阳绝不是这样的人。

如果我用了父亲的钱,也只是借用,就像从银行贷款一样,借钱是要付利息的。"钟晓阳一字一句,说得铿锵有力。

"说得好。你现在有多少把握获得你父亲的支持?"女记者问。

钟晓阳说:"昨天,我公司的账上转来了5个亿,是我父亲转来的。说到这,我可郑重告诉大家,欠你们的钱,你们大可放心。你们现在有两种选择:一是公司将钱连本带息一分不少地还给你们,利息按银行利率的4倍计算。大家心里有数,原来你们借出的钱,实际借款合约也不过年利率2%,这其中又给小贷公司拿走了小部分。第二个选择,你们可以以资金投资入股,包括结算到现在为止的利率一起计算,这样你们可成为我公司的股东。如果你们有这方面兴趣,又具备一定的能力,还可以优先竞聘入职。"

话音刚落,台下响起一阵热烈的掌声。

童兴荣满面春风、风度翩翩地站到麦克风前:"现在,我宣布,与钟晓阳面对面对接会到此结束。"

会场上再一次响起热烈的掌声。

## 第二十四章　钟鼎创业

　　钟国庆离开众诚国际,乘上了南下的飞机,历经两个小时的空中飞行,中午时分,到达了深圳机场,前来接机的是他的妻子沈君茹。从机场回家的路上,沈君茹手扶方向盘,不停地抱怨说:"你这么一走就一个多月,连个电话都不打,分明对我们母女俩不重视。就不说我了,女儿怎么想?小萍天天问我,我拿什么话对她说呀!"
　　"好了,你让我休息一会不行吗?专心开你的车,多少话回家不能说?"其实,钟国庆的大脑一刻没休息,儿子的事令他担忧。儿子现在身处困境,这场欠债风波闹得沸沸扬扬,虽然政府出面暂时平息了下来,但毕竟根本问题尚没解决。作为一个父亲,这 20 多年来没能关照儿子,心里的愧疚之情无以言表。这次父子相见,儿子没说一声他的不是,看到他如此寒酸,反而为他难过。在这个世界上,唯独亲生儿子不嫌父贫。想到此,钟国庆暗下决心,一定要为儿子解除困境。作为钟鼎集团的当家人,拿出 10 亿、8 亿的,也不是不可能的事。问题出在妻子身上,沈家的股份,占据了集团的半壁江山。当年自己来深圳打拼,穷困潦倒时遇见了她,后来作为乘龙快婿,岳父去世后继承了沈家的这份家业。所以在这件事上,妻子思想工作做不通,她不发话,也是很难的,毕竟是几个亿的资金。更使钟国庆为难的是,自己以前的一些事情,并没有向妻子说清楚。
　　晚上躺在床上,钟国庆不停地叹着气。沈君茹看他这副样子,心里更气,但她一声不吭地躺在他身边。
　　钟国庆终于忍不住了,说道:"你不是有很多话要说吗,怎么不说话了?"
　　沈君茹说:"你呀,怎么说你好呢?这么多天不在家,我去机场接你,见了我就像见到陌生人一样,我在你心中,就那么不重要吗?"
　　钟国庆说:"女儿小萍都是要找对象的人了,我们都是 20 多年的老夫老妻了,还要我对你谈浪漫吗?"

"谁要求你这个了。我是说,你见面后一直冷冰冰的,好像我是应该的。"

"我们一家人还要什么客套。"

钟国庆说得不经意,其实说的是事实。他们的婚姻经历了20多年,不说七年之痒,三个七年之痒都过去了,一切趋于平淡。

沈君茹说:"老钟,我们都是老夫老妻了,这么多年相敬如宾,现在我发觉,你有事瞒着我。就算我求求你了,你把心中的秘密说出来吧。"

钟国庆说:"我能有什么秘密呢?我与你结婚前,家底都倒给你了。我结过婚,离婚后前妻去了国外,家里就剩一个儿子,还有一个高堂老母。"

"我听人说了,家里还有一位女人,叫什么李明英,是怎么回事?"

沈君茹在男女问题上虽是大大咧咧的,但有时也心细如发,十分敏感。

钟国庆说:"你调查我?"

"还要我去调查?这袋口扎得住,人口能扎得住吗?"

"君茹,其实,你说的这人,是我这次回家才知道的。回去,也都是为了我这个儿子钟晓阳。一次,我在饭店吃饭,邻桌的一位同乡正津津有味地谈到金城出了一个欠债事件,那个人不认识我,说欠债人是钟晓阳,所以我才回了家一探虚实。你说的那个李明英,是我们同村人,听说她的儿子在洪水中为救我儿子牺牲了,晓阳认她为母,认她的女儿为妹。这么多年,他们两家人相依为命。"

"那李明英的丈夫呢?"

"在我们年轻的时候,她的丈夫出湖打鱼淹死在湖中。他也是我小时候的小兄弟啊!"说着钟国庆的眼圈红了。

沈君茹说:"原来是这样,妈她老人家好吗?对不起,老钟,你早就应该给我说呀!"

钟国庆将这次回去发生的事向沈君茹细细地说了一遍。沈君茹说:"电话中,永杰都给我说了,还说他的外甥打了你。"

"只是我的儿子目前还没走出困境,这么多年,我愧对他呀!"说着钟国庆哭了。

看着丈夫如此伤心,沈君茹也跟着流泪,她说:"老钟,我理解你的苦处,现在你想怎么做,痛快地说出来。"

钟国庆说:"要解决儿子的燃眉之急,现在急需要几个亿的资金。我有难处啊!你想,集团资产,你们沈家就占了半壁江山。我虽是董事长,一下子从账面上拨出这么多钱,也难以通过啊!"

沈君茹沉吟了一会儿说:"老钟,放心吧,明天我去做做工作,你的儿子不也是我儿子吗,帮助他渡过难关我义不容辞。我听永杰说了,这孩子为人正派,他也是想干大事。再说,生意人不也说投资效应吗,权当我们去内地投资。"

钟国庆说:"这笔钱从我的个人股份拨出,这样你在家族中好说话。"

沈君茹说:"老钟,说什么你的我的,应该是我们的。"妻子的坦诚,使钟国庆的一颗心放下了,他侧过身来,紧紧地搂住了沈君茹。

这一晚,钟国庆失眠了。25年前他和程永杰来深圳打拼创业的一幅幅画面,在他的大脑里萦回着。

25年前的那个早晨,钟国庆带着一脸泪痕、满腔热血,辞别了老母和几岁的儿子,身背一个包裹,来到金城火车站。在售票窗口,他看到一排长长的队伍,摸摸口袋,囊中羞涩。钟国庆犹豫不决,站在队列外踟蹰不前。这时,一个衣衫不整的青年人,手拎着一个手提包,来到他跟前,神神秘秘地说:"大哥,你要去哪?"

钟国庆说:"去哪?我哪里都想去,就是身上无钱。"

青年人说:"想去的话,听说广东深圳顶好的。"

"顶好有什么用?我正愁着没钱买火车票呢!"

青年人前后左右看了看:"大哥,你随我来。"

钟国庆再次看看他,见青年人没有恶意,于是跟着他来到一个僻静处:"说吧,你有什么好办法?"

"如果大哥你愿意去深圳的话,我有办法。"青年人诚恳地说。

钟国庆说:"我相信你,就去深圳。"

青年人高兴起来:"大哥,认识一下,我叫程永杰,叫我永杰就行。"

钟国庆说:"我叫钟国庆,我们兄弟俩可以结伴同行。"

程永杰说:"大哥,既然这样,我倒有个好主意。"

钟国庆说:"赶快说,我洗耳恭听。"

"大哥,你是文人呀,说话文绉绉的,但我听得就是痛快。"

"文人谈不上,只读到高中,家里没钱了,就辍学了。"钟国庆说。

程永杰说:"这几天,我一直在火车站转悠,我终于看明白了,货运站时不时有货运车来往,我打探清楚了,有一列货运车是去深圳的。我们俩爬火车,有大哥你做伴,我的胆子就大了。"

钟国庆来了精神:"好,爬车去。"

于是,兄弟二人爬上了一列南去的运煤车,经过两天一夜的颠簸,终于到达了深圳火车站。

他们在大街小巷转悠了两天,看到饭店、旅馆、洗脚屋,都要去自我推销。终于碰上一家液化气站招人,收留了他们。老板见他俩有一身好力气,安排他俩干运送液化气罐的活。

兄弟俩有了落脚地方,心里踏实了下来。

两人第一天上工,每人包了一辆脚踩三轮车,累计一天下来要跑100多里路,还要将好几十斤重的液化气罐扛上楼,送到客户家里。两天下来,脚都抬不上床。

晚上,躺在租住的地下室的简易的竹床上,程永杰深深地一声叹息:

"大哥呀,你知道这是什么生活吗,我看这就是猪狗一样的生活啊!"

钟国庆倒在床上,没有说话,好半天,他大声吼了起来,唱起了《四郎探母》的一段戏文:"杨元辉,东宫苑自思自叹,想起了高堂母好不惨……"

程永杰听了,心情更坏了,他说:"大哥,我求求你别再吼了,让我好好睡一觉吧!"

钟国庆停了下来,用手在脸上狠狠地抹了一把,轻轻地说道:"兄弟,我知道你心烦,不好受。我更难受,我这一出来,丢下我妈和儿子,心里滋味你懂吗?"

"大哥,我不也一样吗?女儿那么小丢给了她姑妈。临走的时候,她拽我的衣服,跟我跑了好长一段路,不停地哭喊:'爸,爸呀,我要跟你一块去。'"程永杰潸然泪下。

钟国庆说:"兄弟,别说这些不痛快的了。"

"好,大哥,既然我们有缘相遇,从此我们哥俩就是铁杆子了。一切听你的,你指到哪,我打到哪。"

钟国庆说:"我相信兄弟,咱们一起干,有福同享,有难同当。"

一桩煤气中毒事件,彻底改变了钟国庆的命运,也改变了程永杰的命运。

星期日傍晚时分,钟国庆脚蹬一辆小三轮车,拉着几罐液化气,向市郊的一个居民小区骑去。到了目的地,他按事先安排的客户名单、地址,扛着液化气罐一家一家地送去。天已大黑,他扛着最后一罐,爬到一栋楼的顶层。临来前站长说:"这户人家3天前就约好的,星期日一整天她都在家里。"

可钟国庆按了门铃,没有人应声.一连又按了三次,依然不见动静。就在这时,对面人家门开了,出来一位鹤发童颜的老大爷,他看看钟国庆,又看看地下的罐子,没有吱声。

钟国庆谦恭地问道:"大爷,这家有人吗?"

大爷说:"应该有人。下午3点钟,我听到里面还有音乐声。"

钟国庆说:"她和我们站上约好了,今天星期天,她一天都在家,所以站上派我送液化气。可我使劲按门铃,里面都没动静。"

老大爷说:"年轻人瞌睡多,或许睡得沉,你再多敲几下门。"说着,老大爷关上了自家的门。

钟国庆继续耐心地等待,过了一会儿,他又按了门铃,依然没动静。无奈之下,钟国庆举拳,把门敲得山响。他将脸贴在门板上,就在这时,有一股怪味从缝隙里飘了出来。他略思片刻,心里说:"不好,这是煤气味,里面的人一定是煤气中毒了。"这一刻,他想破门而入,又觉得有些唐突,万一弄错了,主人追问起来,不好交代。于是,他想起了对门的老大爷,敲开了他家的门。

门开了,老大爷说:"小伙子,你怎么还没走呀?"

钟国庆神色紧张地说:"大爷,不好了,你来闻闻,这是什么味?"

老大爷慎重地将脸贴在门上:"不错,这是煤气味,小伙子,赶快报警吧!"

钟国庆说:"报警已来不及了,当务之急是弄开门,救人要紧。"

老大爷说:"对,对,救人要紧,我作证,你想办法把门弄开。"

钟国庆没有多想,高大挺拔、身壮如牛的他运足了力气,两脚就把门踹开了。

他拉着老大爷走入内室,看见一位漂亮的姑娘和衣躺在床上。老大爷伸出五指,在姑娘的鼻孔上试了试,气若游丝,于是提高嗓门说:"快,快送医院。"

钟国庆没多想,背起姑娘,噔噔噔跑到楼下,将姑娘放在三轮车上,飞也似的向附近一家医院骑去。

姑娘得救了。一位中年女医生说:"小伙子,你老婆幸好送得及时,再迟10分钟,我们也无回天之力了。"

钟国庆红着脸,慌忙说道:"不是,不是,医生,你误会了。"

医生的口气挺强硬的:"不要推卸责任了,赶快去交费。"

事情的发展真让医生说对了,这位姑娘就是沈君茹,他现在的妻子。

过了几天,钟国庆劳累了一天,晚上回到租住的地下室,刚躺上床,沈君茹来了。正在泡脚的程永杰诧异地问道:"你、你这姑娘,跑到我们这破地方,有何公干?"

沈君茹向床上努努嘴:"我来找他。"

钟国庆一骨碌从床上弹起来:"是你?你,出院啦?"

沈君茹满脸红晕:"谢谢你,救了我一命。"

程永杰见此情况,大惑不解:"大哥,你们这是?"

钟国庆说:"没什么,这位姑娘那天病了,是我拉她去的医院。"钟国庆没把真实情况告诉程永杰,怕他多嘴多舌的,问起来无休无止。

程永杰知趣地说:"你们聊吧,我出去办点事。"说完,他向沈君茹点点头,抽身走了。

看沈君茹直挺挺地站在那里,无地方坐,钟国庆说:"就坐床上吧!这地方太小,又脏又乱的。"

沈君茹只好坐在床沿上,开门见山地说:"钟大哥,我费了很大周折,找到你们的液化气站,问到了你的住处。"

钟国庆心里琢磨,她一定是来感谢他的,于是问道:"你有事吗?"

沈君茹说:"没有要紧的事,我是来请你吃饭的。"面对眼前这位漂亮姑娘的执意相邀,钟国庆实在难以推脱,于是锁上门,随姑娘去了附近一家小酒馆。

饭桌上姑娘落落大方,倒显得钟国庆有些拘谨。姑娘伸出手,说:"认识一下,我叫沈君茹。你救了我,我还不知道你的大名呢!"

钟国庆实话实说:"钟国庆,这是在老家的大名,来这里改名叫钟鼎了。在一家小液化气站,当一名搬运工。"

"这我知道,不然,我怎么会找上你门来。"沈君茹说。

钟国庆说:"我知道你的来意,不用谢我,处在当时的情况,任何人碰上了也会这么做的。"

沈君茹说:"既然碰上了,那就是缘分。"

见钟国庆一时没话说,沈君茹笑了一下,说道:"我在市规划设计院当一名设计师,我住的是设计院的宿舍,房子老了一点,但我一个人住自在。"

钟国庆不住地点头:"是,是,自在就好。"

沈君茹说:"我爸说了,救人一命,胜造七级浮屠。我爸又说了,滴水之恩,当涌泉相报。所以我想报答你。"

钟国庆说:"当时,我只想救人,没想要你报答。"

沈君茹说:"报答是一个方面,另一方面,我器重你这个人,既然有缘相识,我希望我们能成为好朋友。"

钟国庆说:"谢谢你这么抬举我,我、我实在不够格。"

沈君茹言真意切地说:"什么够格不够格的,你这位朋友,我交定了。"

钟国庆伸直五指,插进自己蓬乱的厚发里:"当然,当然,我十分荣幸。有你这句话,就足够了。"

沈君茹说:"我今天来,是受我爸之命,特来邀请你的。"

钟国庆诚恳地说:"如果你们家有粗活重活,我一定去帮忙,我有的是力气。"钟国庆伸了伸强健有力的胳臂。

"我爸邀请你,并不是要你去担山挑海,他要见见你。"

钟国庆说:"是这样? 好,我一定去。"

这一顿简餐两人很快吃完了,沈君茹买了单。

临分手,沈君茹说:"就这么说定了,我家住罗湖区红岭路338号,明天中午去我爸那吃饭。"

钟国庆犹豫了一下说:"明天晚上吧,你是知道的,白天我还要干活。"

沈君茹说:"你和我爸的脾气对路,真固执。"

晚上,沈君茹家宽敞的客厅里,保姆李阿姨准备了一桌丰盛的菜肴。沈父开了一瓶剑南春,三个人对斟对饮起来。昨天和沈君茹见过面,听她介绍沈父为人厚道,钟国庆也就不那么拘束了。临来前,他换上了一套干净的便服,显得很帅气。

沈父用一口流利的广东普通话说道:"小伙子,谢谢你救了我女儿,这是天大的人情,也是我们的缘分。来,举起杯,我们的一片真情实意,都在这杯子里,大家共同喝完。"

钟国庆连忙举起酒杯:"叔叔,谢谢你们这么客气,我真受宠若惊了。"

沈父说:"你的情况,女儿给我说了。我想请你来我店里,我沈家的建材商店规模还行,帮帮我,你同意吗?"

钟国庆心想,这太好了,但他故作平静地说:"叔叔,您说话太客气了,如您不嫌弃的话,就算我来这混口饭吃吧!"

"哪里,哪里,是帮我,我需要你,就这么定了。"沈父说。

钟国庆说话有些吞吞吐吐:"叔叔,我还有位兄弟,人很好的,能否也给他一份工作。"

沈父说话很干脆:"可以的,可以的,你们一起来吧!"

就这样,钟国庆和程永杰兄弟俩搬进了红岭小区的一套三居室住宅楼。搬家这天,程永杰感慨地说:"大哥,我是沾了你做好事的光,这一切都是因果报应,我们这是从糠箩跳进了米箩里了。"

钟国庆笑着说:"所以说,好人有好报,我们应该多做好事。"

沈氏建材商店经营的是五金、电器、建筑上的材料,接触的都是建筑队、开发商。精明的钟国庆慢慢地融入这个行业,为他今后的发展奠定了基础。

一天晚上,程永杰对钟国庆说:"大哥,我想请未来的嫂子吃顿饭,你看行吗?"

钟国庆说:"你真会开玩笑,什么嫂子,别乱猜。"

程永杰说:"凭我的直觉,她不是你的普通朋友。"

"就凭直觉,你的直觉对吗?"钟国庆嘴上这么说,可心里乐滋滋的。程永杰的话,就像冬天里一股热风吹进他的心坎里,暖洋洋的。

程永杰说:"我从她看你的眼神里找到了答案。还有,这些天来,老板对你比对亲生儿子还信任。"

"不说这些了,你请她吃饭,晚上还是中午?"钟国庆说。

程永杰说:"就明天中午吧,我明天休假。"

"好,就这么定了。"钟国庆高兴地说。

饭桌上,沈君茹笑眯眯地说:"谢谢永杰请我吃饭。今天见到你们,我忽然想起一件事。"

钟国庆说:"什么事令你这么高兴?"

沈君茹说:"对你们来说可能是件大事,这也许就是大机遇。"

程永杰说:"你爸不是想提拔我们俩吧?"

沈君茹一双美丽的大眼睛故意眯了一下,说:"我爸呀,充其量就是个小老板,他能提拔你到哪去?我说的是另一件大好的事。"

"那就直说吧,别卖关子了。"程永杰的语气真像对一位老朋友说话。

沈君茹说:"我的职责是负责全市的规划设计。近来,由于职业关系,我结识了郊区的一位村书记,他们小渔村,有一块300亩的低洼地,城市建设暂时到不了这地方。我和王书记说了,可以低价租给你们,蓄上水搞养殖,这是一条好路子。据我初步调研、核算,利润相当不错。"

钟国庆说:"这不是纸上谈兵吗?我们没有一个铜板呀!"

沈君茹说:"找我爸呀!"

钟国庆说:"找你爸,不如找你呀,我求你行吗?"

沈君茹撇撇嘴说:"你别搞错了,你现在在我爸跟前说话,比我还有用呢!他不会拒绝你的。"

程永杰急着说:"大哥,那就去试试吧,沈总或许会同意的。"

钟国庆想了下说:"具体要多少钱,心中有数吗?"

沈君茹说:"我初步估计一下,土地租金暂缓,等第一批收获再付第二年租金,我想王书记和村委会会答应的。至于前期工程,10台挖掘机,一个月可完工,总得要个10万块。其余人力,你们自己解决。至于鱼苗款,我再想办法。"

听了沈君茹的话,程永杰高兴地站了起来,拉着沈君茹的手说:"谢谢,谢谢大妹子,你说得太好了。"

三个人最后拿定主意,分好了工,立马各自分头行动起来。

10台大型挖掘机很快开进了现场，两兄弟不分白天黑夜，一天24小时吃住在现场。经过一个月的奋战，一个上规模的养鱼场建起来了，蓄上水，真像一个人工湖，水面很大，碧波荡漾。沈君茹联系了一家农业银行，经现场察看后，很快批了100万贷款，解决了购买鱼苗和饲料的资金问题。

　　钟国庆的脑子就是够使，干哪行，专哪行，很快入门。他又高薪请来了水产专家，现场指导。很快，他培养的桂花鱼苗远销中部各省，不到两年功夫，还清了银行贷款，兑现了土地租金，还积累了上千万的资金。

　　紧接着，他将这300亩土地，从租赁变更为出让，足额交了政府出让金，办理了出让过户手续，很快使自己的公司上了几个台阶。

　　城市大建设日新月异，一条规划道路穿过这片土地。政府给予了合理的拆迁补偿，道路两边的土地一下子成了黄金土地，升值上百倍。

　　钟国庆将政府补偿款用于另一处养鱼场开发，继续他的养殖业，腾出这块土地，用于房地产开发。这一切沈君茹功不可没。

　　沈父这时生了一场大病，不治而殁，沈君茹将父亲的遗产并入公司。

　　她和钟国庆不久喜结连理，后来有了女儿沈萍。

　　10年打拼，10年辛苦，一业为主，多种经营，广用人才，全面发展。

　　10年来，他们的资产持续滚动，已有几十个亿了。

　　钟国庆一家人亲亲热热，勾起了程永杰对亲人的思念，终于程永杰向钟国庆夫妇袒露了想回家乡发展的心思。

　　钟国庆不亏待自己的兄弟，夫妇俩达成共识，给了程永杰10个亿，兄弟俩洒泪而别。

　　光阴荏苒，经过十多年打拼、发展，程永杰有了今天上规模的集团公司，资产几百亿，钟国庆深圳的资产已近千亿。

　　海关的钟声敲响，已是深夜2点，终于，钟国庆脑海里的画面慢慢地变成了一片空白，他迷迷糊糊地进入了梦乡。

# 第二十五章　认祖归宗

　　黎明时分,钟国庆做了一个梦。在金城国际机场,他看到前妻刘昌兰手里拉着一个漂亮的小男孩,和一个高大的男人肩并肩地向出口处走去。前妻昂首挺胸,从他身边擦身而过,看都不看他一眼。

　　钟国庆跟在她后面慢慢地走着,跟了一程,她连头也不回,只顾和那个男人说话,不时地低下头,逗着小男孩。小男孩说:"妈,我们什么时候能到家呀?"刘昌兰不说话,只是用手摸着他的头。

　　钟国庆跟着跟着,他大声骂道:"你这个坏女人,嫌贫爱富,我这一生都瞧不起你。"

　　他一连骂了几声,女人就是不回头,扬长而去。钟国庆火了,于是敞开喉咙继续大叫:"坏女人,坏女人,坏女人。"

　　沈君茹醒了,问:"老钟,你醒醒,在骂谁呢?"她说着拍打钟国庆的头。

　　钟国庆从梦中醒来,发现妻子还在轻轻地拍打他的头,忙说:"哎呀呀,我做了一个噩梦,梦见一个坏女人。"

　　沈君茹说:"那坏女人是谁?"

　　钟国庆回忆着,梦中那女人分明是他前妻,但他不能说,于是撒了谎:"一个不相干的女人,她把我的身上弄脏了,还不讲理。"

　　"啊,跟一个女人有什么计较的,买一件衣服换上就得了。"沈君茹说。

　　钟国庆笑笑说:"这不是做梦嘛!"说着,他坐了起来,用手敲打自己的脑袋,再没吱声。

　　沈君茹说:"睡吧,天还早。"

　　钟国庆躺下,侧过身向另一边,轻轻地叹了口气。

　　沈君茹双手扳住他的身子转过来:"我有话问你。"

　　"我还没睡好,让我再睡一会。"钟国庆不耐烦地说道。

沈君茹说："你要的5个亿，我一分不少地打到你儿子的公司，还有什么值得你这么长吁短叹的？"

钟国庆说："累呀！这人呀，就是怪东西，烦恼的事就是没完没了的。钱是解决了，我还是担心他下一步怎么办。"

"儿孙自有儿孙福，不为儿孙做马牛。他都是而立的岁数了，还要我们没完没了地操心、帮他？这以后就看他的造化了。"

钟国庆说："只是我的心还在那里。"

"难怪嘛，你终于说了实话，那里还有什么值得你留念的？"

"我妈呀！"钟国庆提高了嗓门说。

"你妈不是好好的吗？听你说过的。"

"可我这次回去只见了她一面，她还以为我在金城当保安呢，她能放心我吗？我放不下她，我对她没说实话。"

"为什么？既然见面了，为什么不说清楚呢？"

"就那一顿饭工夫，为儿子的事，我暂时瞒了她。"钟国庆说。

沈君茹说："你呀，演了一出《四郎探母》。"

钟国庆说："杨四郎是为了大宋江山，我钟国庆算什么，弃儿撇母二十几年，回家匆匆见他们一面，还对老母不说实话，这算什么嘛！我、我真浑。"

"你不知道，临别时，老妈留恋不舍的眼神，真叫我受不了。那一刻，我的心真的碎了。"说着钟国庆的眼泪潸然而下。

沈君茹聪颖贤惠，也有一颗菩萨般的心肠。事业上她全力支持钟国庆，在家里是位好母亲，一心抚育他们的宝贝女儿，直到女儿走上工作岗位，还早晚照料着她。她尊重自己的丈夫，就像上次给钟晓阳的5个亿，只要钟国庆说出口，她哪怕心里再不愿意，最终还是照办不误。

现在，看钟国庆这么思念老母亲，她劝道："老钟，别难过，今天是礼拜一，明天开始，用一个星期的时间，我们把公司的事情安排好，一家三口回趟你的老家。我们带着小萍，回去认祖归宗，你看如何？"

钟国庆缓缓地翻过身，抱住妻子："君茹，你真好，说出了我的心里话。"

沈君茹说："老夫老妻了，奉承话就免了。你妈也是我妈呀！小萍这么大了，也该回家认奶奶了。"

钟国庆的眼睛湿润了，多少天的心结，妻子一句话解开了。

金城国际机场,钟国庆一家三口下了飞机,刚到机场出口,程永杰老远举手大喊:"大哥、嫂子,我在这呢。"

兄弟相见,热烈地拥抱起来。程永杰拍着钟国庆宽大的后背高兴地说:"我就知道大哥你会回来的。"

他又转脸对沈君茹说:"嫂子,你还那么年轻、漂亮,小萍也长成大人了。丫头,还认得你程叔吗?"

沈萍赶忙走了过来,有些腼腆地说:"程叔好。"

程永杰放开钟国庆,拉着沈萍的手:"还记得当年叔叔抱着你,用胡子扎你的小脸吗?"

沈萍嘻嘻地笑着:"叔叔,你真是老当益壮。"

说着话,几个人很快来到停车场。二虎早站在宝马车前,见了钟国庆,尴尬地笑笑说:"钟伯伯好。"

见二虎拘谨的样子,钟国庆开朗地大笑:"二虎,还敢打钟伯伯吗?"

二虎用手摸着自己的后脑勺,一改平时凶悍的样子,就像小姑娘似的说:"再给我10个胆子也不敢,您老、您老大人不计小人过。"

"好了,好了,我来介绍一下,这是你婶,这是你妹妹,他是我外甥。"程永杰热情地一一介绍起来。

晚上,金城国际大酒店宴会厅,金碧辉煌。偌大的宴会大厅里,摆放着10张大圆桌。亲友们陆续进入会场,靠近舞台上首,以奶奶为首的长辈们坐上席,其余人等一一就座。

轻音乐声戛然而止,程永杰西装革履,他满面春风地走上主席台,举起话筒,声音铿锵有力:

"各位宗亲、朋友们,大家好!今天这场盛会,意义非比一般。25年前,我的大哥钟国庆辞别老母和年幼的儿子,南下打工创业。作为兄弟,我见证了他在创业路上的辛酸苦乐。经过多年的拼搏,他成功了。现在他的事业蒸蒸日上,做得很大很强,这里也有他妻子沈君茹的功劳。今天,他们全家人回来了,我受国庆大哥委托,举办这场盛会。现在,有请伯母上场。"

在热烈的掌声中,钟国庆双手搀着老母亲一步一步地走上舞台。程永杰上前扶着钟母在台上一排沙发中间坐了下来,双手合十,恭敬地说:"祝老人家长命百岁。"

接着他一一点名,钟国庆、沈君茹夫妇分别坐在老人两边,李明英作为妹妹挨着钟国庆坐下,沈萍坐在沈君茹身边。接下来,钟晓阳、朱仁男、王明、牛小妹按座次一一坐好。

天下之大,无奇不有。沈萍坐在她妈身边,不时地侧过头来看钟晓阳、朱仁男。几个月前,他们在南方相遇过,她与朱仁男发生过一场不大不小的误会。沈萍想:"你这个李阳,原来你的名字是假的,还是我同父异母的哥哥。要不是老天有眼,差点演出一场奇情闹剧。"此时的钟晓阳也在回忆着他在南方的日子,想着沈萍母女对自己的好,心里还愧疚着。

沈君茹更是暗暗吃惊,那次女儿将钟晓阳领进家门,乍一见他,她心里直打鼓:这世上怎么就有这么相像的人呢?如今发现,他竟是自己丈夫钟国庆的儿子。

正在沈君茹、钟晓阳他们都在各自想着心事的时候,程永杰讲话了:"现在,认祖归宗仪式正式开始。"

按照事前的安排,钟国庆、沈君茹、李明英同辈三人首先向钟母三叩首。沈君茹说:"妈,儿媳不孝,向您请安了。"

沈母起身,双手搀起沈君茹说:"好,好,你们都很孝顺,只是晚见一步,妈不怪你们。"

钟晓阳拉着朱仁男、沈萍、牛小妹、王明跟着,齐刷刷地跪在奶奶面前,同声说:"奶奶,孙儿、孙女给您叩头了。"

奶奶笑得合不拢嘴:"我儿孙满堂,太高兴了。起来,起来。"

钟晓阳和朱仁男对着钟国庆夫妇一连三鞠躬,说:"爸、妈,给你们请安了。"

沈君茹站起来,拉着朱仁男的手说:"你很优秀,听说还是知名企业家呢,妈为你们高兴。"

"谢谢妈。"朱仁男又转向沈萍,"妹妹,对不起呀!前不久,姐误会了你。"

沈萍爽快地说:"没事的,姐。"

沈君茹来到李明英跟前:"姐,请受妹妹一拜。"

李明英也站起身说:"妹,姐真为你们高兴,坐吧,坐吧。"

至此,一家人高高兴兴,在热烈的气氛中拜礼完毕。

接下来,一场盛大的宴会开始了。亲友之间相互敬酒,互诉衷肠,一直闹到深夜。

晚宴上,刘云没有喝酒,她的身子近来不适。

朱仁和半醒半醉,坐在副驾驶位上,嘴上叨叨不停:"你爸,老爷子今晚真帅,是老……老……帅哥。"

刘云不屑一顾地说:"我爸,不也是你爸吗?"

"那……我问你,我们什么时候才能认祖归宗?"

"这话有意思吗?"刘云不高兴地说。

朱仁和的酒其实并没喝多,他说:"那个童总啊,她与你爸好了这么多年,也应该有她一个名分。我问你,他们什么时候结婚啊?"

刘云目不斜视地看着路前方,说:"这个,你不用操心,一家人和和乐乐比什么都好,何必在乎这些形式。我想啊,时间会给他们,还有我们一个完满的答案。"

进了自家的小天地,收拾停当,时间已经不早了。刘云说:"你看钟晓阳现在,找到了有钱的老子,底气足了,他们一家人的亲热劲真叫我忌妒啊!"

朱仁和说:"这对你、对我们都是好事呀!亲望亲好,邻盼着邻和睦,毕竟我们都是亲戚呵,他还是我们妹婿呢。"

"他是你的妹婿,和我有什么关系?你看你高兴的样子。"

朱仁和说:"你是我老婆,朱仁男是我妹妹,理所当然是你妹妹,他不是妹婿吗?再说了,你们两家也不是一般关系。今天的认祖归宗大会,这么隆重,是你父亲一手安排的。钟晓阳父亲和爸他们俩穷困潦倒时,一块去南方打拼,是过命的兄弟。他们老一辈的真挚感情,值得我们这一代学习。不过,你也不错嘛,钟晓阳落魄时,你把私房钱都拿了出来,使他的公司渡过了难关。"

"此一时彼一时啊,据我所知,各公司马上面临并购重组,在利益问题上,谁也说不清是朋友还是敌人啊!"刘云忧心忡忡地说。

"说得太严重了吧!凭你的实力,后头又有个有钱老爸支撑,任何事还不稳操胜券?"

朱仁和竭力安慰她,其实他心里清楚,钟晓阳没有她的学历高,但钟晓阳的实践经验却很足,这场竞争在所难免。

刘云说:"商业竞争,凭资本说话,这些都难预料。"

"不怕,我支持你。关键时刻,我站在你一方。更何况,我妹朱仁男现在做得很大,企业快要上市了。"朱仁和说。

刘云轻轻地叹口气,朱仁和闻到一股温暖、柔和的馨香。他紧紧地抱住刘云,刘云一改刚才的忧虑,柔情似水地顺从了他。

当晚在童兴荣的别墅里,程永杰拥着童兴荣躺在床上,嘴里发出一声感叹:"家家有一本好经,也是难念的经啊!"

童兴荣说:"老程,你啊,终于感悟了。"

"他们一家苦尽甘来,多幸福啊!这个世界,大家小家只有和谐才是幸福啊!"程永杰说。

童兴荣侧过身,点着他的额头:"看到国庆大哥一家的幸福,你心动了。"

程永杰说:"其实,我们也是一本好经,只不过和他们的幸福方式又不同。我想,把集团的改制办好了,也应该考虑我们的事了。"

童兴荣说:"我终于听到你说这句话了。10年了,你整天就是忙、忙、忙,其实,到民政部门就是一上午的事,再不办,小云都要结婚了。"

程永杰哈哈一笑:"又来了不是?你也不要老是怪我,你不是也忙吗?整天打理你的大酒店,忙得不亦乐乎,什么时候正儿八经地和我商议过?再说了,孩子不一样孝顺你吗?"

"光孝顺有什么用,毕竟名不正言不顺的。"

程永杰嘻嘻地笑着:"不用说了,要不然,我们一起办。"

"净油嘴滑舌。"童兴荣说。

程永杰很扫兴:"睡吧,睡吧,不说了。"

此时此刻,钟国庆一家沉浸在幸福祥和的氛围中。

王明和牛小妹公务在身,仪式一结束,他们就回单位了。

钟晓阳拉着朱仁男来到沈君茹身边。钟晓阳说:"阿姨,这是仁男,我们谢谢您了,在我困难时,您和爸支持了我。"

钟国庆说:"她是你们妈妈,从此要改口了。"

朱仁男说:"妈,晓阳和我都是您的儿女。"

沈君茹笑着说:"来,仁男、晓阳,这是妈给你们的改口费。"说着,把两个沉甸甸的大红包交给了朱仁男。

钟晓阳和朱仁男异口同声地对沈君茹说:"谢谢妈。"

沈君茹说:"你们也要谢谢明英妈妈。"

奶奶赶忙附和:"是的,是的,应该的。你们明英妈妈多少年如一日,把奶奶我当亲妈待,操持这个家,要不是她,奶奶或许早就不在人世了。真是我的贤惠女儿啊!"

躲在一旁的沈萍走了出来,她来到钟晓阳跟前,举起小拳头捶了钟晓阳一拳:"你这个'李阳'真坏,原来是我哥,钟晓阳。"

沈君茹看着钟晓阳说:"真是阴错阳差,儿子,当时我乍一见你,就在心里嘀咕,怎么这么像我丈夫呢,原来你是老钟的儿子。"

"谢谢妈,谢谢妹妹,在我最困难的时候,你们接纳、收留了我。"

沈君茹说:"儿子,过去的事就不说了,现在一家人大团圆了,应该说些高兴的事才是。"

奶奶笑得合不拢嘴,她举起杯子:"我的儿女、孙子、孙女们,现在我宣布,以茶代酒,共饮一杯团圆酒。"

晚饭后,众人各自回到自己的房子。前不久,钟晓阳在位于湖滨的中心广场买了一套上下各三居的复式大房子,装潢一新。客厅很大,钟晓阳、钟国庆父子俩在客厅里促膝谈心。

钟国庆说:"孩子,爸这些年没能照顾到你,奶奶年纪大了,都是你在照顾,一想到这,爸心里有愧啊!"

"爸,儿子不怪您,您也有难处啊!在我没长大的时候,我多么想您,也恨过您。长大后,走入社会,经历了这么多,我理解您了。一个人白手起家,特别是远在他乡,您所经历的磨难是不可想象的,尤其是创业更加艰难。您是顾不着我们这个小家,而不是不顾我们啊!"钟晓阳心痛地看着父亲,他两鬓斑白,眼袋明显地耷拉下来,父亲真的老了。岁月的利刃在父亲的脸上刻下了一道道皱纹,像巴根草一样趴在脸上。

"爸,您要保重啊,这世上,唯健康是自己的。我知道有很多企业家,忙得连健康都顾不上,年纪大时一身的病。"

钟国庆语重心长地说:"儿子,创业的艰难是难以想象的,你脚下的路还很长,接下来,你心里怎么想,爸想听听你的打算。"

钟晓阳说:"谢谢您借给我5个亿的资金,现在公司步入了正常的轨道。

吃一堑,长一智,我要很好地总结一下经验,成功没有捷径,不拼搏做不了企业家。我会在拼搏中稳步前进。"

钟国庆说:"你说得很对,但爸补充一点,在打拼中,还要保持冷静思维,审时度势,把握机遇。下一步你怎么做,说具体一点。"

在父亲面前,钟晓阳就像孩子似的,他伸开五指,插在一头浓密的黑发里:"我的计划,是将现存的土地用活,沿街面建一栋30层商住楼,根据测算效益不错。赚到的钱建一座养老中心,集健康、医疗、娱乐为一体,为国家的养老事业做一番贡献。"

钟国庆说:"不错,我国有十几亿人口,老年人口众多,养老问题十分重要。这是很理想的计划,资金上有缺口,尽管说,爸会全力支持你的。"

钟晓阳知道父亲说到做到,但他不想要父亲的钱,他说:"爸您已支持5个亿,这钱也是您公司合伙人的,我不能乱花,我会用在刀刃上。在经营上,将现有的资产盘活,滚动发展,一步步做大。这钱也算儿子借您公司的。"

"很好,儿子,听了你的话,爸放心了。"钟国庆说。

沈君茹一下子出现在父子俩面前,她高兴地说:"还有什么放心不放心的,晓阳是个成熟的大男人了,我们都要相信他。现在你们的任务是去休息。"

钟晓阳一下子站起来:"妈,您没睡?是我们吵了您?"

沈君茹说:"没吵我,听你们父子俩说话,我高兴得睡不着。"

钟国庆说:"小萍睡了?"

"还没呢,爸、哥,我有话跟你们说呢。"沈萍不知什么时候出现在客厅。

钟国庆说:"有话就说,爸听着呢。"

"明天,我们一家去黄山旅游,请爸批准。"沈萍顽皮地说。

钟国庆:"我批准了。"

沈君茹说:"老钟,我有个合理的建议,这个事情在我心里考虑了也不是一天两天了。"

"什么建议,说吧。"钟国庆说。

沈君茹认真地说:"从明天起,女儿沈萍,正式更名钟晓萍。"

# 第二十六章　意外风波

钟晓阳坐在办公室里,思考着公司下一步的运营方案,敲门声打断了他的思路。李全走了进来,坐在他对面的皮椅上。

钟晓阳说:"老李,有事吗?"

李全说:"老板,我这不是例行公事,给你汇报工作嘛!"

经过一场欠债风波后,李全近来规矩多了。他决心回到晓阳置业来,钟晓阳安排他继续做办公室主任。

李全看钟晓阳低头看文件,对他并不在意,于是他着急地说:"钟总,土地上有一个钉子户,这么长时间了,根本不买账,就是不搬。"

钟晓阳说道:"你不是和地方政府交涉了吗?"

"办事难啊!昨天我去找了负责拆迁的副镇长,他一个劲地诉苦,说他差点向这户人家叩头了。"李全说。

钟晓阳说:"你是否在哪方面怠慢了人家?"

"哪敢啊,我的老板!那天,我没请示你,自作主张塞给副镇长5000块钱,好说歹说,他就是不收。他说你别为难我了,你这样做,是想让我下班吗?"李全说。

钟晓阳想起父亲那晚说的话:"民营企业办事难啊!不要再踩红线、打擦边球了,按规矩办事,守法经营,否则麻烦不断。"于是他对李全说:"想做事,总得有困难,你呢,把这家的情况弄清楚,我们合计一下,再做处置。"

李全答得很干脆:"我这就去。"

光明社区动迁的消息一经公布,愁坏了位于光明路八尺巷内的一对中年夫妇。这家男的叫陶天赐,女的叫胡文月。这对夫妻之所以不搬,是因为他们居住的二层小楼是祖宅,有近百年历史了。当年日本侵略中国,殃及这座古城,日本人用小钢炮都没将它炸毁。陶家几代人繁衍生息都在这里,日子虽然平淡,但也算安居乐业。如果不拆,也算文物了。

这座祖宅,是一座两层砖木结构小楼,青砖墙体,白色水泥抹边线,青白相映,清秀典雅。其实,八尺巷有不少这样的建筑,大都是晚清、民国时期建成的。

陶天赐的祖爷爷在民国时期是开织布厂的,这座小楼,就是他祖爷爷当年建成的。小楼前些年由于年久失修,已经墙体斑驳,院落残缺。去年两口子斥巨资大修了一遍,望着焕然一新的小楼,新鲜劲还没过去,八尺巷动迁的消息就传过来,这可愁坏了陶天赐、胡文月夫妻俩。

一天晚上,累了一天的陶天赐刚走进巷子,一个醒目的"拆"字映入眼帘。房屋拆迁公司对光明路八尺巷1—200号实施拆迁,28号陶家小楼也在其中。

陶天赐担心的事终于发生了。看样子小楼怕是保不住了。他这辈子哪也不想去,就想守着祖宅过日子。他想把祖宅传给儿子,儿子再传给孙子,一代代传下去。

他一筹莫展地上了楼,见妻子在客厅发愣,看来她也为拆迁的事发愁呢。

"文月,看来政府要动真格的了,咱们怎么办?"陶天赐疲惫地往沙发上一躺,无可奈何地问道。

"那我们也动真格的。"胡文月说。

"我们两人势单力薄,胳膊还能拧得过大腿?再说,前头几家都在搬东西了。"陶天赐说。

胡文月说:"反正就这么耗着,政府也不能强拆。"

就这样,时间一天天拖下去了。

李全把了解来的情况及时汇报给钟晓阳。面对李全一脸的无奈,钟晓阳说:"拆迁这事呀,虽然是地方政府的事,但我们要理解政府的困难,人民群众无小事。我们不能坐等,要积极主动配合。"

李全耐心地等他说完,说:"老板,请你说具体点。"

"耐心沟通,一事一议,特事特办。"钟晓阳说。

李全说:"我知道了。"

李全找到了拆迁办宋副镇长,说:"宋镇长,这户人家什么时候才能搬呀？"

宋常青说："你说怎么办？上面三令五申，不让强拆。"

李全说："那真的没办法了？我倒有个提议，你同意不？"

"快说，快说，我都愁死了。"宋常青说。

"攻城为下，攻心为上；只可智取，不能强攻。"

"你还精通兵书战策？请给我上上课，怎么个智取法？"

李全这些天，白天晚上都在学习房屋拆迁的法律法规知识，努力提高政策理论和业务水平。他细致地研究了关于八尺巷片区的详细规划方案，并和钟晓阳探讨多次，他结合实际，提出了一整套的实施方案，给宋常青详细阐述了一遍，说得宋常青心花怒放，不住地点头称赞："好，好，好，这办法好。"

为了能顺利说服陶天赐、胡文月夫妻俩，他们几天里跑了十多趟，苦口婆心，说得陶天赐夫妇真有些过意不去。但利益问题和故土难移的情结，还是使他们反反复复，犹豫不决。当他们有了初步意向时，李全趁热打铁，开出了条件，许诺他们，先将祖宅租下来，作为临时工程建设指挥部使用，当然租金是丰厚的。之后在不影响整体规划布局的条件下，在小区物管中心旁，按照这两层小楼原样建一栋，至于动迁各项费用一分不少地支付。

这次，李全确确实实做了一件了不起的大事。见到他时，钟晓阳既高兴又感慨地说："李主任，原来在你身上藏着这么多的闪光点，之前我怎么没发现啊！"

李全笑着说："人人都有好的一面，之前，我没机会发挥。另外，一个人只要克服了膨胀的私欲，闪光点就会发挥出来。"

"说得好。晚上下班，我请你喝酒。"钟晓阳高兴地说。

晚上，李全带着一些醉意，回到他和张英的住处。

张英心事重重地睡在床上。前不久，她将店面交给手下王芳暂时打点，回了一趟老家，和名存实亡的丈夫吴亮正式办了离婚手续，将孩子留给了丈夫。

除了几间老屋，家里没有什么东西可分，张英放弃一切，净身出户。

李全进到卧室，张英脸朝里侧身躺着，听到李全弄出的响动，她装着睡着了。

窗外一片灯海,李全乘着醉意,浮想联翩。之前,张英多次对李全信誓旦旦地说:"我回去就和他离了,你也尽快准备一下,我的离婚证书一拿到手,我们立马就登记结婚。"

可是半个月过去了,张英毫无动静。李全在心里嘀咕:"这是怎么一回事?我倒纳闷了,她心里究竟是怎么想的?真是女人心,海底针呀!不管怎么说,今晚一定要弄个明白。"

李全上了床,一把将张英身子扳过来,说:"是否真离了以后后悔了,旧情复发了?早知今日,何必当初呢!"

"你还倒打一耙?这些年,你一直都在骗我。跟你说,我可不想从糠箩里跳出来,又钻进一个无底的米洞里。"张英坐了起来,越说越气愤。

李全一下子蹦下床,愤慨地说:"我骗你什么了,现在我就要你说清楚。"

张英说:"好,我现在就把你的假面孔揭开。我问你,你和她是怎么回事?"

"她是谁?"

"童兴荣。"张英最怕的是受感情欺骗,憋了这么长时间,终于说出了自己的心事。

在这之前,一天上午,她去金山汤鹅有限公司总部找了朱仁男。朱仁男看着一脸倦态的张英说:"张姐,你这么忙的人,今天怎么有时间来找我?"

张英昨晚几乎没合眼,她打着长长的哈欠说:"仁男妹,我想和你商议,在你的名下开一家分店,你同意吗?"

朱仁男用奇怪的眼神看着她:"张英姐,怎么啦?干得好好的,是童总……"

"没有,没有,是我想独立干点事情,所以想到妹了,难道你不同意?"张英诚恳地说。

朱仁男在心里盘算开了。这张英现在翅膀硬了,手头上一定积攒了几个钱,不愿久居人下。但据她所知,童总这个人在同行业、在女人中算是仗义的。她回想起当初在童总手下干事,童总像对待自己亲人一样信任她,呵护她,创办金山汤鹅公司时,童总也没少给她支持,因此,企业很快发展壮大。后来,童兴荣去了众诚国际大酒店出任总经理,在金城市民营企业界也是出类拔萃的人物。当朱仁男建议将三妹汤圆馆合并入股公司,按股份制模式操作时,童兴荣委婉地推托说:"仁男,我相信你一定会办好事,办成事,你的公司也一定能做大做强。三妹汤圆馆加入你公司,以股份制运作管理,我很放心,会锦上添花的,可是我的心你还没摸透啊!"

朱仁男说:"童总,我知道,这个店是您的命根子。可您是做大事的人,这店交给别人管理,您能放心吗?"

童兴荣说:"当然,交给李全这样的人,我绝对不放心。虽然他救过我的命,但一码归一码,这么长时间了,我了解他的综合素质和道德品行,只能让他当个副手,控制使用,让他独当一面,绝不可以。我童兴荣当初为什么给这店起名叫'三妹汤圆馆',因为我叫童三妹啊!这店是我的一部分,万不能舍下的。"

朱仁男看着童兴荣不舍的样子,情真意切地说:"童总,我知道了。"

童兴荣自信满满地说:"仁男,谢谢你的关心。你只管放开手脚大胆地干好你的事业,我这边已经物色好了一个很能干的人,张英你是认得的,不过你们在一起的日子不长,她刚来没几天,你就走了。通过我对她长期的考验,店交给她,我是放心的。"

眼前的张英要与童兴荣分道扬镳,主动提出跟自己干,这其中必有隐情。想到这,朱仁男说:"张英姐,究竟怎么回事,你能跟我说清楚吗?让我好掂量掂量。"

张英于是把发生的事说了出来。昨天晚上8点左右,店里来了两位就餐的男子,看年龄都在40岁上下。店里顾客不是很多,服务员小刘家里有事,提前走了,是张英接待他们的。张英将他俩安排在朝南的卡座上,离服务台最近。其中一个大个子男人点了两荤两素,要了一瓶白酒。

两杯酒下去,两人天南地北地海侃起来。那个矮个男人说:"表哥,你知道这个店为什么叫三妹汤圆馆吗?"

大个子说:"姜年,你表哥是什么人,能不知道吗?这个店的女老板叫童三妹,所以就叫这个。"

姜年说:"我也听说过,这不奇怪,现在开店大都是用老板的名字作店名的。"

大个子喝了满满一杯酒,说:"那我问你,一个叫李全的你知道吗?"

姜年说:"这与李全有什么关系?"

听到李全的名字,张英在吧台里坐不住了。她装作收拾地下垃圾来到卡座跟前,侧耳细听。

"听说,李全和这个老板早就有一腿了。起初我不相信,有一次我去童老板的众诚国际大酒店为一个外地来的亲戚开房间,正好那个李全也在,当着众人的面和童老板打情骂俏,后来两人手挽手进了包间。这个是我亲眼所见。"

张英怨恨地说:"听了这两个人的对话,我当时差点气晕过去。仁男妹,你想想,我还能在那干吗?"

朱仁男冷静地听了张英的每一句话,将一些细节都想了一遍,对张英说:"张英姐,你一定要冷静。我觉得吧,这里面有蹊跷,一定要弄清楚,万一冤枉了童总,这不太对不起人了吗?"

"无风不起浪,我是决心不在那干了。眼不见,心不烦;耳不听,心里静。"张英气愤地说。

朱仁男竭力劝道:"张英姐,你回去装作不知道,照样干你的事,该吃的吃,该喝的喝。一星期内,我动用一切手段给你弄清底细,到时候,你再决断。"

今天正好一个星期,朱仁男那边还没消息。张英正在家生闷气,李全带着一身酒气回来了。在李全的逼问下,张英干脆摊了牌。

听到童兴荣的名字,李全很诧异。他说:"你说老童怎么了,她得罪了你?"

"你别老童老童的,别的下级,资格再老都喊她童总,就你喊老童,她是你什么人?"张英气不打一处来。

李全说:"你别搞错了,我曾经救过她的命,我的年龄比她大,喊她老童不行吗?"

"我没说不行,我担心你喊着喊着喊到床上去了。"张英愤慨地说。

李全也火了:"我看你以前还怪温柔讲理的,现在怎么变得跟泼妇一样。好,好,好,明天我俩一道去老童那里当面锣对面鼓地问个清楚。"

"问就问,反正我也不怕得罪她,我已找好了退路,不行就辞职,我还炒她鱿鱼呢!"张英说。

李全说:"桥归桥,路归路,这个事会弄清楚的,我俩就说我俩的事,不要混在一起。"

张英说："这件事没弄清楚前，我俩一切免谈。"

"好,好,好,你要想好了,免谈就免谈,谁怕谁?"说着,李全抱着一床被子,气鼓鼓地去了客厅。

天还没大亮,张英的手机响了。她拿起一看,是朱仁男打来的："张姐,请你上班后,把工作安排好,来我办公室。"

张英一骨碌爬起来,简单梳洗一番,急急忙忙向店里赶去。她把一天的工作交代一下,就往金山汤鹅公司赶去。

朱仁男的办公室里,张英在朱仁男对面的椅子上落座,睁大眼睛看着她。朱仁男漫不经心地从抽屉里拿出一个小火柴盒一样大的小录音机,在办公桌上放好,说道："张姐,请你认真听这里面的说话录音,听完了,我们再说事。"说着,朱仁男轻轻拨动了录音机的开关按钮,里面传出一个中年男人沙哑的声音。张英当时就怔住了,这不是前夫吴亮的声音吗?

只听吴亮说："我恨透了她,我在农村带着儿子,让她进了城。才去那会儿还好,每月还回来一趟看看我们父子俩,在家里待个一两天,洗洗补补。后来慢慢地回来少了,再后来,根本不回来了。偶尔回来,那就是吵着离婚,在家不过夜,当晚就回城了。我去城里找她,她躲着不见我。

"听说她和一个叫李全的好上了,每晚店里一打烊,其他服务员回家了,就他俩住店里,孤男寡女的,公开在店里同宿。我几次去捉奸,都没逮着。前不久,她回来正式提出离婚,我想想,捆绑不是夫妻,强扭的瓜不甜,这个事拖到初一,拖不到十五,迟早得分。于是和她办了手续。孩子归我,家里也是破破烂烂的,没有值钱的东西,她净身出户。

"既然她不给我好日子过,我也叫她过不安稳。于是我说通了我一个远房老表姜年和他大表哥——他们俩和张英不认识——去她的店里装作食客,演了一幕双簧,造谣李全与童三妹私通……"

亲耳听到前夫吴亮的叙说,张英如梦初醒,她深深地叹口气："仁男妹,一切我都明白了。"

朱仁男说："明白就好,张英姐,回去好好过你的日子。"

张英说："仁男妹妹,你帮姐这么个大忙,姐的心结解开了,姐请你吃饭,以表我的心意。"

朱仁男说:"心意我收下,今天来到我这,应该我请你才是。"
一场意外风波就这样平息了。

## 第二十七章　今夜无眠

深秋的一个星期天,钟晓阳开车来到大湖西南角的一片沙滩上,好好享受一下日光浴。躺在暖和的沙子上,一股和煦的风从大湖上空吹来,他将脑袋枕在臂弯里,眯着眼睛,喃喃自语:"太舒服了。"

钟晓阳思绪驰骋着,穿过了蓝蓝的天空、宽阔的柏油大道,一栋栋摩天大楼……他在思考着公司下一步的发展,程永杰的话在他耳边萦回着。

昨天,集团召开了下属各企业中层以上干部会议,钟晓阳出席了会议。

董事长程永杰侃侃而谈,下巴上那一小撮山羊胡不停地抖动着:"我在商场上已经打拼36个春秋了,这些天来,我反复思索着一个问题:中国民营企业的生存和发展。

"中国民营企业不仅生命期短,能做大做强的更是寥寥无几。企业做不长做不大的原因当然有很多,但根源大部分是企业股权出了问题。

"企业不是死于外部的竞争,而是死于内耗。中国有句老话:生意好做,伙计难搁。股权既是一门技术,也是一门艺术。员工干不好,可以走人,股东不和怎么办?公司天天上演三国演义、五王争霸,业绩、利润、积极性大幅受损。

"我讲这些,就是要大家知道,企业要做大做强,下一步可以用两个字概括:改革。经集团董事会决策层研究决定,接下来我们要进行资产评估,并购重组。这是当前必须要办的事。"

钟晓阳想,程永杰的话是一个信号,集团下属的企业将要面临一场资产清算、价值评估,一次重大洗牌开始了。

钟晓阳再清楚不过,作为集团当家人,程永杰和自己的父亲当年南下创业,不说九死一生,也历经了九九八十一难,是摸爬滚打出来的老一辈企业家精英。程永杰在会上语重心长地说:"我们老了,迟早要交班。企业以后要发展壮大,还要靠在座的年轻精英们继往开来。具体怎么做,还要按市场经济规律办,能者上。"

他最后说:"我想,新一代年轻有为的企业精英一定会脱颖而出……"

钟晓阳事后了解到,这次企业并购重组的有朱仁海所在的晓星印务、朱仁和以前所在的宏图汽车制造、刘云所在的大湖百货和晓阳置业。按股份配置模式推进重组,组建新一轮集团公司。

尽管在休假之中,钟晓阳的心思还是放在重组之事上。自己该如何应对呢?

进入新的一年,人事、世事都在变。钟晓阳和朱仁男都在紧锣密鼓地忙着公司的事,很久没在一起了。

这天下午一下班,钟晓阳推掉了几个约请,拨通了朱仁男的手机:"亲爱的,晚上早点回家,尝尝我做的红烧狮子头,怎么样?还有重要的事和你商量呢!"

朱仁男笑着说:"几日不见,还成人物了!你说的这道菜,你什么时候学会了?"

"认识你之前我就会做了,是跟奶奶学的,只不过这些年忙着,没在你面前展示罢了。"钟晓阳说。

朱仁男带点撒娇的口气说:"晓阳,实在对不住,今晚我有个应酬,9点前我一定赶回来。一夜长着呢,什么重要的事都有时间商量。"

"那好吧,我在小吃摊上随便弄点吃的,等你回来啊!"

钟晓阳知道,朱仁男外柔内刚,说话做事一是一,二是二,不管家事外事,都是个信守诺言的女强人。

晚上9点不到,钟晓阳听到钥匙搅动门锁的声音,他开了门,将朱仁男拉进来,紧紧地抱在怀里,给了她一个长长的热吻。

钟晓阳说:"够准时的嘛。"

"家人外人,我哪次说话不兑现了?做人做企业一个样,无信不立。"朱仁男看着他,一脸认真地接着说,"一个北京客户申请加盟我公司,他想在北京高铁南站候车大厅二层开设一家分店,因此今晚设宴请我,你说我能拒绝人家的诚意吗?"

钟晓阳接过她的手提包:"快去洗洗吧!"

二人收拾干净,平静地躺在床上,朱仁男说:"可以说了吧,什么大不了的事,急着要与我商量。"

"事关企业改制,你说我能无动于衷吗?"钟晓阳简单地说了程永杰会上说的关于企业并购重组的事。

朱仁男说:"关我什么事?你们干你们的,我发展我的。跟你说吧,我公司马上就要上市了,我才不掺和呢!"

钟晓阳说:"现在的问题是,当今市场经济拼的是实力,一切靠资本说话。谁资本雄厚,谁就是老大;谁的股份多,谁就享有控股权。"

"这些简单的常识,我懂得不比你少。但你们的事,我不感兴趣。我现在的金山汤鹅公司发展势头良好,我的理念很简单,做我熟悉的事,知己知彼,百战不殆。"朱仁男自信地说。

钟晓阳说:"本来吧,我想邀你参加新集团,看来你不愿意。人各有志,我这是一厢情愿,不强求了。我俩算是两条道上跑的车,看谁跑得快,竞争也是动力。"

朱仁男听出,钟晓阳的话带有很大情绪。其实,她的内心也很矛盾,她想,夫妻俩如果同在一个单位工作,久而久之,会给情感带来意想不到的影响。这个问题她酝酿多时了,最后还是下了决心,她劝道:"晓阳,我俩都是一家人了,说什么你的我的。我的性格,这么多年相处下来,你应该知道,我会按着我的思路和原则办事,办好事,办成事。我的企业内部不想有太多声音。再说,一个集团公司,按规章,应该有直系亲属回避制度,你考虑过吗?"

这也是钟晓阳所考虑的问题,他终究有了决定:"仁男,到此为止,我尊重你的决定。"

"那你能心甘情愿,晓阳?"朱仁男温柔地拍拍他的胸脯。

钟晓阳翻转身来,紧紧地搂住她:"当然,我现在就要你心甘情愿。"

今夜,刘云与朱仁和两口子也在思考着同一个问题。近来这两人的心情和以往比,有很大反差。

从7月中旬到8月间,在刘云周围发生了一连串意想不到的事。

其一是朱仁男的金山汤鹅管理有限公司发展势头突飞猛进,在华东地区同行业中已上升到前十名。

其二是钟晓阳的公司在他父亲钟国庆的直接支持下,已步入正常的发展轨道,一座集健康、医疗、娱乐为一体的养老中心已经落成,投入试运行。第一批老人已进驻,他们喜笑颜开、各得其乐的场景,引起各路媒体争相报道。

晓阳置业的房地产也做得红红火火,房价的飙升,使他公司的产值、资本翻了数倍。

相比之下,刘云的大湖百货经营很不理想。受网络购物的影响,人们的日用品都能在网上直接购置,足不出户就能买到自己理想的物品,这冲击着她的企业。虽然她采取了一些得力措施,引入一家大超市,企业勉强可以维持生存,但如果与晓阳置业比,真是小巫见大巫,落差很大。

而宏图汽车制造,销售已经过了黄金期,眼下全年销售量明显回落。工作上的不顺,直接影响两个人的生活。

刘云仰面朝天地躺在床上,天花板下的吊灯发出明亮的光圈。她沉思着,喃喃自语:"这次企业改制,我看钟晓阳要脱颖而出了。"刘云虽是女流之辈,金钱对她来说无所谓,但她权欲较强。平时尚故作矜持,在家里就充分暴露了。

朱仁和侧转过身子,半抱住她:"何以见得?老婆,你的优势根本不小于他呀!"

"望尘莫及啊!"刘云轻轻地叹口气。

朱仁和安慰她说:"我看呀,你的优势其实胜过他,不用担心。"

"按理说,我们之间也没什么可争的。论亲戚关系,他还是你妹夫呢!"刘云的话,带有几分试探和故意,甚至言不由衷,实际上她做梦都想和钟晓阳争一争。她时常暗暗鼓励自己,谁说女子不如男?自己留过学,他钟晓阳高中毕业,后来虽在职进修,也只是个大专学历,与自己无法比。她要做给老爸看看,你的女儿不比男孩差。就是论资本,老爸的家业将来都是她的,钟晓阳的老爸虽然也资本雄厚,但他与沈君茹还有一个女儿,沈家的资产本来就占了半壁江山,摊到钟晓阳头上,不比自己多。更何况他爸远在异地,远水救不了近火。

朱仁和说:"你也不要多想了,他是我妹夫不假,但跟老婆没法比,我当然全力支持你。你指到哪,我打到哪。"

刘云说："用不着打打杀杀的,就是打,你也打不过他。其实很简单,我们将宏图制造合并过来,弥补大湖百货的欠缺。"

"要怎么做都由你说了算,我们是一家人嘛!"朱仁和情真意切地说。

达成了一致意见,刘云心里有数了。她对钟晓阳的实力有了初步的估计,朱仁男拉不进来,她与晓阳置业势均力敌,不相上下。想到这,她的心放下了,有了几分胜算。

此时此刻,刘云的老爸程永杰也处于不眠之中。他斜睨身边的童兴荣,见她眯着眼睛、无动于衷的样子,忍不住说道:"喂,老童,我们难得在一起,干吗不说说话,排遣寂寞?另外,公司的事也该商谈一下了。"

"说吧,我听着呢,你就是不说,我也能猜到。你要说的,无非都是老生常谈的事。"童兴荣漫不经心地说。

程永杰上班时间在电话里无休无止地谈企业改制的事,她都听烦了。好不容易回到家,又要谈工作,真叫她受不了。

程永杰说:"我知道你烦,可你是集团举足轻重的大股东,于公于私,我不跟你商量,跟谁商量?"

童兴荣说:"你不是在大会上长篇大论,说得头头是道吗?就按你说的办,我不反对,就等于支持了。"

"谈何容易,这是一个系统工程,资产评估很快就能办妥,可是,关键是用人问题。如果用对了人,一切顺风顺水,用错了人呢,那将满盘皆输。所以这件事,是我首要考虑的问题。"程永杰很认真严肃地对童兴荣说,也引起了她的重视。她翻转身来,面对着他。

"我知道你的良苦用心,企业怎么才能长久生存、发展,说说你的高见,我洗耳恭听。"童兴荣情真意切地说。

程永杰说:"这次企业并购重组,目的是激活新动力。别看这些年轻人表面上风平浪静的,其实暗流涌动。"

童兴荣说:"现在的民营企业大都是家族企业,别看都是裙带关系,真正涉及利益层面,争权夺利的事司空见惯。老程,我们老一代人一定要管控好局面。"

程永杰说:"所以我说嘛,关键时刻,还要和你这位有主见的人商量。你要好好给我出出主意,把把关。"

"我认为,在接班人人选上,有三个人是比较合适的。"

程永杰说:"哪三位?看看与我想的是否不谋而合。"

"那就是朱仁男、钟晓阳,你的女儿刘云。"童兴荣说。

"我的女儿,不也是你的女儿?"

"那她为何不叫我妈?总是一口一个阿姨。"

程永杰拍拍她的肩头,安慰说:"好了,等到哪天,她一定会喊你妈妈的。"

童兴荣说:"好,我等。"

程永杰轻轻地舒了口气,说道:"不管是谁,要任人唯贤,让他们公平竞争。"

童兴荣思索片刻说:"据我所知,朱仁男这次不掺和进来。她性格倔强,历来是天马行空、独来独往,不受制于人。但她聪明稳重,做事一步一个脚印,现在她的企业做得很大,旗下连锁店遍及全国十多个大中城市。她对这事不会有兴趣的。"

"你呀,看人太准了,比我更胜一筹。"程永杰发自内心地赞道。

童兴荣说:"你的女儿,你比我更清楚她是什么样一个人。现在决定权在你,如何定夺,还由你说了算。"

"我也考虑多时了,现在的人选就两人,钟晓阳和她。全面看,两人各有所长,各有所短。用人上,我不掺个人感情。这次选人,第一,企业进行重新评估,以实力说话,谁出资多谁控股。第二,光凭资本不行,还要看才华。具体做法是,聘请省内外相关专家及学者,组成一个评审委员会,当然,你我也是当中成员。先由他们当众发表演说,题目是怎样把企业做大做强,再由群众打分,评审委员会定夺。"

童兴荣说:"用人无小事,方法不错。老程,在这个问题上,绝对不能掺杂一丝一毫私念。你我参加可以,决定权不在我们。"

程永杰说:"一言为定,听你的。"

"我现在还有一个问题必须问你。"童兴荣一副认真的样子,"这个问题,与你个人有关,也事关我,那就是集团属下的企业都剥离了,你干什么?你身体还好好的,总不能只是跳广场舞、打太极拳或去领略祖国大好河山——旅游去呀!"童兴荣试探性地问。

程永杰说:"暂时不可能。跟你说实话吧,我起码要保留一个支柱产业——集团金融中心。从目前看,金融中心更需要我集中精力管理好,这样,也可算是新集团的坚强后盾吧!"

童兴荣说:"啊,我知道了,你真是老谋深算。"

程永杰说:"我倒要问你,下一步你的打算。"

"我呀,"童兴荣乐观自信地说,"你都不退休,我能坐享清福?跟你说实话,你看,我的大酒店服务功能齐全,我打算再增加一些养老保险配套设施,我的晚年生活一定是丰富多彩的。"

程永杰笑着说:"这个主意不错,不过……这样说,好像把我给撇掉了?"

童兴荣说:"怎么可能呢?你看呀,晓阳公司的养老中心已上规模,到时候,我陪着你住进去,就是不给他们拖后腿,我想他们也不会不管的。"

程永杰说:"他们是谁?包括小云吗?"

"你说呢?刘云是我们的女儿,她能赖掉吗?"

两人相视一眼,哈哈大笑起来。

# 第二十八章　舌战群儒

星期日，程永杰坐在自家宽大的客厅里，正专心致志地观看电视里一场精彩的足球赛，女儿刘云将一杯热气腾腾的龙井茶放在他面前的茶几上："爸，和您说件事。"

"丫头，爸的做事风格你是知道的，家长里短的事可以说，公司的事免谈，爸从不把工作带回家。"程永杰早就看出她在客厅里绕来绕去多时了，女儿想，他已猜出七八分。

程永杰经常拒绝同事、下属来家里找他谈事，特别在礼拜天休息的日子。用他的话说，平时工作起来拼死拼活的，在家里就得好好休息。

刘云知道，只有她能在老爸面前撒娇耍点小脾气。她随手拿起遥控器按了一下，屏幕黑了。

她说："今天不能破个例吗？"她双手在程永杰的肩头上轻轻按摩起来。

"好了，好了，你说，爸就依你，破例一次。"程永杰拉下刘云的手，端起茶杯，漫不经心地吹着茶叶，浅浅地呷了一口，说道。

刘云在他对面的沙发上坐了下来，认真地说："爸，这次企业改制，您怎么安排呀？"

其实，程永杰在他的宝贝女儿面前，不知破例过多少次了。刘云提到公司改制，这也是令他十分头疼的事，实在是不想说。他随口敷衍道："什么怎么安排？按规章制度办呗。"

刘云撇了撇嘴："别糊弄女儿了，什么规章制度，我看您是诚心对我保密。"

程永杰说："小云，爸给你说真话，董事会做出的决定，不是轻易说改就能改的，我在会上都说得够清楚的了，没有什么保密不保密的。"

"那我就跟您挑明吧，这 CEO 一职，非女儿莫属，我是当定了。"刘云最终说出了自己的想法,就算给老爸提前打个招呼。

程永杰板着脸:"那老爸也给你挑明,你,还有钟晓阳,你们俩公平竞争,凭本事和实力说话。"

"我和他竞争? 就我们两人,不是说三个人吗?"刘云说。

程永杰说:"就你们俩,本打算是物色三个人,朱仁男不愿加入。听说她的企业做得很好,是吧?"

刘云说:"其实她是您未来女婿朱仁和的妹妹,我未来的小姑子,也是钟晓阳的女朋友。她不愿参与,少一个竞争对手也好。"

程永杰呷了一口茶,看着女儿:"你口口声声说非你莫属,你有多大把握能胜过他?"

刘云自信地说:"到时候自有分晓。我也给您说清楚,您不要老是看不起您女儿,我凭的是实力。只要您不偏不倚,公正、公平对待,我就算烧高香了。"

程永杰轻轻地叹口气:"现在的民营企业呀,创业难,守业难,发展更难,选好接班人难上加难啊!"

刘云心痛地看着自己的老爸,他头发花白,一脸沧桑,连下颌那一小撮山羊胡子也白了大半。她说:"爸,您也不必多虑,要相信我们年轻人,我会让您放心的。"

"但愿如此啊!"程永杰感慨地说。

刘云起身,走到父亲身后,温柔地给他按摩起来:"爸,您女儿的按摩功夫,不亚于中医院的专业按摩师吧!"

程永杰忽然想起什么,拍拍女儿的手:"快,快,快把电视打开,这场足球赛,广东队对战上海队,还没分胜负,我要看。"

刘云低下头,贴着老爸耳朵说:"不着急,晚间还会回放的,现在女儿想听听您和她的事。"

"和谁的事?"程永杰回头看看女儿。

刘云提高了嗓门,生怕他听不清或故意回避:"明知故问,我说的是童阿姨,难道您还有谁?"

程永杰没有立即回答女儿的话,他陷入了对往日的回忆。

程永杰出生在金城市郊县农村,父母在他上中学3年级的时候先后因病去世,那年他17岁,辍学回到农村,不久随建筑队进城当一名小瓦工。他天资聪明,又肯吃苦,不到三年时间,就成了代班班长,后来承包了一项小工程,赚了几个钱。22岁时,他和在工地上做小工的刘桂芬恋爱结婚,举行了一场简单的婚礼,一年后生下女儿刘云。刘云3岁的时候,一次出工,刘桂芬从脚手架上坠落,抢救无效,不幸去世。在她临断气的时候,断断续续地对一直陪在身边的程永杰说:"你,永杰,要……要把小云……养大啊……"

他一把屎一把尿地将小云养大,后来因一碗汤圆,结识了童兴荣。童兴荣的美丽善良,在他的心目中留下了深刻的印象。

后来他和钟国庆南下打工创业,念念不忘童兴荣。在他们创业成功后,他毅然和钟国庆拆了股,回到了金城,创下了众诚集团的基业……

往事依稀,想到妻子刘桂芬临终的交代,程永杰流下了伤心的眼泪。

刘云见父亲的眼睛湿了,知道他又沉浸在痛苦的回忆中。她几次看到父亲总是一个人坐在客厅里,面对电视屏幕,伤心落泪。

刘云轻轻地说道:"爸,对不起,女儿又叫您伤心了。"

程永杰拭去了挂在腮边的泪水,苦笑着说:"小云呀,爸的事,你不用操心,我和你童阿姨感情很好,她没有子女,会把你当亲生的女儿。我俩都珍惜这20多年的情义,现在都到了这把年纪了,也不讲究表面形式了。"

"爸,女儿衷心祝福您和童阿姨幸福,当有一天你们都干不动的时候,我和仁和会照顾好你们的晚年生活的。"

"仁和是个好孩子,爸希望你们幸福,永结同心。"程永杰说。

"谢谢爸。"刘云抱住他的头,在他的额头上深深地亲了一下。

刘云的亲吻像一缕春风吹入程永杰的心房,他笑了。


程永杰推开钟晓阳办公室的门时,钟晓阳正在低头起草一份协议书,听到推门声,他抬起头来,一下子站起来:"程叔,怎么是您?"

说着,钟晓阳双手捧着程永杰的手,说:"您来前给小侄来个电话,好让我接您呀!"

程永杰在沙发上坐了下来,笑呵呵地说:"叔也不是什么大人物,没那么金贵,来了就来了,用不着那么兴师动众的。"

钟晓阳将一杯龙井茶放在程永杰面前的茶几上,他知道程永杰喜欢喝茶,尤其喜欢南方茶,西湖龙井是程永杰最爱喝的一种茶。钟晓阳说:"程叔,您身体这么硬朗,也是我们晚辈们的福分。"

"程叔老了,长江后浪推前浪,今后还要靠你们。"程永杰说。

"还请前辈多关照,有你们掌舵是我们最大的幸运。"钟晓阳诚恳地说出心里话。

程永杰说:"晓阳,和你爸常联系吗?"

钟晓阳说:"昨天才通的电话,他要我向您问好,这不,您今天就来了,小侄当面给您请安。"

"自家人嘛,没那么多礼节。晓阳,你也坐,叔正好有事找你,我想还是来你这谈更合适。"程永杰说。

钟晓阳给茶杯续了水,坐到程永杰身侧的沙发上,一副认真聆听的姿态。

"怎么样,公司最近发展还好吧?我不常来,对你的关心不够。"程永杰说。

钟晓阳稍作思索,说道:"谢谢您和童总的关照,开公司办企业,困难天天都有,但办法总比困难多。昨天清查小组对公司资产做了评估,总资产5个亿多一点,负债率不到45%,总的来说,企业运营正常。"

"好,我今天来,就是想听听你对企业经营的想法,在叔面前不要有任何顾虑,尽量说细致点。"程永杰目光炯炯地看着他说。

钟晓阳说:"程叔,这些年,我在企业经营中总结了很多经验教训,那天在会上听了您的一番高论,我的体会更深了。"

"那就具体谈谈吧。"程永杰说。

由于程叔和自己的父亲友谊深厚,在他面前,钟晓阳不感到丝毫的拘谨和心慌,坦然地说:"程叔,在您老面前,我这做小辈的,就直说了,对的您放在心上,不对的地方,当我没说。"

"我会的,晓阳,在程叔面前不要客气。"程永杰说。

"十年拼搏,十年教训。经历了创业路上的种种磨难,我感受颇多。我初期的心态只是打工挣钱,养活我奶奶就心满意足了。进入企业之后,思想境界潜移默化地有了提高。中国合伙人的故事广为人知,但我发现,现实社会中创业者还会在同一个地方绊倒。我的具体体会是,不要伪创新、伪创业。

"我觉得现在的大环境有一定的误导性。我遇到过一些不靠谱的创业者，连做人的基本道理都搞不清楚。异想天开的人特别多，完全没有经验就要创业的人也很多，拿着商业计划书缠着你骗钱的人也有一堆，难道我们这些人都是瞎的聋的？特别像我这样摔过跤、吃过亏的人，起码总结了一定的经验，哪能随便再上当啊！所以面对100份商业计划书，大部分我都会拒绝。

"人生总要有几次全身心的投入，才能淋漓尽致地体会人生，不负韶华。现在我可以向程叔您保证，我不会再犯以前的错误，我会引领一班人稳妥地发展。

"急事慢做，我们的工作就是服务，不论你在企业担任多高的职务，都要会做服务。把身边的人服务好，其他人才就来了；把眼前的做好，一切就都好了。要活下去，要有大市场，就要有锲而不舍的精神。像我这样，一旦走上创业这条路，就永远不会有停止的时候。"

"说得好，有志气。"程永杰稍作沉默，接着说道，"我现在还有一件事问你，请你如实回答我。"

"程叔，我刚才说的都是肺腑之言，现在也是，以后更是。"

程永杰说："那我问你，现在公开和你竞争的人，是你的亲人或是我们老一代企业家的子女，你持什么态度？"

"公平竞争，能者上，庸者下，凭实力说话。"钟晓阳真诚地说。

此时此刻，程永杰脸上露出了满意之色。

看到程永杰准备结束这场谈话，钟晓阳赶忙说道："程叔，您难得来一趟，小侄请您吃饭，希望您给个面子。"

"晓阳，程叔我很高兴，饭就免了，谢谢你。"程永杰说。

众诚集团会议室里，省内知名专家及集团董事会成员、旗下各公司中层以上干部50多人，济济一堂。

上午8点，一场新集团董事长竞聘人员现场演讲会正式拉开了帷幕。第一个站在讲台上的是大湖百货公司总经理、法人代表刘云。她亭亭玉立，一套紫红色的女式西装，白衬衣领口上的红色蝴蝶结吸引了与会人员的眼球，给人一种端庄、大方、充满朝气的印象。

刘云站在讲台上,笑吟吟的,面若桃花。她彬彬有礼地面对主席台上的评委们奉上一礼,再缓缓转过身来,向台下观众深深地鞠上一躬。

她手持话筒,镇定自若地开始了她的演说:

"尊敬的评委、专家、学者、业内人士、同行们,大家上午好!

"本人刘云,今年29岁,现在就职于大湖百货股份有限公司。几年前我从英国剑桥大学毕业后回到自己的家乡。在这之前,我拒绝了英国一家企业的高薪聘请,回国后在宏图汽车制造厂工作,一年后担任该厂销售部经理。

"当时我真不知道营销为何物,从一名基层业务员做起,我运用了坚毅和死缠烂打这两个法宝,3个月追回欠债120万元,这在当时集团上下引起了很大反响。我的父亲程永杰董事长,开始不相信我,自此以后也对我刮目相看。他用人不避嫌,经董事会研究讨论通过,调我去大湖百货公司出任总经理。我的创业人生真正从这里开始。我国网络购物的兴起和快递业的发展,给我们的百货业带来了很大的冲击。但我凭着一种拼命三郎的精神,别人上班时间8个小时,我干12个小时,吃住在公司,终于,一个集服务、餐饮、娱乐、购物为一体的分层承包的百货公司基本形成,经营红火,现在营业额突破亿元大关。我大胆尝试,永不满足,又引进省内外几家知名超市,生意风生水起。

"这次集团决策层审时度势,对旗下三个公司实行资产清算,合理评估,并购重组,成立新集团。今天,我站在这个地方,竞聘董事长一职。感谢集团信任我,给我这个机会。我从不认为这是沽名钓誉,图虚名,而是为了集团下一步的发展。我会不负重望,励精图治,做好工作。

"以下是我的几点执业措施。

"第一,自信。自信是干好一切工作的前提。

"第二,铁腕解决欠债问题。拖欠债款,是目前中国民营企业普遍存在的现象,尤其是三角债。这不是一句两句话能说好做好的。我的决心是:即使撞墙100次,头破血流,我也要撞101次,欠款这道墙一定要倒。

"第三,我刚才讲过的,别人工作8小时,我要干12、14小时,这就是我的奋斗精神。

"最后,我用一句话作为结束语:不愿做将军的士兵,不是好士兵。"

刘云的演说博得台上台下一片热烈的掌声。

钟晓阳一身西装革履,风度翩翩地出现在台上。他没有过多的礼节,手持话筒,向台下弯腰一礼,开始了他的演说:

"我是钟晓阳,晓阳置业有限公司的总经理。

"刚才,刘云女士的一番演讲,很精辟。首先声明,我不如她。

"不如她的第一点,她是女士,女士应该优先。

"不如她的第二点是学历,她是留学归来的专家,我只是一个高中毕业生。尽管后来二次深造,充其量也只有大专学历。正因如此,我注重文化,注重企业文化。我认为,一个没有文化的企业,是个愚昧的企业。进到我公司的员工,招聘会的第一个必答题是你平均一年读多少本书。首先,我本人以身作则,除了工作,第一爱好就是读书。书是人类进步的阶梯,读书成就梦想,知识改变命运,科技更需文化。在我的公司,我统计了一下,每个员工平均每年读书20本,而我本人每年读书在40本左右。

"我认为,一个伟大的公司还要'引狼入室',施行狼文化。这点,我要向我的前辈们学习……

"我失败过,因此危机感极强。比尔·盖茨说过'微软离破产永远只有18个月',三星也有类似的危机企业文化。

"有了'狼文化',接下来就是实际工作措施。总结起来几句话:嗅觉灵敏,自发进攻,不屈不挠,团队合作。

"最后,我也用一句话作为结束语:不拼搏真的成不了企业家。"

今天主持会议的是童兴荣,她身着得体的藏青色旗袍,身姿丰满,雍容华贵,美丽大方。她笑容可掬地手持话筒,说:"两位竞选人已演说完毕,余下的时间是自由提问时间,敬请评委们向我们的当事人提问。"

坐在专家席上的一位头发花白的评委首先提问,他说:"我是一名高级工程师,我姓华。请问钟先生,你说你创业失败过,是什么因素导致的?"

钟晓阳回答:"那是3年前,我的企业资金链断裂,导致企业濒临倒闭。"

华工又问:"据可靠消息,你曾经涉及非法融资,为了躲避债务,曾出走躲债,是这样吗?"

钟晓阳说:"现在的民营企业想做事,但无资金,这是一个很大的难题。我是为了解决资金缺口,才暂时外出筹钱。"

华工又问:"你去了哪里筹钱?"

钟晓阳说:"这件事说来话长。那次,我是带着侥幸的心理,去南方找我父亲。"

华工问:"资金解决了? 是你父亲帮助的?"

钟阳回答:"那次没找着,不过最终还是他老人家帮忙解决的。"

华工问:"现在的年轻人啃老,你是怎么理解这句话的?"

钟晓阳说:"这话是否夸大其词? 这个社会上,只要你是人,只要你干事,没有不碰到困难的。亲友之间互相帮助,再正常不过,儿子有困难请求有条件的父亲帮助支持,这也算啃老? 更何况,无论是谁借款或投资,是要有回报的。这与啃老风马牛不相及。"

台上又一位评委提问了,他说:"我是省社科院的一名研究员,姓李。钟先生,你说的企业文化我很感兴趣。你说你和你的员工们都喜欢读书,现在我要问的是,你的读书观是什么?"

钟晓阳回答:"我认为书是人类进步的阶梯,读书成就梦想,知识改变命运。"

观众席上,一位年轻漂亮的女士站了起来,她说:"钟总,在你读过的众多书籍中,对你最有影响,甚至改变你人生的一本书是哪本? 能谈谈你的体会吗? 谢谢。"

钟晓阳说:"在我中学时代,《钢铁是怎样炼成的》是我最喜欢读的一本书。这本书我一连读了三遍,给我留下了深刻的印象。这本书是苏联作家奥斯特洛夫斯基的名著,至今我还在读。谈到体会,书中主人公保尔·柯察金说过这么一段话:'人最宝贵的是生命,生命对每个人来说只有一次。人的一生应该这样度过:回忆往事,他不因虚度年华而悔恨,也不因碌碌无为而羞耻……'身残志坚的保尔·柯察金,用他的一生做出了完美的回答,也影响了我们这些在和平环境下成长的人。"

# 第二十九章　以商招商

　　细竹帘遮挡的窗户四周,已微微透出白色亮光。

　　程永杰意识到天快亮了,他看看床头柜上的手表,眼睛很涩,时针和分针一时难以分辨,只见秒针在有节奏地转动。他索性拿起手机,屏幕上显示正好5点30分。

　　他懒洋洋地躺在床上,一时还不想起床。

　　近来,身体老是感到异常,他一到晚上就发困,9点不到就上床。睡得早,醒得早,所以早晨五六点准醒。

　　他住的这套别墅一共两层,上下共有300平方米,外面有一个小花园,环境不错。这套房子花钱不多,只给了个成本费。开发商当初拿这块地的时候,资金遇到了困难,拍卖会上,竞争很激烈,参与竞拍的几家公司拍红了眼,都势在必得。土地最终拿到了,这家公司却一时交不齐出让金。程永杰碍于朋友的面子,按银行利率一下子借给开发商2个亿。开发商知恩图报,送给他这套别墅,他执意不肯收,最后按成本价付了钱。程永杰自己花钱将里外装潢一新,住得很安心。

　　程永杰一人住二楼,房间宽大,他却觉得十分空虚。童兴荣隔三岔五地来住一晚,陪他说说话,这时他才有了家的感觉。

　　保姆是个40多岁的中年妇女,有丈夫,有儿女,人长得清清秀秀,干活爽爽快快。她每个月的工资不薄,从早八点做到晚八点,有时程永杰回来晚了,晚上8点一到,她自己锁门走人。

　　现在离早上8点还有两个多小时,屋内很安静,程永杰想着昨天晚上和童兴荣在一起吃饭的情景。和她单独在一起的时候,两人总是没完没了地谈公司的事,家长里短、鸡毛蒜皮的小事从来不涉及。与其说两人在一起聚餐,倒不如说在一起研究工作。

童兴荣说:"老程,天德审计事务所今天上午报来评估报告,报表上详实地反映了各公司的资产总值,我现在给你逐一汇报。"

程永杰没有太大的反应,轻描淡写地说道:"其实用不着评估,这一本大账,都在我心里装着。"

"那就把你心里的大账说来我听听。"童兴荣说。

程永杰略加思索,说道:"晓星印务和宏图汽车制造加起来也不过2个亿资产,其中还包括厂房和土地。我女儿的大湖百货也就4个亿不到,抵不过晓阳置业5个亿的资产。"不愧为一个集团的老总,程永杰说的数字八九不离十。童兴荣很佩服程永杰的记忆力,平时大会小会上讲话从来不看稿子,说起来头头是道。

她说:"看来你早就掌握了情况,估算的数字基本吻合。"

程永杰得意地笑笑:"我是谁呀!无论是理论还是实践,无师自通。"

童兴荣说:"吹牛皮是不要上税的。不过,这下你心里有数了,这新集团的董事长,看来钟晓阳胜算很大。根据专家评委还有现场观众的评分结果,钟晓阳的得分是98.5分,刘云的得分勉强达到90分,加上资产劣势,刘云这次是落了下风。"

"是啊,昨天她回家和我大吵了一场。我这个女儿呀,心气太高,处事太强势,说实话,把一个集团的重担压在她身上,我确实不放心。"程永杰说。

童兴荣轻轻地叹息一声:"其实,我看得很清楚。她和我隔层肚皮,毕竟不是我亲生的,有些话,我不好说她。这丫头太倔强,这么强势,靠你这老子的优势达到目的,这不公平,也不能服众。"

程永杰哈哈大笑:"你终于说了实话。不过,你这么一说,反倒引起我一桩心事。"

"这样说,你想任人唯亲?老程,这样不好。"童兴荣说。

程永杰说:"你曲解了我的心意。"

"那你给我说实话,钟晓阳在你的心中到底是什么位置?"

童兴荣打心里看中的是钟晓阳,她有些不服气地问。

程永杰的回答出乎童兴荣的预料,他大手一挥说:"钟晓阳,没得说的,当然他占上风了。他目前的企业干得这么好,就凭诚信这一条,这董事长位子也非他莫属。"

"何以见得?"童兴荣问道。

程永杰说:"前几天,我专门去了他公司,对他有了进一步的了解。他的诚信赢天下,不光是嘴上说说。真是虎门无犬子,从他的身上,我看到了他老子钟国庆当年的影子。"

童兴荣好奇地说:"钟国应做事怎么样?"

"我与他十几年来朝夕相处,他是一个非常讲诚信的人,所以,他领导的企业一直做得很好,深圳市百强企业,他的公司榜上有名。"

童兴荣认真地看着程永杰:"啊,说来听听。"

程永杰说了一个关于钟国庆诚信待人的小故事:

"20世纪90年代的深圳,已经从改革初期的一个小渔村发展为高楼林立、马路宽阔的现代化大都市。那个时候,我一直跟着他打拼。后来我们有了自己的公司,起步不久,沈君茹的一个朋友给我们介绍了三个项目,准确地说是三宗土地交易。第一宗是深圳市郊区一个镇上的城中村改造,加上一些废弃的沟埂塘坝,土地300亩。第二宗土地35亩,原本是镇办企业的工厂,后来企业做大了,搬迁留下的土地。第三宗是一个国有企业仓储用地10亩,土地不多,但地段十分好。一位海南来深圳发展的朋友找到了钟国庆,经过一番协商调研,他们选择了第二宗。这位朋友为了表示诚意,打给钟国庆200万元人民币——那个时候的200万,差不多相当于现在的2000万——作为信用保证金,同时明确表态,这200万作为前期项目的运作费用。接下来的两年时间一直在走程序,公司上下,连我在内,忙得不亦乐乎。最后有了结果,在市级报纸上公示,也取得了竞拍成功。但是由于疏忽,临到详规图纸设计时,发现这块土地与新机场的航班路线有冲突,规划通不过,而导致项目泡汤。当时我们都缺钱,公司上下都不同意退款,理由很简单,这是不可抗力因素造成的,同时这笔钱就是前期运作费用。这两年多时间我们公司付出的财力、人力算起来也不少。但钟国庆当时表态,全款连同银行利率都退给了人家。钟国庆创业成功后,经常给我们说:'一个人呀,做人之道,应以诚为本,诚信赢天下。'"

说了这个故事,程永杰很有感触地说:"凭我对钟晓阳的了解,我发现他身上有他老子的基因,完全具有诚信的美德。"

童兴荣说:"那还犹豫什么,立马召开董事会,公布这一决定。"

程永杰说:"不忙,再容我考虑几天,我总觉得,选择一个企业接班人不是小事。另外,我的潜意识里还有一个更完美的考虑。屋宽不如心宽,我的心好像还不宽敞。"

童兴荣忽然想起了什么,发出一声叹息。她说:"就你那么谨小慎微,要说屋宽有什么用,你我都住着大别墅,心宽吗?我说企业家,根本就没有家啊!"

说到家,程永杰一时语塞,童兴荣说得没错,他们的家在哪啊?

程永杰想到,有的同行挣了万贯家财,却中年早逝,其余的依然活在风口浪尖上,哪一个不是伤痕累累。

钟国庆刚开始创办企业时,多次受到惊吓,有一次,他差点儿吓出神经病来,在医院住了好几个月。

程永杰自己也是,在他们分手后,他来家乡投资,患过抑郁症。那个时候,他焦虑、不安,精神上常处于外人无法理解的恐惧之中。而现在虽然物质生活充足,仍常常很痛苦。

程永杰深有体会,企业家的全部生活都是工作。不能睡到自然醒,没有周末,没有假日,工作时间长,作息不规律,身体不健康,这种生活,真是煎熬。

想到这,程永杰从床上爬起来,对着墙上的镜子审视自己,眼袋、皱纹、老年斑,种种迹象表明,自己老了。

创业这25年来,他每天工作十多个小时,一年中200多天都奔波在市场第一线。一年到头,他没都能在风景如画的大湖边、游人如织的沙滩上好好地待上半天。

小时候他家里穷,都是有一顿没一顿的,后来打拼创业又吃了不少苦头。钱都是自己一点一点辛苦挣来的。眼看自己的身体一天不如一天,自己创下的基业终归要交给下一辈们,一分也带不走。

他不是暴富者,知道创业的艰辛和不易。他自己的企业自己知道,还算底蕴厚实、稳健,生机勃勃,也许可以存活百年,因此,一定要选好接班人。

程永杰再也待不住了,他给二虎拨了电话:"二虎,我要去公司。"

二虎说:"老爷子,车子就在门外,我已经恭候多时了。"

二虎在他身边开车多年了,深知他的性子,他是一个闲不住的人。

程永杰来到办公室，亲自给董事会的人分别打了电话，要求他们半小时内赶到会议室。

之后，他去了一趟财务室，给财务李总监交代了一个特殊任务。

童兴荣第一个跨进会议室，她压低了嗓门对程永杰说："你看看你自己，皮泡眼肿的样子，又是一夜没睡好觉。"

"习惯了，天生我身必苦累，你是知道的。"程永杰说。

童兴荣不假思索地纠正道："天生我才必有用，千金散尽还复来。你篡改了古人的名言。"

程永杰神秘地小声说："亲爱的老童，谢谢你的关心。"

"像个老小孩，三天没到，又想出什么新法子了？"童兴荣笑着说。

程永杰说："答案马上就出来了。"

董事会上，程永杰做了权威性的表态："关于新集团董事长的人选，我的意见是暂缓决定。根据资产组报来各企业的资产表，晓阳公司的资产总值5.27亿元，而大湖百货的总产值8.5亿元。因此，根据股份合作章程，谁的股额多谁控股的原则，董事长应该是大湖百货总经理刘云。但是钟晓阳个人业绩和能力，专家评委会上综合得分是98.5，而刘云得分是90.5分。综合考评，我做出上述这一决定。具体暂缓到什么时候，我个人意见，是10天以后。现在不是常说以商招商吗？10天后，谁的资产总值上升到第一位，再做任用。"

他的话音刚落，童兴荣站了起来，她的脸红红的，说不出是激动还是愤怒："我要问程董，根据我昨天下午才得到的报表资料看，大湖百货的总资产值才3.8亿，而你说是8.5亿，一夜时间增长了4.7亿，这个数字是怎么来的，可靠吗？"

程永杰胸有成竹，哈哈一笑，不慌不忙地按下桌上的电话："李总监，请你上来一下。"

李总监很快出现在会议室里，手里拿着一大沓单据，说道："程董，有何吩咐？"

程永杰说："请你将大湖百货的资产情况给大家汇报一下。"

李总监出示了一张单据："上午8点，大湖百货的账面上库存现金额新增4.7亿，这是银行兑账单，请大家过目。"

童兴荣接过账单,认真地看了,小声自语:"啊,我明白了。"她在心里想着,这个老程,真是越老越滑头,葫芦里究竟卖的什么药? 这4.7亿分明是从他账上打入的,难怪他说再容他几天时间,原来他在调动资金。目的其实很简单,冠冕堂皇地打着以商招商的幌子,其实是在打钟国庆的主意。这下,钟晓阳要面临再一次考验了。

见童兴荣盯着账单发呆,半天不说话,李总监说:"童总,有什么问题吗?"

"没有,没有,我确认无误,就这么办吧!"童兴荣一语双关地说。

晚上,钟晓阳回到家,心里像揣了个刺猬,一个晚上闷闷不乐,一副忧心忡忡的样子。朱仁男见他这样在眼前晃来晃去,心里起了疑问,说:"老公,又遇到难题了? 脸拉得这么长,是我欠你钱了还是怎么的?"

钟晓阳没好气地说:"还真让你说对了,事情就是与你有关。"

"与我有关? 我什么时候欠你钱了? 不要在外面受气,回家撒气。"见他这样,朱仁男不由得心里来火了。

钟晓阳说:"就是与你有关,你发什么火呀!"

朱仁男说:"好,好,好,与我有关,你好好说,到底什么事?"

见朱仁男服了软,钟晓阳将董事会的决定原原本本地说给她听,然后说:"如果你当初能入股过来,我还能与她一较高低。这下好了,我的资本没人家硬,说什么也白搭。"

朱仁男说:"请你不要冤枉我,我们相处这么多年,马上就是夫妻了,我能不关心你吗? 也不是我不讲情义,请你理解我。其一,我的资产净值总共不超过6个亿,他程永杰能追加4.7亿,就能追加10亿,我能拼过他吗? 其二,我做的是服务,是餐饮业,企业性质就是松散型的,下面的连锁店是很多,但是每个店都是独立核算的,这样才能调动他们的积极性,一下子集中那么多资金是不可能的。其三,我认为最重要的一点,不管国有、民营,企业有直系亲属回避制度,我们夫妻俩在一个企业合适吗?"

钟晓阳说:"我能不理解吗? 我也只是给你倒倒苦水,我看他这是醉翁之意不在酒,分明是想打我老爸的主意。真是生意人呀,唯利是图。"

朱仁男说:"晓阳,不是我说你,这董事长的位子就这么重要吗? 你让一步又能怎样？至于刘云,她毕竟是我未来二嫂呀,这多年,凭我对她的了解,人不坏,也是一位能两肋插刀的人,就是有一点,不愿屈居人下。我看呀,我这二哥和她成了一家人,这以后的日子也不好过,除非处处让着她。"

钟晓阳不服气地说:"这董事长,我还真干定了,怎么的？明天我就南下,算是招商吧,再求一次老爸。不为别的,我也是为了企业发展呀!"

"我的老公,我真是服了你,怎么就这样执着呢?"朱仁男无可奈何地说。

钟晓阳说:"你不也是这样吗？我钟晓阳也是一个堂堂男子汉,宁做鸡头,不做凤尾,我有这个能力干,何乐而不为?"

"不要把话说过了头,现在你们都还没履职,怎么能分高低呢？是金子总会放光的,绝不会被埋没。"朱仁男发自内心、苦口婆心地劝道。

钟晓阳说:"仁男,我知道你的好意,但我想你也深有体会,这企业领头人是多么重要,没有统揽大局的本事,一个决策失误,会导致全盘皆输。"

"你就知道她会决策失误,没有统揽全局的本事?"朱仁男带有一些激将的意味说。

"不管怎么说,我要三下南方,再一次做做老爸的工作,请他投资。"钟晓阳终于说出了自己的想法。

"什么时候动身?"

"明天一早出发,机票在网上订好了。"钟晓阳说。

"这么急?"朱仁男有些意外。

钟晓阳说:"10天期限,我能不急吗?"

朱仁男轻轻地舒口气:"难啊,上天难,入地难,求人更难。"

钟晓阳说:"难是难,别忘了我求的人是我亲老子呀!"

朱仁男说:"大有大难,小也有小难,哪家都有一本难念的经。晓阳,你要知道啊,那企业毕竟不是你爸一个人的啊!"

钟晓阳说:"这我清楚,创业难,守业难,知难不难。也不要把事情想得太复杂,或许天下本无事,庸人自扰之。"

"但愿如此啊!"朱仁男长长地叹了口气。

# 第三十章　三下广深

坐在飞机上,钟晓阳思绪万千,心里五味杂陈。

清晨,天将蒙蒙亮,朱仁男做好了早餐,见钟晓阳睡得香,轻轻地摇摇他:"晓阳,醒醒,该起来了。"

钟晓阳孩子似的哼了一声:"还早吧,让我多睡会嘛!"

"你9点一刻的飞机,还要洗洗吃早饭呢。"朱仁男将他拉了起来,"忙好了,我开车送你去机场。"

钟晓阳坐了起来,边穿衣边说:"仁男,你的公司事情多,不用送我了,我自己开车去,然后将车放停车场。"

"不行,我一定要送你。回来时给我电话,我再接你,就这么说定了。"

朱仁男的决定,钟晓阳多数时候是改变不了的,今天更是。

看着钟晓阳踏上候机大厅的手扶电梯,朱仁男依依不舍地站在检票口外,一直目送他到最后一个台阶。钟晓阳回过头来一刹那,不经意地看到朱仁男用手在擦眼泪,他一阵心酸,眼泪顿时流了出来。

空中客车在白云中穿梭两个小时,中午时分就到了深圳国际机场。

钟国庆家宽敞的客厅里,沈君茹热情地给钟晓阳泡茶倒水。她说:"你这孩子,事前也不打个电话,我好去机场接你呀!"

钟晓阳说:"妈,哪能惊动您呀,您这么忙。"

"你看看,来得多不巧。"沈君茹惋惜地说,"你爸呀,昨天才出的国,估计一时半会儿回不来。嗐,真是的。"她轻轻地叹了口气。

钟晓阳说:"妈,见到您就行了。你们上次回金城,转眼就几个月了,我很想念你们呀!我这次来呢,是参加一个南北经济发展研讨会,地址就在深圳。临来前,奶奶千叮咛万嘱咐,要我一定来看望你们,代她向你们问好。"

见钟晓阳风尘仆仆的样子,沈君茹说:"晓阳,这次来,安心多住几日,我会打电话给你爸,催他尽快办完事回来。"

"不必了,我看看会议开多长时间再说吧。谢谢您,妈。"钟晓阳尽管心里着急,却装作若无其事的样子,临时编了个理由。

沈君茹看看墙上挂着的电子钟,站起来说:"晓阳,你坐着喝喝茶,我去看看晚饭怎么样了,马上回来。"

钟晓阳说:"妈,小萍妹妹呢?你打个电话给她,回家一道吃饭。"

"你妹呀,"沈君茹说,"她随你爸出国了,说是当你爸的翻译。你爸说,自家女儿,出门在外,也好相互照应。"

说话间,一向善于察言观色的钟晓阳,察觉到沈君茹的眉宇间隐隐蹙起,有所不快,来时欲求之事到嘴边,咽了下去。他附和说道:"爸也是很辛苦的,妈,有您和小妹无微不至地照顾他,爸虽辛苦也是幸福的。"

"孩子,有你这句话,我就是苦,也是值得的。"沈君茹看着钟晓阳一副真诚的样子,说,"晓阳,谢谢你对妈的理解。"

沈君茹的真诚使钟晓阳十分感动,他说:"当家才知柴米贵,尽管我和妹妹都还没结婚生子,但我们现在都长大了,也有了自己的事业,算是当家的人了。我们深知父母的恩重如山,等你们有一天老了,干不动了,我们一定多孝敬你们。"

钟晓阳的话,沈君茹听后如沐春风,心暖暖的。

提起结婚生子,沈君茹关切地说:"上次我和你爸回老家,看到小朱,这女孩和你很般配,不但人长得漂亮,还很能干,我和你爸还有你妹都发自内心地觉得满意。听你们奶奶说,你们恋爱也有七八年了,工作再忙,这步棋终究要走。妈给你们选个好日子,把婚事办了,也了结了我和你爸,还有你奶奶的一桩心事。"

"谢谢妈的关心,我和仁男也商议过了,等我们这次企业改制后,抽个时间再举行婚礼,到时候一定请妈操劳烦神。"

"那太好了,不过,你们得提前十天半月通知我,我好回去准备准备,一定会把事情办得风风光光、体面隆重。"

正说着,保姆阿姨来到客厅:"沈姐,饭菜好了,请你们去餐厅用餐。"

面对满桌的菜肴,沈君茹说:"晓阳,喝白酒,还是喝红酒?"

钟晓阳摇摇头:"妈,我对酒不感兴趣,就不喝了,吃点饭,我陪您说说话。"他想起这次来这里是有重要任务的。

沈君茹热情地说:"男子汉哪有不喝酒的?尤其像你这样干企业的,不能喝酒是一大缺憾。你爸也是这样走过来的,陪客人喝酒八两不醉,一斤不倒。工作需要嘛,我理解他。"

钟晓阳说:"我在爸身边长到6岁,从没见他喝过酒,那个时候家里穷,也喝不起酒,这些年不在他身边,他怎么能喝呀?"

沈君茹说:"他可厉害了呢。有一次为了签一笔订单,4个人喝了6瓶酒,一个个醉倒在酒店包厢里,人事不知。服务员把电话打到家里,我和小萍赶到那,见他口唾白沫,两眼紧闭,你妹拨打了120,幸亏抢救及时,不然那次一定会出大事的。"

钟晓阳感动地说:"妈,有您这位贤内助,爸是幸运的。"

沈君茹说:"不谈他了。这样吧,晓阳,无酒不成席。今天呢,妈不劝你喝白酒,喝点红酒,正好我们边喝边说说话。"

"好,妈,听您的。"钟晓阳说。

三杯酒落肚,沈君茹的脸上出现了红晕,她说:"晓阳,你现在是三十而立的人,也踏上了经商这条道路,这其中酸甜苦辣的滋味你尝到的肯定比常人多得多。别看你爸现在事业做得这么大,表面上看风光无限,其实他的苦真是打掉牙齿往肚里咽,无法倾诉。你所经受的他都经受过,他所经受的苦,你肯定还没经受到。"

"是的,妈,你俩见到的、经历的比我多,这是不争的事实。由于我爸离开我时间太久,都20多年了,对他的情况,我几乎一无所知。"钟晓阳发自内心地说。

沈君茹端起酒杯:"来,晓阳,把酒干了,妈和你聊聊关于你爸的事。"

钟晓阳听话地喝了杯中酒:"妈,我听着呢!"

"我刚才给你说过,你爸是很苦的。"沈君茹的眼睛红红的,"那一年受金融危机的影响,国内企业的日子都不好过。"

"那一年,已经是腊月二十七了,再有3天就过年了,公司的办公楼里三层外三层被要债的人围得水泄不通。来讨债的共有三拨人马,农民工、融资人,还有几十户买了房,但因没钱办证而拿不到证的人,他们年初要落户,小孩要上学,全部跑到公司来讨说法。

"那天晚上,我做好了晚饭,和小萍在家等他回家,一等再等,不见他回来。已经是夜里12点多了,实在急得没办法,我带小萍找到了公司。要债的人站岗放哨,只准进,不准出。我们在他的办公室没找着他,办公楼里里外外找遍了也没找着,我有一种不祥之感,拉着小萍连跑带爬,上到大楼顶层。在一处拐角,我突然看到一个高大熟悉的人影。小萍也看到了,一下子哭喊起来:'爸呀,我和妈来了……'说着小萍一下跪倒在地。这时,我连女儿也顾不上了,三步并作两步,跑到他跟前,一下子抱住他的腿,哭着说:'老钟,你不能做糊涂事呀,你看女儿都跪在你后面,跟我回去,我去向我娘家求救,我们会挺过去的。'面对女儿的跪地哭喊,在我反复的劝导下,你爸终于松动了,他哭着将小萍搀起来,紧紧地抱在怀里。那天我们回家的时候,天已经大亮了。后来,在我的反复央求下,我二叔终于动了心,解决了资金问题,全家人过了一个平安年。"

钟晓阳已泪流满面,他深深地长叹一声:"妈,谢谢您呀!作为儿子,我深表歉意。在我的心目中,你们的企业做得这么大,这么好,总觉得你们给我帮助是应该的,是天经地义的事,你不说这些,儿子哪里知道啊!"

看着钟晓阳一副愧疚的样子,沈君茹语重心长地说:"晓阳啊,你也是干企业的人,而且是一个公司的老总,你可知道,爬一座山需要10天,掉下来只需要10秒。干企业一定要稳中求进,千万不能头脑膨胀。一个企业做大做强,往往需要十年二十年,可一旦决策失误,投资偏离了方向,甚至一个项目失误,就满盘皆输,倒了下来,再去收拾就很难了。说句实在话,你爸干的事,他高兴了,全家人跟着高兴;他痛苦,我们同样跟着痛苦。这些年,我们跟着他担惊受怕的,如履薄冰啊!"

看着沈君茹愁眉不展的样子,钟晓阳心里很不好受,他对眼前的这位妈妈有了一个新的认识,表面上看她是一位高高在上、气质不凡的知识女性,其实她是一位心地善良、通情达理的好妻子、好母亲。从她的现状来看,她一定遇到很难的事,这一定与父亲有关。于是,他说:"你们现在是否遇到了难事了?给儿子说说啊!"

"没有,没有,晓阳,不必多想。"沈君茹说。

不知不觉,一瓶葡萄酒已喝光了。沈君茹的脸红红的,看着桌上的菜几乎没动,她歉意地笑笑说:"孩子,妈只顾说话了,你菜都没吃好。"

钟晓阳连忙说道:"吃好了,吃好了。"他抬起手来,看了看手表,随口应付着。

沈君茹见他站起来,赶忙示意他坐下:"晓阳,你坐,妈还有个要求,你能答应吗?"

"妈,有话尽管说,儿子听着呢!"钟晓阳说。

沈君茹真诚地说道:"你多陪妈说说话,别回宾馆了。你看这么大房子,楼上楼下10多个房间,就我和保姆阿姨两人住,现在妈感到特别孤独。"

钟晓阳顿了一下说:"妈,不是儿子不答应您,今晚我约了一个同事,他来宾馆与我见面。"

沈君茹看着钟晓阳犹豫的样子说:"如果你与那位同事有重要的事商量,妈不难为你,去吧!其实,妈还有很重要的事给你说,是关于你爸海外投资的项目。"

听到是关于爸的事,钟晓阳坐了下来,保姆撤去了桌上的杯盏碟盅,重新泡好茶。沈君茹正要说话,忽然门外有人在大喊大叫着:"开门,开门。"同时伴随着一阵敲门声。钟晓阳看到沈君茹的脸色一下子变得刷白,她自言自语地说道:"是福不是祸,是祸躲不过,他们终于来了。"

钟晓阳感到她遇到了麻烦,安慰说:"妈,不要怕,有儿子呢。"

"你一个人恐怕对付不了他们,妈不能让你吃亏。"沈君茹忧心忡忡地说。

钟晓阳问:"要不要打110?"

"不行的,家务事,清官难断家务事。"沈君茹说。

钟晓阳安慰她:"妈,有儿子在,您别怕,我在一旁看着,不管怎样,我也是一个堂堂的男子汉呀!请您让保姆阿姨将门打开。"

沈君茹还有些犹豫:"那,好吧。"

门开了,进来了一老一少。老者50多岁,五短身材,大头大脑,一副凶巴巴的相貌;年少的个子也不高,胖墩墩的。不用说,来者不善。

只见沈君茹强打笑脸说:"二哥,你坐,侄子也坐。"

"坐什么坐?我才没穷工夫和你坐着说话,我问你,我们的钱怎么办?"

沈君茹说:"快了,快了,二哥,等老钟回来,我要他给你们解决。"

沈君茹看着这胖二哥一双小眼眯成了一条缝,她知道,这位本家的堂兄每次小眼一眯，就是要逞凶了。她弯下腰，连连说好话："老钟已经去了澳洲，这事估计能办妥，只要一有好消息，我就告诉您。"

"估计，什么估计？我要的是钱。今天你给我明确说，3天还是5天？"胖二哥说，一双小眼睛在钟晓阳身上转来转去。

站在一旁的那胖小子，也虎视眈眈地看着他，钟晓阳视而不见，扭过头去。

胖二哥又开始咆哮了："当初你求我的时候，是站着说话，现在我向你要钱，难道要我给你跪着不成？休想，现在我就饶不了你。"

沈君茹继续低声下气地说："二哥，我也是没办法，你妹是这样的人吗？再容我几天，等国庆一回来，我立即要他变卖房产，你看行吗？你看，我儿子今天才来这，请二哥不要再往下说了。"

胖二哥听说儿子，更来劲了，一股无名之火腾地蹿了上来，"儿子？哪里又冒出个儿子了？我真替你脸红。不管怎么说，你还是我本家的妹妹，否则，我会说出更难听的话。"

站在一旁的钟晓阳实在听不下去了，见沈君茹受辱，再也忍不住了，说道："妈，告诉他，我是钟国庆的儿子，也是您的儿子。"

"咳，火气还蛮大的，你就是钟国庆的儿子？左看右看是有点像。说曹操，曹操就到，今天老子找的就是你。我问你，你那5个亿哪来的？告诉你，钱是老子的。你现在送上门来了，什么时候还我钱？"胖二哥脖子上的青筋鼓了起来。

一向自尊心很强的钟晓阳此时此刻再也受不了这个刺激了，以他的脾气，早该发作了，之所以一直忍着，主要是怕连累沈君茹。他强压住怒火，平静地说："欠债还钱，天经地义。我借的是我爸妈的钱，这个钱，我一定还。"

"老子现在就要你还，否则你出不了这个门。"胖二哥怒火中烧。

钟晓阳的火气一下子上来了："这是我爸妈的家，我自由出行，你能拿我怎么着？你说我借的是你的钱，拿字据来。"

"气死我了。"胖二哥跳了起来，"马驹，给我教训教训这个野种。"

这个叫马驹的儿子，活脱脱就像一个小马仔，听到老子一声令下，他撸起袖子，劈头就给钟晓阳一巴掌。

钟晓阳早已运足了功夫，他一个马步往下一蹲，以迅雷不及掩耳之势转身,托住马驹的手臂,腾出一只手,扳住了马驹的颈部,稍一用力,勒得马驹嗷嗷直叫,说不出话来。胖二哥见儿子吃亏,一下子从后面抱住了钟晓阳。胖子的蛮力够大的,钟晓阳不敢轻敌,他使出了当年武术教练教他的防身术,两腿往下蹲,运足了头上的功夫,倏地抬头由下往上狠狠向后一撞,后脑勺正撞在胖二哥的脸上。顿时,对方眼冒金花,脸鼻变形,口吐鲜血,两颗门牙被撞落在地,人像一根软绵绵的棉条慢慢地瘫倒在地。

见此情景,沈君茹害怕了,心想,这下事情闹大了。她弯下腰,想把胖二哥扶起来,可他身子太沉,扶了几下,扶不起,只好在一旁赔礼道歉:"二哥,对不起,对不起。"说着,她的眼泪都出来了。

马驹瘫在沙发上,看着自己的老子躺在地上,紧闭双眼,气鼓鼓地说:"我知道你没那么不经打,别装了,回家去吧!"

胖二哥眨巴着两只眼睛,慢慢地站了起来,用手捂着嘴,好半天说出一句话来:"你小子够狠的,有种不要走,看老子带人收拾你。"说着,他抬起腿踢了马驹一脚,"孬种,回家找人去。"

胖二哥走后,沈君茹忧心忡忡地说:"孩子,你走吧,回宾馆去,他就是再带人来,也找不着你。"

"不会再来的,像他们这样的人我见多了。他们就是打尿汉、欺老头的,你狠了,他们会乖乖地认输。"钟晓阳自信地说。

"那万一呢?"沈君茹心里还是不踏实。

钟晓阳安慰说:"妈,您就放心吧,我走了,心里更不踏实。您那二哥吧,他的目的是要钱,看我一个书生样,认为好欺。他哪知道我学生时代跟武术教练学了一些功夫,就是来了十个八个,也不能把我咋样。"

经钟晓阳这么一说,沈君茹的一颗心放下了。她说:"保姆阿姨已将房间收拾好了,里面自带卫生间,你去冲个澡,好好休息吧!"

"不忙,妈。"钟晓阳说,"既然今晚我不去宾馆了,我们好好说说话吧。"

沈君茹说:"那好吧,你去洗漱一下,我也是,等会儿见。"

收拾停当,两人重新来到客厅,保姆将两杯热气腾腾的云雾毛尖放在茶几上。

沈君茹此刻的心情很平静,她说道:"关于你爸的事,三天三夜都说不完,我只能告诉你他这次出国的事。说来话长,这要从 3 年前说起。当时集团的经营状况很红火,你爸的头脑开始膨胀了。一天,他正儿八经地跟我商量,要把业务发展到国外去,另辟蹊径。很多时候,我对他是言听计从的,这次也一样,既然他已决定了,一定有他的道理。他常说:'人活着不光是为了金钱,有钱了也要为国家办点事,为国争光。'所以,他的出发点都是好的。那次,他听信了一位在海外的企业家朋友,又是他高中时期的同学的话,跟澳洲一家开铁矿的企业合作,投入5亿资金入股。事前他出国考察多次,也征求了相关部门的意见,选准了目标,他说干就干。

"事情的发展出乎他的预料,运作了两年多,这家澳方企业因特殊原因,申请破产,如果事实达成,不可逆转,这意味着我们投资的5个亿就泡汤了。为这事,他的压力可想而知,精神几乎崩溃了,看来,这场跨国官司非打不可了。"

讲到这,沈君茹她满脸愁容,钟晓阳也产生了一种莫名的焦躁。

他说:"妈,既然事情已发展到这步,就要沉着应对,我想爸有这个能力处理好这件事。"

沈君茹说:"孩子,事已至此,也只能听天由命了。但愿菩萨保佑,我们平安无事。"

钟晓阳说:"我们这里与那边只有两个小时的时差。我们现在是晚上8点,那边是10点,我的意思是,现在跟他们通话正合适。我跟他们联系,问问情况如何?"钟晓阳抬起手来看看腕上的手表。

"好的,我把你妹妹的手机号报给你,你现在就联系他们。"沈君茹赶忙说。

钟晓阳说:"不用了,我有妹妹的手机号,我还是回房间打电话,我会第一时间把情况告诉您的。"

回到房间,钟晓阳拨通了沈萍的手机,大洋那边传来了沈萍那银铃般的声音:"是哥啊,你这家伙,怎么突然想起给妹打电话啦?"从沈萍说话的口气中,钟晓阳没有感到她有一点儿的不愉快。

于是他说:"哥不是想你吗?爸还好吧?"

沈萍说:"你怎么知道我和爸在一起呀?"

"我来深圳了,是妈告诉我的。这一晚,我和妈都在说你们的事。"钟晓阳说,"怎么样,那边的事处理好了没有?"

沈萍说:"事情有了转机,没有我们在家时想象的那么糟糕,请给妈说一声,请她放心好了。"

"那爸呢,你能请爸接一下电话吗?"钟晓阳说。

沈萍犹豫了一下说:"好吧,我们现在同在一家咖啡馆里,他与一位侨胞朋友在我旁边的卡座里,我这就去请他接电话。"

钟国庆接过手机,向那位客人笑笑,离开卡座,去了一处静谧处:"晓阳,儿子,是你呀,怎么把电话打到这来了? 我们这是在澳洲呀!"

"知道,爸,我现在深圳呢,是妈要我给您打的电话,她很焦虑,也很痛苦。"

"怎么,你来深圳啦? 是不是又遇到难事了?"

钟国庆说话的语气明显有了焦虑。

"是儿子想你们了。"钟晓阳尽量使自己平静地说,"我来深圳参加一个研讨会,所以回家看看你们,妈告诉我你在那边的生意出了差错,儿子能放心吗?"

钟国庆这才平静下来说:"我正在和这边的朋友沟通,情况不是你妈想象的那样,你妈在旁边吗?"

"她不在。"钟晓阳说,"妈已睡了,我是在自己的房间给你们打的电话。我睡不着,不放心您嘛!"

钟国庆说:"跟你妈说一声,请她放心好了。等事一办好,最多一个星期,我立马赶回来。晓阳,不多说了,这边的客人还等着呢!"

钟国庆挂断了电话。

站在窗前,钟晓阳感慨万千。这次,他满怀希望地来深圳,如今一切表明,求助是不可能了。离程永杰设定的期限没几天了,明天,他该回去了。

## 第三十一章　意外之财

钟晓阳坐在程永杰面前,像霜打的茄子,耷拉着脑袋一言不发。程永杰关切地问道:"怎么啦,事情办得不如意?今天是最后的期限,你是怎么想的?"

"程叔,这董事长的位子现在对我来说,已经不重要了。我最大的担心,不是这个。"钟晓阳一副忧心忡忡的样子说。

"那是什么?"

"我担心的是我爸呀!"

"你爸怎么啦?"

"他在海外的投资出了麻烦,直到我回来那一刻,情况还是不明朗。"程永杰用惊疑的眼神看着他,钟晓阳接着说,"尽管我爸在电话里说,情况有了转机,我怕那是他安慰我的话。"

于是,钟晓阳把这次南方之行的大致情况,原原本本地说了出来。

"程叔,我现在已经想通了,干企业,既要胆大,又要心细。企业的兴衰是头等大事,位子并不重要。企业一旦出了差错,位子再高有什么用?"钟晓阳的话有些无可奈何。

程永杰说:"所以呀,晓阳,你给我好好听着,我身在其位这么多年,我的体会是深刻的。一个企业的兴衰,当家人的决策往往占90%,所以,选好企业接班人至关重要。现在看来,你想退却了?怕了?"

"那倒不是,我得承认一个事实,既然是公平竞争,我的硬指标达不上,我输得心服口服。"钟晓阳说的是肺腑之言。

"你没有输。"童兴荣不知什么时候出现在他俩的面前。刚才,童兴荣一直站在门外,将他俩的对话听得一清二楚,她顾不了许多,轻轻推开门,走了进来。

童兴荣今天特别精神,身着一套咖啡色的笔挺西服,一头乌黑的头发在后脑上盘了个髻子。

程永杰开心地看着她。"老童。"他笑着说,"听口气你好像有好消息?"

"可不是嘛。你知道,我一贯的处事风格是无事不登三宝殿,没有大事不会惊扰你的。"童兴荣说。

程永杰说:"别开玩笑了,我这里只是公司办公室,可不是什么三宝殿!"

"你的办公室可不就是三宝殿吗?"童兴荣笑吟吟地调侃着。

程永杰说:"言归正传,你说钟晓阳没输?看来,你是有新消息呀!"

"可不是嘛!"童兴荣说,"刚才李总监从银行拿回了一个兑账单,新集团账面上一下子多了4个亿的资金。"

这突如其来的消息使程永杰茫然,他将信将疑地问:"是不是弄错了?"

"怎么会呢,这白纸黑字写得清清楚楚的。为了稳妥起见,我亲自去了一趟银行,这是兑账单。你把老花眼镜戴上看看,在用途一栏上,清楚地注明:钟晓阳股金款。"童兴荣认真地一字一句地说。

程永杰真的在桌上找他的眼镜,半天没有找着:"哪家汇款单位?请你给我念念。"

"安定保险。"童兴荣说,"我在网上查明了,这是一家外国保险公司,实力雄厚,现在正准备进入我国金融保险市场。"看着钟晓阳有些不解,童兴荣接着说,"不管怎么说,这笔资金是实实在在的,已经进入了公司的账户。"

钟晓阳一下子蒙了,他说:"童总,您是不是弄错了,在我名下?这……这怎么可能呢。"

"账单在这,你自己看看。"童兴荣有些不耐烦了。

程永杰沉思着,这真是一笔意外之财。他对童兴荣说:"请你再让李总监查一查,问问,具体汇款人是谁。"

"好的,你们聊,我不打扰了。"童兴荣去了。

钟晓阳的脑袋大了,用手不住地敲着头:"怎么可能呢?怎么……"

"晓阳,再想想看,你在海外还有什么亲戚、朋友、同学?"程永杰启示说。

钟晓阳苦思冥想:"是她?不可能,不可能的。"他推翻了刚刚在大脑里升腾起来的念想。

程永杰认真地说:"晓阳,这件事已成事实,也不用多想,即使查明了是过渡资金,也算你的实绩。我们还是按规矩办事,你呢,从现在起,做好上任准备吧!就这么定了。"

"谢谢,我不会推辞的。"钟晓阳思忖着,"也没有什么可准备的,不管怎么讲,做好本职工作是我的初衷。"

终于查明了,"刘昌兰"三个字出现在银行提供的附联单上。刘昌兰是钟晓阳的生母,当钟晓阳看到这个名字时,一下子愣了。

从小到大,一直到现在,钟晓阳都恨他的亲生母亲,认为她是一个嫌贫爱富的女人。5岁时,母亲抛弃了他和父亲,一夜之间突然消失了。

可如今他的生母刘昌兰从天而降,钟晓阳百思不得其解。

钟晓阳哪里知道,普天下的父母对子女都是关爱的,即使远走天涯,这份关爱也永远不会放下。这些年,远在海外的刘昌兰一直没放下他。才离开他时,刘昌兰几乎哭瞎了眼,但是,生存、事业、爱情,多种不可言表的无奈,又使她不得不暂时放下他。他的公司出现严重危机时,他本人负债在"逃",父亲钟国庆支持了5个亿,还清了债务,企业开始正常运转起来;晓阳公司建设的养老中心大楼拔地而起,一直到今天新集团并购重组……国内一家猎头公司将这些信息,原原本本第一时间传到了海外。

就在钟晓阳三下南方,跟沈君茹长谈的那一刻,他的生母刘昌兰正跟父亲在海外一家咖啡厅,商谈生意上的事。

钟国庆的两次神秘电话引起了刘昌兰的好奇和兴趣。在她的一再追问下,钟国庆这才告诉她儿子钟晓阳近来企业的经营状况。

提起儿子,刘昌兰哭了:"国庆,你们的事情我都知道了。这些年,我对不起你们父子,还有年迈的妈妈,当初,她像亲生女儿一样看待我。"

钟国庆说:"妈的身体很硬朗,谢谢你的关心。你看我们都好好的,只不过……"

刘昌兰急了:"只不过什么?国庆,我们之间没有什么可吞吞吐吐的,今生夫妻缘尽,我们起码还是朋友吧!"

"我当前的情况你是知道的,刚才我接的另一个电话,是我的一位同甘共苦的老朋友程永杰打来的,告诉我儿子晓阳又遇到了困难。"

刘昌兰说:"是他们集团资产并购重组的事?"

钟国庆讶然说:"你怎么知道的?"

"我知道他马上要出任新的董事长了,至于资金问题,我已派人着手在办了。"刘昌兰镇定自若地说。

钟国庆说:"这真神了,你怎么知道这么多?"

"这不重要,但愿我这个儿子,见面那一天别再恨我。"刘昌兰轻轻地叹了口气。

钟国庆说:"世间上,儿子不认父亲的有,不认母亲的我没听说过。"

"但愿如此啊!"刘昌兰见钟国庆双眉紧锁,知道他还在为目前遇到的难事忧心,"还在为这件事发愁?"

"总之,这道坎还没过去啊!"钟国庆说。

这件事,说来话长。刘昌兰想起了那场旅居海外的同学会,当老同学们坐在一起时,刘昌兰一眼就认出了前夫钟国庆。事隔20年,两人再相见,一笑泯恩仇。毕竟夫妻一场,彼此没有深仇大恨,更何况他们还有一个共同的儿子钟晓阳。会后,刘昌兰介绍了这家澳洲矿产公司的老板和钟国庆认识。想到这,她愧疚地说:"国庆,这桩合作项目是我介绍的,给你带来这么多麻烦,对不起呀!"

钟国庆说:"世界上的事,哪有事事如愿的。你也是一片好意,没有对不起我呀!"

刘昌兰说:"澳方这边,我正在找关系,做工作,进一步把情况了解清楚,随时反馈给你。我想,事情的发展不是那么坏的。"

钟国庆说:"根据你上次提供的资料,我国驻澳洲使馆已为我介绍一家华人律师事务所,同时,在我国大使馆人员的斡旋干预下,情况有了转机。最后结果,很快会出来的。"

"那就好,那就好。还需要我做什么事,尽管说,我会尽力的。"

"暂时没有。"

钟国庆忽然想起了什么,问道:"昌兰,我的那位老同学,你的夫君陆勤胜先生,他还好吗?"

"他呀,"刘昌兰痛苦地说,"去世已经3年了,一经查出,已经是肝癌晚期了,住院3个月,人就没了。"刘昌兰的眼睛红红的。

钟国庆愧疚地说:"对不起呀,昌兰,我的话叫你伤心了。"

"这是无法回避的事实,你不问,我也会如实告诉你的,没有什么对不起的。"刘昌兰用手抹了一下眼睛。

钟国庆关切地问道："你现在生活得好吗？"

刘昌兰的情绪慢慢地恢复了平静："他才过世的时候，思念和孤独在所难免，好在身边还有个儿子，他很孝顺，这是我最大的安慰。时间慢慢地使我平静下来，再加上繁重的工作，这个是治疗寂寞的良方。"

钟国庆说："你的事业做得挺大的，儿子肯定也是优秀的，将来接你的班看来不成问题。"

"他压根就不是做企业的料，大学毕业后专做学术，现在在一家研究所工作。这样也好，身边就这么一个儿子，我尊重他的选择和爱好，我也不想让他和我们一样，搞得这么累。你是知道的，现在企业都是合伙人、股份制，并不是家长制、一言堂。选择接班人也是量才适用，由不得我一人说了算，再说我也不想要他接这个班。"刘昌兰实话实说。

钟国庆说："说的也是，我感同身受。同时，人各有志，凡事不可强求，一切顺其自然，理解万岁。"

钟国庆又想到别的问题，于是问道："你是怎么知道晓阳马上要出任董事长了，又怎么知道他在资产并购重组中遇到了困难？"

刘昌兰说："这个，我料到你会问的。你知道猎头公司吗？他们就是专做这项工作的，四处物色高级人才。我和国内的一家公司有约定，儿子工作的好与坏，他们会跟踪调查，随时报告给我。"

"如此说来，你明里是为了儿子好，实际上你是在拓展国内业务。真是天下熙熙，皆为利来；天下攘攘，皆为利往。用心良苦啊！"钟国庆说。

刘昌兰翘起嘴唇："好话到你嘴里就说歪了，我是这样的人吗？我的良苦用心，完全是为了儿子。我看他是一个经营人才，如果他是一个窝囊废，我会重金投入吗？股东会也通不过的。"

钟国庆自信地夸道："也是的，我钟国庆的儿子能不优秀吗？"

"他不但优秀，还能吃得了苦。那次他南下求你帮助，可阴错阳差，你回了老家。他邂逅了你女儿，经她介绍，在公司下面的工地打工，他一口气扛了几百袋水泥，顺着脚手架扛到二楼，他能经受这样的磨难，我认定他能屈能伸，能干大事。"一种自豪感浮现在刘昌兰的脸上。

听到刘昌兰发自内心地夸儿子，他想起自己当年南下打工吃的苦，道：

"这个你也知道了,可我当年吃的苦,你晓得吗？我的成就,也全是凭我顽强拼搏、吃苦耐劳,一步一步取得的,不像有些人踏着人家的肩膀一步登天,那叫什么能耐!"

刘昌兰忽然睁圆了眼睛:"钟国庆,你在挖苦我吗？你这是坐井观天,请你别门缝里看人。我也不是轻轻松松地走到这一步的,我现在就说出我的故事,让你听听。"

钟国庆心想,请将不如激将,他笑着说:"我现在就听听你的事。"

"我绝非像你说的那样,踏着别人的肩头爬上来的,说到吃苦,我的苦齐腰深。

"当年,我不远万里漂洋过海,来到国外,也是从打工做起,一步一个脚印苦上来的。其他不说,就说一件小事,你就知道轻重了。一次,我卖保险,走门串户的,遭到无数的白眼。我拖着两条沉重的腿回来,这时快夜里12点了,当我路过一处小公园时,长凳上,几双凶恶的眼睛齐刷刷地盯着我。几个流浪汉衣衫不整,龇牙咧嘴的,口中哇啦哇啦,我一句都听不懂,但看出他们显然有不良企图,吓得我拔腿就跑,其中两个小伙起身紧追。就在这时,一辆小车戛然停在我的身边,车门开了,伸出一只强健有力的大手,一下子把我拽上车来,关闭车门,飞也似的把两个小伙甩在后面,我得救了。救我的是一位华人大叔,他送完一天的货,正好路过这里。在车上,他对我说:'姑娘,你很幸运,捡回一条命。'那一夜,我做的尽是噩梦,好几次吓醒了。"

钟国庆看着她说:"看来,大家都不容易,你今天的成功也是靠打拼获得的。"

"可不是嘛,天上是不会掉馅饼的。"刘昌兰说。

听她这么说,钟国庆陷入了久久的沉默之中,他不住地重复着,自言自语:"都不容易,都不容易。"

刘昌兰看着他,憋在心里的话,终于说了出来。

"你太太还好吗？"她问道。

"她呀,"钟国庆说,"她是一位知识女性,一直在设计部门工作。她很贤惠、谦和。尽管她的家族经济实力很强,几乎占我公司的半壁江山,但她从不自以为是,也不干预我的工作。但如果我在工作中遇到了难题,她会极力做好协调工作。"钟国庆毫不保留地和盘托出。

刘昌兰由衷地说:"国庆,你很幸福,我衷心地祝福你。"

"忘了跟你说,"钟国庆说,"我的女儿也很优秀,英国知名大学毕业,会说一口流利的英语。毕业后,她谢绝一家英国企业的高薪聘请,毅然回到我们身边。"谈到女儿,钟国庆一脸的得意样。

"她是……"

"就是和我一起来的女孩。"钟国庆说。

"她很漂亮,也很开朗。"

"你看,她和你的儿子正聊得热火朝天的。"钟国庆努努嘴,向隔壁的卡座看去。

沈萍发觉父亲在看着他们,对对面的小伙说:"陆忠良,你这家伙,我是你姐,你姐,记住啦?"

"啊?可是……"陆忠良在心里盘算着,这笔亲缘账,怎么算才对。

# 第三十二章　特别婚礼

钟晓阳和朱仁男的婚期定在 12 月 6 日，这天是星期六，农历十一月初六。单从这个数字上看，阴历、阳历恰恰都有"6"，六六大顺，标志着爱情、婚姻、家庭、事业都是顺顺当当的。按照中国人的习俗，男女新婚择日子既讲究，又慎重，一定要吉祥如意。

这是一场特别的婚礼，同在这一天结婚的还有另外几对男女。

气象预报称今年是暖冬。已经进入 12 月了，天气依然温暖。单从人们的着装看，不管大人小孩，穿的都是春秋衫。

清晨还有些寒意，到了中午，天晴日朗，柔和的光线洒满了街衢，午休时，有人驾车来到大湖边，在暖暖的沙滩上优哉游哉地漫步，尽情地享受着日光浴。

钟晓阳今天的心情特别好。他刚坐上新集团董事长的位子，工作上虽然千头万绪，但心情舒畅，倍感荣耀。说实在话，位子越高，压力越大，单从时间上说，一般人每天正常工作 8 小时，但他 12 个小时都是少的。

因为婚期临近，今天他给自己放了假，5 点一到就下班。他给朱仁男发了信息："亲爱的，忙什么呢？我想，再忙也不在乎这几天呀，下班吧，我在家等你。"

新款的华为手机屏上，随着一声嘀嗒，现出了朱仁男的回复："好的，老公，12 分钟后，家里见。"

他们的婚房还是原先的住房。二十几天前，朱仁男安排一家装饰公司将它装饰一新。

这里是一个环境优美、文明有序的生活小区。站在 32 层的阳台上放眼南望，能看到平静、广阔、微波荡漾的湖面，景色尽收眼底，一览无遗。

小区风景好，后依金山，山上苍松翠柏；前临大湖，碧波荡漾。置身其中,真使人心旷神怡。

天渐渐地黑了下来,朱仁男此刻的心情犹如窗外的朗朗星空,那么广阔,那么轻松。她回身拥着钟晓阳,一双美丽的大眼睛睛地看着他:"真幸福啊!"

"是的,亲爱的。"钟晓阳回敬她一个热烈的长吻,"我似乎听到了幸福在敲门。"

朱仁男三句话不离本行,问道:"再有3天就到我们的婚期了,工作都安排好了吗?"

"其实,我们的假期就这么一天,没有婚假,没有额外休息的时间。我也没有怨天尤人,怪谁呢? 这都是自找的,谁叫我们都从事这样的职业呢?"钟晓阳无奈地说。

"是的,老公,这句话你帮我说了。"朱仁男说,"另外,我还是要问你,我那位准二嫂的工作如何?"

钟晓阳说:"你说刘云呀,她很努力。不管怎么说,她还是总经理嘛! 业务很专,也很忙。其实,要论事务,她在公司是最忙的一个人,有时,看得我都有些过意不去。一开始,她还有些情绪,不过工作繁忙,责任不小,把这些给冲淡了。她现在工作很配合,我们的友谊也在渐渐升温,请你这位小姑子放心好了。"

"我由衷地希望你们精诚团结。我自己的事也不轻松,大事小事,我独当一面。现在看来,我真忌妒你有这样一个好帮手。"朱仁男真诚地说。

钟晓阳说:"我们的婚期,也是他俩的婚期,或许现在,她和你二哥也在议论我们呢!"

说到婚期,朱仁男忽然想起了一件事,问道:"晓阳,结婚是人生大事,最亲的人都要到场,你的爸妈们都来参加我们的婚礼吗?"

钟晓阳认真想了一下说,"细细算来,我算是有四爸五妈。"

朱仁男说:"你在开国际玩笑,糊弄谁呢?"

"你的父母要算上,还有,我视程叔与童总如我们的再生父母。不过,陆勤胜这个继父已不在人世了。还有一位李明英,20年前我就认她为妈了,她一直和我奶奶一起住。"钟晓阳认真地说。

提起自己的父母,朱仁男既伤感又无奈,她说:"我的父母这两位老人呀,挺古怪的。大哥朱仁海几次回家接他们,好说歹说,他们死活不肯来。老爸说:'我们过惯了农村的生活,城里的生活我们一天都过不下去。再说,我们也不想拖你们后腿,你们都那么忙。只要你们兄妹到月寄几个生活费,比什么都好。'"说着,朱仁男的眼睛红了,一提到自己的父母,她心里就难过。

钟晓阳安慰说:"可怜天下父母心啊,谁不疼爱子女啊!"

钟晓阳想起,他曾经恨过自己的亲生母亲,恨她背叛了父亲,丢下了自己,跑到国外享福去了。后来父亲在电话里,整整和他说了一晚上母亲刘昌兰在海外打拼创业的酸甜苦辣的事。

钟晓阳现在成熟了,身为一个企业董事长,什么苦都吃过,了解到自己的母亲的确不容易,他对生母的怨和恨就烟消云散了。

谈着谈着,两人的话题又不知不觉地转移到工作上来。

钟晓阳感慨地说:"仁男,我们不是普通的柴米油盐夫妻,而是事业型的夫妻,我俩都身为企业董事长,从大的方面说,我们都在为社会做贡献。"

"是的,我们都明白自己的定位,身在其位,要谋其职,把企业做好。"朱仁男说,"晓阳,那你下步的打算,能跟我说说吗?"

"其实我不说,你也会知道我的心思。"

钟晓阳一字一句认真地说,"先前,我一心想赚钱,认为做房地产赚钱快。但是,任何企业都不是那么好做的,我摔过跤,但从哪里跌倒,就要从哪里爬起来。现在我的思路,是以房地产带动养老业。以后根据企业运营和社会大环境情况,因势利导。我揣摩,养老业是一门靠谱的事业,将来在健康的事业上,一定会出现重量级人物。"钟晓阳一口气说了这么多。

朱仁男夸道:"你不愧为大集团的董事长,凭你这一通宏观大论,我就望尘莫及。"

钟晓阳说:"哪敢在老婆跟前班门弄斧?据我所知,你的连锁店遍及全国大中小城市,在税收、就业方面,为社会做出很大的贡献。"

"你我夫妻比翼双飞,彼此彼此。"朱仁男高兴地说,"不要夸我了,看得出,你雄心勃勃,野心不小啊!"

"人无雄心干不成大事。我认为,养老健康这个行业将来大有作为,一定会有人脱颖而出的。"说着,钟晓阳披衣下床,来到窗前,凭窗远眺。朱仁男看着这具高大而熟悉的背影,忽然意识到这个男人身上有一股雄壮的狼性。她想,企业有这样一个狼性当家人,所带出来一定是一个有战斗力的集体,无往而不胜。而自己这么多年来与这只雄狼为伍,不知不觉地变成了一头烈性的母狼。

想到这,朱仁男说:"物以类聚,人以群分,我俩都是一条道走到黑的人。晓阳,你不觉得吗?"

钟晓阳说:"光凭硬干不行啊,一个当家人应该有足够的智慧,另外,还要有忧患意识,才能立于不败之地。"

"休息吧,等这场婚礼过后,一切从长计议。"朱仁男感慨地说,"人生大事,多少年了,我们等待的就是这一天啊!"

这是一场特别的两代创业人的集体婚礼。

12月6日这天,位于大湖之滨的庆丰楼大酒店的婚宴大厅里张灯结彩,灯火辉煌,宾客络绎不绝。广场上一辆辆花车陆续驶了进来,在酒店保安的指挥下,停放有序。

宽大的宴会厅中间,长长的过道上铺着鲜红地毯,一直通向主席台。过道两边,上百张大圆桌有序地摆放着,座无虚席。

人们悠闲自得地聊叙家常,津津有味地吃着喜糖,悠然自得地品着茗茶,伴着柔和的轻音乐声,一派喜气洋洋的欢乐气氛,绘成了一幅既隆重又祥和的婚宴喜乐图。

婚宴首席位上,坐着钟晓阳的奶奶和她的晚辈们。钟国庆、沈君茹和他们的女儿沈萍坐在奶奶右手边。钟晓阳的生母刘昌兰贴身坐在奶奶的另一边,尽管奶奶曾一度对刘昌兰非常怨恨,但经钟国庆从中斡旋,曾经的婆媳已冰释前嫌。

刘昌兰的儿子陆忠良随母坐在旁边。他不时向沈萍投去热烈的眼神,沈萍也含情脉脉地回视他。那次他们在澳洲相识,自此结下了深厚的情谊。两人在微信上聊得火热,心意相通。

音乐骤起,舞台上方的大屏幕上,先后出现了几对男女的照片。钟晓阳风度翩翩地拉着一身白裙的朱仁男,二人相拥相依,含情脉脉,恩爱无限;王明西装革履地牵着长裙拖地的牛小妹,王明的背后隐现他一身警服的工作照,表明他是一位人民警察;朱仁海和王莉的合影,平淡中见真情;刘云和朱仁和的画面与前几位迥然不同,刘云亭亭玉立,一副高高在上的样子,朱仁和则单膝跪地,手捧一束鲜花,活脱脱一张虔诚求婚照。

晚上6点58分,婚庆仪式正式拉开帷幕,音乐声戛然而止,整个场地随之安静。

一位挺拔大方的美女主持人出现在主席台上。美女主持人手持话筒,甜美的声音引起人们的关注。她说:"各位嘉宾,女士们、先生们,大家晚上好!结婚仪式现在正式开始。这是一场别开生面的婚礼,这是一场精英企业家们的集体婚礼,也是两代创业者的同场婚礼,借此机会,我衷心祝愿广大企业家都拥有一个完美、幸福的家。接下来,有请今天的6对结婚人陆续登场,走上红地毯。"话音刚落,全场报以热烈的掌声。

朱仁男长裙拖地,挽着钟晓阳,第一个踏上红地毯。紧随其后的是王明、牛小妹,接下来是朱仁海、王莉这一对,刘云和朱仁和紧随其后,掌声响起,经久不息。人们正在用探寻的目光看着中间过道,只见李全西装革履,很有风度地牵着张英,通过中间过道,一步步地走上主席台。

台下,人们用诧异的目光看着这一对夫妇。一直以来,李全在公司上下并不受欢迎。当初,晓阳置业公司的集资事件中,他严重失信,充当了不光彩的角色,一度被人民法院列入黑名单里。而今,李全痛改前非,步入健康发展的快车道。生活上,他对张英温和体贴,忠贞不贰。张英离婚后,一心扑在生意上,把三妹汤圆馆经营得有声有色,很受童兴荣器重。在童兴荣的热心倡议下,她和李全也加入了这场集体婚庆队列。

当人们的目光再次投向中间过道时,却没有下一对新人出现,便转而把目光投向主席台。只见年轻漂亮的主持人说:"百年修得同船渡,千年修得共枕眠。愿天下有情人终成眷属。"说着,她突然停顿下来,卖了个关子,全场鸦雀无声,都在等着她的下文。她话语一转,"今天,最后一对夫妻是——我市著名企业家程永杰先生和童兴荣女士。"全场响起雷鸣般的掌声。

程永杰昂首挺胸,步履稳健,双手挽着童兴荣,慢慢地走过红地毯,来到主席台上。他今天起码年轻了10岁,山羊胡子没有了,脸上刮得干干净净,头发染得乌黑发亮。

主持人说:"好了,大家静一静,今天呢,6对夫妻全部登场了。接下来,有请这场婚礼的主婚人,来自改革开放最前沿阵地的深圳钟鼎集团董事长钟国庆先生致辞。"

钟国庆快步登上了主席台,他笑容可掬,风度潇洒,身着咖啡色礼服,满头蓬松黑发,英姿不减当年。

他从主持人手里接过话筒,声音洪亮:"各位来宾,亲朋好友,大家好!今天的场景,真是别开生面。我十分荣幸地担当这场婚礼的主婚人。站在台上的这6对夫妻,有与我在商场一起创业,走过风风雨雨二十几个春秋的好兄弟程永杰先生,他和童兴荣女士的爱情历经20多年,如今终成眷属。

"第二对夫妻,李全和张英,他们也是受过挫折、吃一堑长一智的企业骨干英才。再就是我的儿子钟晓阳和儿媳朱仁男,他们都是企业董事长,相信他们将来会比我这老父亲干得好。世侄王明是一名人民警察,人民的幸福、安居乐业,离不开像他一样的共和国卫士。今天,他和我儿子晓阳的义妹牛小妹喜结连理。再就是朱仁海、仁和兄弟和他俩的另一半王莉、刘云女士也走上今天这婚姻的殿堂。这里特别值得一提的是,刘云侄女是我永杰兄弟的女儿,她是集团总经理,工作得心应手。今天他们父女俩同台结婚,值得庆贺。

"有人说企业家没有家。我要说,企业家更应有一个美满幸福的家。因此,我希望,那些还在等待中的独身者,能找到属于自己的那份爱。"

奶奶被请上了台,主持人说:"现在请80高龄的证婚人奶奶说话。"她把话筒递到奶奶手上:"奶奶,现在请您说几句。"

奶奶身着一套大红色的唐装,腰不勾,背不驼,她说:"我高兴啊,赶上新时代了;我幸福呀,活到80岁,见到了这大喜的场面。他们那个红彤彤的证,我都亲眼见到了,现在,我宣布:他们的婚姻合法有效。"台下的掌声经久不息。

这时,主持人接过话筒,说:"各位嘉宾,我提议,现在请大家在台上站好队,高歌一曲《创业者之歌》,大家说好不好?"

台下异口同声:"好。"

于是,主持人转过身,面对整齐的队列,将话筒当指挥棒,高高举起:"预备——唱。"

在我的心中燃烧着一团热火，
青春的梦想成为时代的传说。
历史的寄托赋予青春的你我，
美好生活需要甩开膀子去做。
万众创新大众创业时代的脉搏，
……